漫娱图书
SINCE 2004

以后有我陪着你，
别怕。

咬梨

苏玛丽——著

长江出版社 CHANGJIANGPRESS 漫娱图书

目录

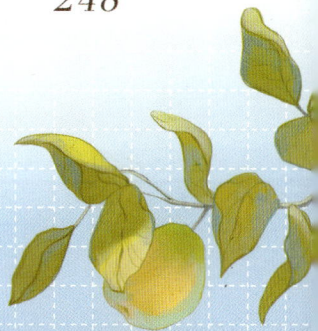

白梨第一次在公众场合，没有紧张到发抖，因为她的注意力都被沈暗吸引过去。

他踩着购物车滑行到没有人的货架区，不由分说地拉下她的口罩，低头吻住了她的唇。

他在用他的方式缓解她的紧张和恐惧。

　　她是第一个拒绝他的人，也是第一个让他产生保护欲的女人。

　　他当时就好像看见一只害怕到发抖的猫，想去救下它，安抚它。

　　于是，他握住了那只伸向他的小爪子，将她带进了他为她打造的安全地带。

他们心底都承载着过去留下的伤口，
每揭开一次，那道伤口就会流血一次。
现在，那道伤口因为彼此的存在愈合了。
他们会一直陪伴在彼此身边，一起变老。

| 第一章 • Chapter 1 |

"暗哥，那个人又来了。"

沈暗闻言抬头看了眼门口，大太阳底下，站着个全身上下裹得严严实实的人。那人一身黑色卫衣裤，从个头判断，应该是个女生。

她脑袋上戴着卫衣帽子，脸上戴着纯黑口罩，因为她低着头，沈暗根本看不清她的脸，只看得到她怀里抱着个猫舱，里面有只小白猫。

她在门口徘徊了两次，始终没进来。

和昨天出现的时间一样。

沈暗看了眼时间，十二点十一分。

他把吃完的外卖盒装好提在手里，又从桌上拿起一根烟咬在嘴里，这才推门出去。

他一出来，那一身黑衣的女生就转身往反方向走了。

他把手里的垃圾丢进垃圾桶，摸出打火机，给自己点燃了烟。

八月底，天气十分燥热，热浪层层冲刷着面庞，空气里氧气稀薄得厉害，沈暗抽了两口烟就把烟掐灭了，他冲已经走到路口的女生喊了声："等一下。"

那女生似乎被吓到，停在那里不动了。

他几步走上前，偏头看了眼她怀里的猫舱，透过玻璃罩能看出那是一只家养的小白猫。猫有些怕生，见他瞧过来，吓得往里躲。

"猫生病了？"

他问话时，眼神落在猫身上，等了许久都等不到回答，这才看向面前的女生。

女生不自觉往后退了几步，身体有些僵硬地站直，隔了一会儿才点头。

哑巴？他狐疑地看向她的脸，这才发现她口罩上面还戴着一副墨镜，根本看不清她的脸。

"没钱给猫看病？"他又问。

她似乎很紧张，抱着猫舱的两只手紧了紧，摇了两次头。

沈暗转身往诊所走："进来吧，去前台登记一下。"

她像是在犹豫，等沈暗进门，才下定决心般迈出一只脚，走了十几步到门口，小心翼翼地推门进来。

前台小妹谭圆圆神情紧张地看着黑衣女生，害怕地冲沈暗喊："暗哥……"

她有些怕这个一身黑衣的女生，从昨天开始就暗自揣测她是不是什么恐怖分子，不然为什么一直在门口假装路过而不进来呢？而且……谁会在大夏天里把自己裹成这样，连眼睛都不露出来。

沈暗没理她，径直进了里间洗手。等他出来时，已经穿上了白大褂，身上一丝烟味也闻不到，只是探出来的手臂上，偶尔露出一节文身。

　　女生已经登记完了，谭圆圆正往电脑上输入她的信息，见他过来，把登记表递到他面前道："暗哥，她登记好了。"

　　他首先注意到的是登记表格上的名字。

　　十分秀气的两个字：白梨。

　　他挑了挑眉，没说什么，拿了医用手套就往里面的诊疗室走，声音淡淡地传过来："把猫带过来。"

　　这只猫特别瘦，四肢和尾巴上都有椭圆形的藓斑，还覆着灰色鳞屑。是常见的猫藓。

　　"猫的应激反应比较严重，一般像这种皮肤病，在家里涂点药就可以。"他给猫打了针，涂了药，摘了医用手套后就去洗手。

　　整个过程，她都没有开口说过一句话，口罩和帽子也都没摘下来，包括墨镜。

　　沈暗回头看了她一眼。

　　他经营的动物诊所在这条街上算得上有名，其一是因为他爷爷就是老兽医，那时候开的诊所虽然比较小，名号却响当当。其二是因为他的长相。

　　自从他开了动物诊所后，接待的几乎都是女性客户，她们打着给宠物看病的幌子来看他。

　　动物诊所的网站评论区，有百分之八十的评论都是在赞叹沈暗的长相，其余百分之二十则是在变相地对他表白。

　　他见过形形色色的女生，唯独没见过眼前的这种。

　　她不声不响地站在那里，与他保持很远的距离，怀里抱着猫舱，两只手紧张地绞着，站着的姿势像是被老师罚站的学生，脑袋微微垂着，拘谨又不安地看着地面。

　　他一开始能确定她是女生，是因为她抱着猫舱的那只手非常小，还很白，被周身的黑色衬得像一块上好的玉，在阳光下泛着釉质似的光。

沈暗出来后从药品区拿了药放在前台桌上，把涂药的注意事项跟她说了，只见她点头，随后拿出手机付款。

她的手很小，手指纤细，指甲圆润，修剪得整齐干净。不知是不是察觉到沈暗的视线，她手指缩了一下，付完钱就抱住自己的猫舱，把两只手全藏了起来。

谭圆圆等她付完钱，这才冲她微笑："小心慢走哦，以后猫咪有问题还可以再来我们诊所哦。"

女生没说话，垂着脑袋点头，抱着猫舱慢步走了出去。

"暗哥，她是哑巴吗？"等人走远后，谭圆圆才小声问。

沈暗正低头查看预约表上的时间，漫不经心地应了声："不知道。"

晚上七点整，苗展鹏带着打包饭菜过来。

沈暗接手动物诊所后，有段时间特别忙，招了几个实习助理，中间走了一拨又换了一拨，最后只有苗展鹏留了下来，现在可以独立值夜班，让沈暗可以忙里偷闲出去潇洒一会儿。

"暗哥。"苗展鹏敲了敲办公室的门，打开门冲沈暗说，"饭在外面。"

沈暗点点头，脱了白大褂，拉开衣柜换上一套运动装，这才出来吃东西。

谭圆圆已经下班了，正磨磨蹭蹭地收拾包，见沈暗出来，笑着问他："暗哥，你待会儿要去体育馆对吧，我今晚也去，你顺路带我一下呗？"

沈暗拿了饭盒，简单吃了几口，头也不抬地说："车没多少气。"

谭圆圆震惊了："暗哥，你拒绝人可以找个合理一点儿的理由吗？你那是摩托车啊！摩托车怎么会没气啊！"

沈暗淡淡看她一眼："我没气了。"

谭圆圆：……

苗展鹏换上白大褂出来，听到这话笑了，看着谭圆圆问："你去体育馆干吗？"

"去看人家打球。"谭圆圆觑了眼沈暗说。

"暗哥是打羽毛球，不是篮球。"苗展鹏提醒她。

谭圆圆故作羞恼地瞪着他："谁跟你说我去看他的！"

苗展鹏耸肩："那你当我没说。"

沈暗已经吃完东西，喝了口水，把垃圾带上，这才冲苗展鹏打了招呼开门走人。

谭圆圆抓起包冲了出去，然而，沈暗完全看不见她似的，跨上摩托车，带着震耳欲聋的轰鸣声消失在诊所门口。

沈暗两个月前加入了一个羽毛球俱乐部，每天晚上在体育馆跟那帮人会合，从八点打到九点半，然后回家洗澡睡觉。

他六月份的时候踢足球伤了脚，在家里躺了几天。

隔壁的老中医给他正了骨，又劝他这段时间不要再踢球了，换个其他运动，他挑来挑去，就选了个羽毛球。

南市的体育馆很大，一楼是篮球和排球场地，二楼是乒乓球和羽毛球场地。

晚上六点以后，体育馆就开始人满为患，门口也因此搬来不少流动型的小摊子，不是卖冷饮果汁的，就是卖炸鸡烧烤的。

他进去以后，穿过一排衣柜，找到寄存东西的箱子，拿出自己的羽毛球拍，又拿了只新的羽毛球，这才出来做热身运动。

俱乐部里男女人数各占一半，打球的热情过去以后，不少互有好感的男女就都在外面约会吃饭，没几个来打羽毛球了，只剩下沈暗老老实实地打了两个月的羽毛球。

从他来的那天起，就有女人约他，但他一个都没搭理，搞得有人对他颇有微词，还在群里阴阳怪气地说他瞧不起俱乐部里的女人，因而，俱乐部里的其他女性也都不好意思再约他。

对此沈暗乐得清静，和他搭档双打的是个中年男人，两人通常都是打完球了，说一会儿话就走。

今天打完球，有个穿着粉色网球连衣裙的女生小跑着到沈暗跟前，她身材凹凸有致，脸上还化了妆，手里拿着手机，有些羞赧地看着沈暗问："方便留个联系方式吗？"

沈暗擦了擦额头上的汗，运动后的声音有些沙哑："不方便。"

女生有些尴尬，咬着唇说："我朋友都在那边看着，你这样我挺没面子的，要不……"

她话没说完，沈暗已经转身走了。

体育馆有淋浴间，还有更衣室，沈暗洗了澡出来，搭档的中年男人笑着问他："你是不是有女朋友？"

"没有。"沈暗擦干身体，站着舒展了几下身体。

进来洗澡的人看见沈暗总会被惊到，慌乱地别开视线，随后才故作不经意般打量他。

沈暗个头挺拔，肩宽腿长，除了那身刺激眼球的文身以外，他的脸也十分引人注目。

他是双眼皮，半湿的头发衬得他眉眼更黑，他骨相分明，棱角线条分外利落，仰着脸时，凸起的喉结异常性感。

用羽毛球俱乐部里那群女人的话来说就是，沈暗一个人，提升了他们整个俱乐部的颜值。

"没有？"中年男人不解地问，"没有你干吗拒绝人家？你这两个月少说拒绝了几十个人了吧？"

沈暗穿上衣服，离开之前，他回头说了句："我不喜欢太主动的。"

沈暗住在胡桐街的一栋老房子里，街坊邻居都是他爷爷那一辈的人，他把摩托车停进车库里，跟下楼倒垃圾的老大爷老大妈打了招呼以后，几步走上了二楼。

房子是三居室，空间很大，除了阴天有些泛潮以外，这套房再没有其他缺点。

他去爷爷的房间翻了会儿医书，随后关上门出来，在客厅沙发上打了会儿单机游戏。

手机上不停有消息进来，他退出游戏，点开"99+"消息的微信。不少都是来过诊所的女性，发消息问他要不要出来一起吃饭。

这样的消息，他每天能收到几十条。

他滑到最新一条，是俱乐部里的一个女人，昨晚跟他打过半小时羽毛球。

抱歉，我今天有事没去。

这种事来或者不来全看自己的心情，没必要跟他道歉。

沈暗知道，她只是想让他回复，哪怕一个字也好，但他偏偏一个字都没回。

对方显然有些不甘心，又问了句：**你回去了吗？我今晚加班，刚回来，还没吃饭，你吃了吗？**

沈暗翻了翻聊天记录，这个人是两个月前他刚入俱乐部时加的，她每天都会发一两句消息，无非是"你今天打球好帅""哇，你这个水平完全可以去打比赛了""沈暗，你名字很好听欸"。

沈暗也就在最初对方打招呼时回了个"你好"，除此以外，他再没回复过。

对方又发了一条消息：*听说你是兽医，在哪个地方工作啊？我朋友的猫生病了，刚好问我有没有诊所可以介绍。*

沈暗发了地址后就把手机界面关闭了，他走到阳台，给植物浇水，然后靠在栏杆上给自己点燃了一根烟。

有一盆花被太阳晒得干枯了，他挪进客厅时，脑子里无端想起中午在诊所门口看到的那个女生。

她穿成那样不热吗？

他微微挑眉，又往花盆里浇了不少水。

因为白天的插曲，他晚上做了个匪夷所思的梦，他在阳台看到了那个一身黑衣的女生，而他则拿着洒水壶往她头顶浇水。她黑色的卫衣帽被浸湿，两只素白的小手探出来去挡头顶的水，隔着葱白的手指，沈暗依稀看见她小小的下巴，很白。

闹钟响起时，他才意识到自己做了个无比荒唐的梦，难得扯唇笑了。

早上七点，他提着早餐去了诊所，苗展鹏困得不行，已经靠在沙发上睡着了，谭圆圆正在擦桌子和拖地。沈暗走到前台翻看昨晚的值班记录。

"暗哥，昨晚有通电话叫我们去他家给牛接生……"谭圆圆边说边笑，"是大鹏哥说的，我笑死了。"看到沈暗面无表情，她又收了笑，轻咳一声说，"一点儿都不好笑。"

今天上午有两个预约要来给动物做绝育的顾客，还有一个是来给动物做复查的，沈暗翻完记录之后，进了办公室换上白大褂，出来拍了拍苗展鹏的肩膀："回去睡。"

"啊，抱歉。"苗展鹏条件反射地跳起来，他揉了揉脸，"我就想着眯一会儿来着。"

"吃完早饭再走。"沈暗伸手指了指桌上的豆浆包子，这才进了办公室。

谭圆圆等他走后，才冲苗展鹏说："暗哥今天好像不开心啊。"

"有吗？"苗展鹏拍了拍脸，试图让自己清醒，"我感觉他今天挺开心的。"

谭圆圆诧异极了："啊？"

她刚要问什么，看见门口的人，突然扯着嗓子冲办公室喊："暗哥！她，她又来了！"

苗展鹏看向门口。

一身黑衣的女生，远远地朝诊所的方向快步走来，她怀里抱着一只猫。

苗展鹏仔细看了眼，那只猫身上有……很多血。

沈暗出来时，那个黑衣女生已经抱着猫到了门口，头上依旧戴着卫衣帽子，脸上戴着口罩和墨镜，低着头谁也不看，只紧紧抱着怀里的猫。

苗展鹏快速打开门，冲她问："什么情况？跟我简单说一下。"

他想从她手里接过猫，却见她往后缩了缩。

恰好沈暗过来，他看了眼趴在女生怀里哀戚叫唤的猫，不是昨天那只，是一只布偶猫，身上多处出血，嘴里也有出血，涎水混着血水正往下滴落。

"是你的猫吗？"沈暗问。

谭圆圆也意识到什么，看向白梨说："对啊，我记得你昨天带来的是小白猫。"

白梨不说话，只是把猫往沈暗的跟前送了送，沈暗垂眸看了她片刻，冲苗展鹏说："先给猫拍个片子做个检查。"

"好。"苗展鹏去拿了医用手套戴上，这才从白梨手里接过那只猫。

"欸，你身上都是血……"谭圆圆拿了湿纸巾递给女生，"你去洗手间洗一下吧。"

白梨低着头从她手里接过湿纸巾，用很轻的声音说了句："谢谢。"

"你不是哑巴啊？！"谭圆圆非常震惊，说完有些抱歉地捂住嘴，"对不起啊，我以为你……"

非但不是哑巴，声音还很好听，软软的，像她怀里那只猫一样。

"猫是谁的？"沈暗看着她问。

白梨绞着手指，低着头，半晌都说不出话。

沈暗耐心告罄，正要开口，就听女生用磕巴的声音说："它被……主人打了。"

她声音又轻又小，还隐隐发抖。

谭圆圆瞪大眼睛："这要打电话联系动物保护中心啊，得告诉他们有人虐待宠物！你告诉我它的主人是谁？！"

女生又不说话了。

沈暗忽然伸手推了她一把，她身体一僵，就听男人说："谭圆圆，带她去我办公室。"

白梨似乎没明白发生了什么事，抬头才看见门口有人冲了过来，看样子正是那只猫的主人。

她心口一跳，谭圆圆已经伸手拉着她往办公室里走去，边走边说："没事，我们暗哥会搞定的，你别怕。"

"你别走！你把我的猫弄到哪里去了？！"猫的主人是个年约四十的大胖子，他挺着肚子，气喘吁吁地指着白梨的背影喊，

"我的猫呢？！"

白梨被吓得停在那里一动不动。

"猫在里面做检查。"沈暗开口，声音很淡，"你是猫的主人是吧，去登记一下。"

"是，我的猫今天早上出了车祸，我正要把它带过来看看，谁知道这个神经病突然就把我的猫抢走了。"胖子喘着气说完，拿了笔开始登记。

沈暗目光沉静地看了他片刻，转身进了办公室，他冲谭圆圆打了个手势，让她出去，自己则拨了个电话。

白梨坐在椅子上，见他进来，有些紧张地从椅子上起身，走到离他稍远的地方站定，脑袋一直垂着，两只手紧紧绞在一起。

沈暗打完电话看了她一眼："这么怕，为什么还要多管闲事？"

他本意倒也不是觉得她多管闲事，只是她看起来十分惧怕跟人沟通，做这种事，对她而言，不知道消耗了多大的勇气。

白梨听到这话，整个人身体一颤，脑袋垂得更低了。

沈暗等了一会儿，没等到她回答，他拿起桌上的手机，走出办公室之前，把空调的温度又调低了两度。

胖子被晾了半小时，才看见沈暗拿了一份 CT 报告出来，身后的苗展鹏抱着一只消毒透明柜，布偶猫就躺在里面。

"李先生，报告要交给动物保护中心，因为猫身上的伤不是车祸造成的，而是人为殴打造成的，至于凶手是谁，这不在我们的调查范围内，需要你跟动物保护中心的人去沟通，另外，费用在这边结一下。"

沈暗刚说完，胖子整个人就暴怒了，他上前就要抢沈暗手里的报告单，却见沈暗突然卷起一节袖子，露出一节文身。

胖子暮地顿住脚，他错愕地看向沈暗的脸，就见男人面无表情地睨视着他："现金还是微信？"

"吓唬谁呢？文个身了不起？"胖子冷嗤一声，转了身就想跑，却被沈暗一个反剪压在前台上，胖子的脸直直对着微信收款码。

沈暗将他的脸往前又压了压，声音里听不出情绪，却透着冷意："现金还是微信？"

胖子使劲挣扎却挣不开，憋得脸都涨成了猪肝色。

沈暗松了他一只手，等他付完钱才把人松开，动物保护中心的人也都赶了过来，胖子来不及跑，就被人"请"到了外面的车上。

"暗哥，你刚刚帅死了！"胖子和动物保护中心的车一走，谭圆圆就露出崇拜的目光看向沈暗，"帅得我差点儿流鼻血！"

沈暗淡淡地勾唇，转身往办公室走。

白梨听到开门的动静似乎吓了一跳，她近乎慌乱地从椅子上站起来，脑袋垂着，宽大的卫衣帽檐将她整个脑袋罩住，只剩下她一双白皙小巧的手露在外面。

沾了血的手指已经用湿纸巾擦过，此刻她却不敢随便把用过的湿纸巾丢在办公室的垃圾桶里，而是攥在掌心。

"人走了。"沈暗走到办公椅前坐下，隔着办公桌看向白梨，"你可以走了。"

她之前听到他在这里打电话，让动物保护中心的人过来把猫接走。

"谢谢。"她说话时，仍不敢抬头，只是临走前，小心翼翼地抬头看了沈暗一眼。

她没想到的是，男人也正在看她。

即便隔着墨镜，明知道他看不见她的脸，但她仍像是被吓到似的，慌乱地开门跑了。

沈暗：……

连着下了两天的雨。

沈暗哪里都没去，在诊所待了两天。

俱乐部的那个女人带着朋友来给猫看病，是一只英国短毛猫，猫毛是漂亮的纯灰色。

谭圆圆爱不释手地撸了猫许久，直到听见女人约沈暗出去吃饭，她才醒悟对方是情敌，立马松开猫，专业又严谨地坐在前台的位置，竖起耳朵听女人和沈暗说话。

"你帮了我们大忙了，给个机会请你吃饭呗？"那女人笑着说。

沈暗头也不抬地查看预约表："没时间。"

"时间都是挤出来的。"那个女人的朋友笑呵呵地说，"你要是想，你就能把时间空出来，对不对？"

"抱歉，空不出来。"沈暗嘴里说着抱歉的话，面上却没有一丝抱歉的神情。

空气有一瞬间的凝滞，谭圆圆恨不得拍掌叫好，但她所做的只是微笑着冲两位女士说："欢迎下次再来哦。"

送走两个尴尬的女人之后，谭圆圆慨叹道："暗哥，喜欢你的人都追到诊所了，你再不找个女朋友，我怕她们以后天天来。"

"找谁？你该不会想毛遂自荐吧？"苗展鹏搭腔。

虽然谭圆圆正有此意，但是被苗展鹏这么一拆穿，还是红了脸："说什么呢，我就是关心暗哥。"

"哦。"苗展鹏耸肩，显然不信。

谭圆圆羞愤地瞪了他一眼，看着沈暗问："暗哥，你到底喜欢什么样的女生啊？"

沈暗把预约表丢在桌上，声音淡淡的："不知道。"

"不知道？暗哥你不会没谈过恋爱吧？"谭圆圆惊了。

沈暗没再搭理她，转身进了办公室。

谭圆圆赶紧凑到苗展鹏跟前问："暗哥没交过女朋友？不可能吧，他都快三十了，怎么可能没交过女朋友？！"

"我也刚知道。"苗展鹏挠了下后脑勺，"我以为他起码一天换一个女朋友，谁知道……"

别说一天换一个，这都过去好几年了，沈暗身边连一个女人都没见着。

"暗哥该不会……"谭圆圆捂住嘴，眼底尽是恐慌和无助，她在掌心里呜咽道，"暗哥他难道喜欢你？！"

苗展鹏：……

沈暗回到办公室正要午休时，接到沈广德的电话。

"他们去找你了……沈暗，你有钱就给他们吧，你救救我……我……"

沈暗不等他说完，就把电话挂断。他脱了白大褂，摸出烟和打火机走了出去，就站在诊所门口抽烟。

雨早就停了，空气里传来咸湿的泥土气息，伴着微风，极轻地拂过男人骨相分明的面孔。

一辆面包车快速地停在诊所门口，七八个人从车上下来，其中一人手里提着个蜷缩起来的男人，那个男人头发半白，大约五十岁，一条腿瘸着，被人扔在地上的那一刻才敢抬头。他看到不远处的沈暗时，眼睛里露出惧意："沈暗……"

边上其他人朝沈暗走来，隔着一段距离就喊："沈广德这次输了五十万了，上次输的钱我们看在你面子上就算了，这次可不是小数目。"

　　沈暗把烟掐灭了，提着一根高尔夫球杆面无表情地走到沈广德面前，单手把人提了起来。

　　沈广德双手攘着他的手臂："沈暗！你听我说，就这一次，我下次再也不赌了，我真的……"

　　他话还没说完，就被沈暗打了一顿。

　　沈广德哀号起来："沈暗！你不能这么对我！"

　　"哪样？"沈暗扯唇，笑得极冷，他脸上半点儿情绪都没有，只声音依旧淡漠，"我没打死你就不错了。"

　　他握着球杆，对着沈广德的脑袋就想一杆抽上去，讨债的那行人吓得赶紧去抢他手里的杆子："沈暗！冷静！"

　　一伙人挣扎推搡间，高尔夫球杆被人甩了出去，传来低低的痛呼声，似乎砸到了人。

　　沈暗回头，只看到一个黑衣女生捂着脑袋半蹲在地上。

　　"你受伤了吗？"

　　沈暗走到白梨面前，想看看她的头，可她戴着卫衣帽子，脸上又是墨镜又是口罩，完全不知道从哪里查看伤势。

　　那群讨债的人已经走了，拉着痛昏过去的沈广德，直到车门关上，沈暗都没再看沈广德一眼。

　　白梨缓了缓，才发出声音："没事。"

　　"给我看一下。"他声音和缓，语气却透着不容置喙。

　　白梨捂着脑袋站起来，紧张地说："我……没事，我……走了。"

　　沈暗扣住她的手腕："给我看一下。"

　　她整条手臂都僵硬了。

　　沈暗已经摘了她的帽子和墨镜，一双小鹿般惊惶的眸子显露在他面前，那双眼纯澈干净，眼眶泛着红，长长的睫毛还沾着水汽。

沈暗微怔，他以为这个女生一直遮住脸，是因为脸上有瑕疵，却怎么都想不到，墨镜底下会是这样漂亮的一双眼睛。

白梨仓皇地去拉帽子，抬脚就要往外走："我，我，我没事。"

"开始肿了。"

沈暗把大掌扣在她后颈上，迫使她仰着脸，这才伸手拨开她额前的长发，仔细查看她发红发肿的额头。

白梨连呼吸都屏住了，满脸通红，一双眼睛紧张地四下看着，却又不知道该看哪里，目光往上时，只看到男人近在咫尺的脸和滚动的喉结。

她无助地眨动眼睛，整张脸都烧得滚烫。

"你头晕吗？有其他不适症状吗？"沈暗看着她的眼睛问。

她周身一颤，垂下眼睛，紧张得声音都在发抖："不，不晕，没有，我没事。"

"你等我一下。"沈暗转身往诊所走，没走几步，他忽然回头看着白梨又说了一句，"别乱走，在门口等我。"

白梨还是跑了，她紧张极了，第一次距离男生那样近，还被捧着脸看了那么久，她浑身都快烫得烧起来了。只是还没跑远，就被沈暗追上了。

他一把扣住她的手腕，拧着眉问她："跑什么？"

白梨的手臂又僵了起来。

沈暗拉着她走到路口，拦了辆出租车。

"去……去哪里？"白梨不安地问。

"去市医院，带你拍个脑部CT，确认没事你就可以回家了。"沈暗拉开车门，示意她坐进去。

"等……我……"白梨慌乱地开口，"我不用，我没事。"

沈暗偏头看向她："有没有事，要看医生怎么说，如果出了事就晚了，被高尔夫球杆砸伤致死的人不是没有。"

白梨听得愣住，想反驳，却又不敢看对方的眼睛，只垂着脑袋，很小声地说："就只是……肿了而已。"

她声音太小，沈暗没听清，微微压低了背，将脸靠近她："说什么？"

白梨摇头，舌头打结似的磕巴了："没，没什么。"

"身份证带了吗？"沈暗问。

白梨轻轻地点头。

"进去坐。"沈暗压着她的肩膀，将她推进后座坐下，这才关上车门，打开副驾驶的车门坐进去。

"到市医院。"他冲司机说。

车子启动后，他拿出手机，跟苗展鹏发了信息：**大概晚上才能回来，跟预约表上的客人打电话说一声。**

他收起手机，隔着后视镜看了眼后座。

白梨低着头，全程看着自己绞在一起的双手。卫衣很宽松，帽檐很大，将她整个脑袋罩在里面，墨镜和口罩更是将她的脸包裹得密不透风。

"小姑娘，你热不热啊？"司机开口说话，"我这里开了空调都觉得热，你看你穿那么厚，还戴着帽子。"

白梨绞着手指不说话。

沈暗偏头岔开话题："师傅，天气这么热，你们平时在哪里等人？"

"哎哟，这天气是真热，我们当然找凉快地儿……"司机一下打开了话匣子，直到沈暗下车，他还在喋喋不休地讲自己的"奋斗史"。

沈暗付了钱，拉开后座车门，等白梨出来，这才往医院大厅走。

白梨在他身后顿住了脚。

"怎么了？"他走了几步，发现她没跟上来，转过头看她。

"我……我真的……没事。"她的声音紧张又不安，明明戴着墨镜却还不敢看他，只是垂着脑袋，看着地面，一双手紧紧地绞着。

沈暗盯着她看了片刻，几步走到她面前，低声问："害怕进医院？"

白梨一个字都发不出。

是，害怕。

所以不要进去了。

她转身想走，手腕却被男人扣住。

她惊诧地抬眸，隔着墨镜，只看到男人流畅的下颌线，他颈间喉结一上一下地滚动，有质感的声音从他喉咙里溢出，落在空气里，激得她后脊无端一麻。

"别怕，我牵着你。"

手臂僵得好像不是自己的。

白梨整个脑子就像是煮了一锅沸水，咕嘟咕嘟一个劲儿地往外冒泡泡。

男人的手腕强劲有力，攥着她的小臂一直往前，她听见他不停地跟人说借过，声音低低的，很好听。

他在挂号，白梨就站在边上，脑袋一直垂着，肩膀塌着，不敢抬头，也不敢张望。

沈暗拿了挂号单，盯着单子看了会儿，伸手去拉她，这一拉，碰到的是她软软的手，他垂眸看了眼，她的手很小，落在他掌心，小小一只，手指又细又白，触感温软。

"抱歉。"他松开，向上平移几厘米，隔着卫衣扣住她的手腕。

　　白梨被吓得不轻，她的心脏狂跳，心跳声更是震耳欲聋，她勉力镇定，声音却泄出十二分的紧张："没，没事。"

　　沈暗掌下探到她脉搏跳得极快，唇角不自觉勾起。

　　他拉着她朝电梯走去。

　　电梯里面已经站了四五个人，看他过来，还是有人往里站了站，给他让出位置。

　　他拉着白梨进去，按了楼层。

　　到了三楼，有人要出去，白梨被身后的人推了一下，整个身体都绷紧了，她缩着肩膀，正要往电梯金属门上靠，肩膀被人揽住。

　　沈暗把她揽到身前，松了手，站在她身后。

　　她紧张地低着头，整个身体像是被人丢在炉子里，烧得满身都是汗。

　　到了四楼，沈暗没说话，径直扣住她的手腕，拉着她走了出来。

　　长廊里坐满了病患和陪同家属，白衣护士忙碌地在走廊里穿梭着，神经外科的等候区里只三三两两坐着几个人，沈暗把挂号单交给护士，没几分钟就听到了叫号声。

　　他拉着白梨往专家办公室里走。专家是个五十几岁的中年男人，秃得厉害，只剩寥寥几根头发倔强地趴在头皮上。

　　专家问了情况，让白梨把帽子摘了，给他看看伤口。

　　白梨正坐立不安，沈暗已经倾身靠过来，他伸手摘了她的帽子，用温热的手掌拨开她额前的头发，一只手压在她眉前，挡住了她全部的视线。

　　她心跳又变快了，牙齿不自觉咬紧。

　　她乌黑的长发扎成一束缩在脑后，此刻，摘了帽子，露出泛着粉意的耳朵和白皙的脖颈。

她左侧额头已经肿成一个大包，被边上白嫩的肌肤一衬，显得尤为触目惊心。

"包肿得挺大的。"专家戴着眼镜看完，问白梨，"你晕吗？觉得恶心吗？"

白梨轻轻摇头。

专家坐在电脑前开始打字："要是实在担心，拍个CT也行，应该没什么问题。"

白梨缩着脑袋，正要伸手去戴帽子，已经有人先行一步，替她戴好了帽子，她两只手停在半空，心脏又狂跳起来。

沈暗拉着她到等候区坐下，单手拍了拍她的帽檐："在这儿等一下。"

他动作很轻，白梨仍被他的动作弄得紧张慌乱，隔着墨镜，她的眼神闪躲了几下，只在沈暗走出视线时，忍不住抬头看了他的背影一眼。

他个头极高，穿着白衬衫和休闲裤，袖子卷起一角，露出一小片的文身，他穿过几个家属后，大概有些不放心，突然回头朝白梨的方向看过来。

白梨吓了一跳，她匆匆收回视线，将整个脑袋都缩进臂弯。

沈暗交完费回来时，她仍保持着这个姿势，他唇角几不可察地扯了扯，伸手扣住她的手腕，将她拉起来："走吧。"

卫衣下的手腕，瘦得仿佛只剩下骨头。

沈暗担心自己力道太大，会不小心把她的手腕捏碎了。

拍CT之前，白梨站在沈暗身后，边上还有其他家属和病人，有人朝她投来打量的视线，她微微侧过身，将自己的脸对着墙壁。

护士开门，喊了她的名字。

白梨周身一颤，正要进去，手腕被人拉住。

她不安地抬头，隔着墨镜看见男人挺直的鼻梁，他眉眼极黑，骨相分明，开口的声音偏磁性，落在耳里，分外好听。

"别怕。

"我就在门口等你。"

白梨进去做脑部 CT 的时候，沈暗就站在 CT 室里，隔着透明玻璃看她摘掉帽子、墨镜以及口罩。

没了墨镜的遮挡，她不安极了，不敢四下乱看，只是盯着地面，垂在身侧的手紧紧握成拳。

她的鼻子小巧圆润，嘴唇透着漂亮的粉意，黑长的头发披在脑后，衬得她皮肤白得发光，她轻轻咬着唇，黑白分明的眼睛里露出明显的害怕和不安，像初生的小鹿，无端招人怜爱。

"你女朋友没事。"医生回头看了沈暗一眼。

沈暗盯着白梨的脸，无意识地点头。她看起来怯生生的，也不敢跟人对视，医生让她做什么，她就听话地照做，过分乖巧。

等他回过神，意识到医生说了什么之后，白梨已经做完 CT 了。

她戴好帽子和口罩，出来开门的动作很轻，脑袋一直低着，一双眼也只敢盯着地面。

她不单害怕医院，还害怕身边的每一个人。

也不知道她之前是怎么克服重重心理障碍，抱着猫到诊所给猫看病的。

也或许，不能称之为克服。

毕竟，如果他当初没有出去喊她进诊所，或许……她根本就不敢进来。

沈暗走到她面前，将她的帽子往下扯了扯，露出她的额头，又将温热的手掌覆过去，拨开她的碎发，低头仔细查看那块高高肿起的包。

白梨浑身僵住，两只手不自觉握成拳垂在身体两侧。

"没有凹陷性骨折，也没有颅内出血，只是肿得比较大。"沈暗说完，将她的帽子重新戴上，伸手扣住她的小臂，拉着她往外走。

"报告单要两小时后才能拿，我先带你去冷敷一下。"

"不，不用。"

白梨拒绝的声音又轻又小，见沈暗似乎没听见，她又稍稍提高了音量："不用……了，我要回家了。"

"回家？"沈暗扭头，他的五官轮廓分外深刻，山根极高，鼻梁异常挺直，因为个头高，看过来的视线微微垂着，双眼皮的折痕很深。

他抬腕看表，又把视线重新落在白梨身上，这才说："行，我送你回去。"

白梨怔住了。

"不……不是，我……我自己……回去。"她努力了好半天，才把话说全。

"给我你的手机号码。"沈暗掏出手机递给她，"以后脑袋有什么不舒服的地方，可以直接联系我。"

"不用。"白梨出口的声音都抖了。

沈暗静静看了她片刻，忽然问："你一直在拒绝我，为什么？"

他是第一次被女人拒绝。

而白梨，是第一次遭遇这样的事。

就连被男人带着来医院看伤都是头一次。

和陌生人讲话，以及来陌生的地方对她而言都是非常心惊胆战的经历，更何况，眼前的人还问她要手机号码。

她的心跳得很快，脑袋也像是炸了，整个人头重脚轻，她张了张口，却语无伦次："我……没有，不是，不用……我没事……"

"号码报给我。"沈暗拉着她找了个安静的地方站定，压低了背凑近，"声音大一点儿。"

白梨整个人都烧得滚烫，她颤抖着声音报了号码。

隔着墨镜，她清晰地看见男人流畅的下颌线，他说话间滚动的喉结，以及薄薄的……嘴唇。

"这是我的号码，我叫沈暗。"沈暗拨了电话，听到白梨包里的手机响起，这才自我介绍，"沈阳的沈，黑暗的暗。"

白梨紧张地掏出手机，点开那个未接电话，给他备注：沈暗。

"好了。"她小声说。

沈暗收起手机，拉住她的小臂："走吧。"

医院里人来人往，他们重新穿过长廊走向电梯，里面仍然站了很多人。

沈暗进去就把白梨拉到身前，有人下电梯之前，他就伸手护在白梨身侧，为她挡开其他人的碰触。

白梨心脏狂跳。

出了医院，他仍牵着她，隔着卫衣，不轻不重地扣着她的手腕，拉着她进了超市，给她找了休息区的椅子坐下，然后自己进去买了毛巾和冰块。

付钱时，沈暗接到俱乐部领队的电话，中秋节马上到了，羽毛球俱乐部打算组织一场聚餐活动，不少人提议外出郊游，两天一夜，路线已经定好，打电话过来是问他去不去。

"不去。"沈暗直截了当地拒绝，"抱歉，没时间。"

领队大概早就猜到他会拒绝，没说什么，笑呵呵地挂了电话。

沈暗拿了毛巾把冰块包好，走到白梨边上坐下，这才摘了她的帽子，拿掉她的墨镜，将包着冰块的毛巾轻轻放在她高肿的额头上。

白梨被冰得瑟缩了一下，一双眼睛不安地看着他。

沈暗长相出众，即便白梨鲜少出门，都能看得出，他的五官属于人群中较为惹眼的一类。

白梨觉得他这样的人，不该离她这样近，也不该对她这样照顾。

而她不应该跟到医院的，更不应该坐在这里，可她说不清是害怕还是紧张，被男人那只手拉着，她的思绪就像打了结，什么都思考不了，只心脏跳得剧烈。

沈暗也在看她，看她像只受惊的小猫忽然转头想躲时，他伸手按住她的肩膀，低低喊了声："别动。"

"我自己……可以。"她小手颤啊颤地抬起又落下，似乎担心碰到他，一直没能碰到毛巾。

沈暗唇角一扯，问她："周末有空吗？"

"啊？"白梨瞪大眼睛，仿佛没听懂他在说什么。

沈暗将她被沾湿的碎发拨到一边，修长的手指轻轻在她额头拂过，察觉到她身体紧绷，他收回手，看着她紧张又不安的眼睛，忽而笑了。

"作为不小心误伤你的赔偿，我可以请你吃饭。"

白梨磕巴地拒绝："不，不用了。"

沈暗点头："行，那就你请我吃饭。"

白梨：……

沈暗是下午四点回诊所的。

到诊所门口时，他想起白梨惊到瞪圆的眼睛，又忍不住唇角一勾，笑了起来。

"暗哥。"谭圆圆早就在门口翘首以盼了，见他回来脸上还带着笑，登时露出见了鬼的表情，"你不是……打架把人误伤了吗？你……怎么这么开心？"

"有吗？"他抿了抿唇。

"有！"谭圆圆八卦极了，"为什么这么开心？欸对了，那个女生呢？在医院查得怎么样？有问题吗？"

"没有。"沈暗越过她先去洗手，随后进办公室换了衣服，他穿上白大褂，走出来拿起预约表查看。下午预约的客人果然没来，时间改到了晚上，看来他今晚打不了羽毛球了。

谭圆圆把高尔夫球杆送到他面前："暗哥，我把你的球杆洗干净了。"

"辛苦。"沈暗抬头扫了眼，高尔夫球杆有些变形，看着这根杆子，就会想起沈广德的脸，他偏头不再看，"帮我把它放到办公室门后吧。"

"好的。"

苗展鹏补了不到两小时的觉，此刻刚从休息室里出来，他揉了把脸，看向沈暗问："暗哥，今天那群是什么人啊？"

沈暗没跟他们解释，只说一群混混拿了他的高尔夫球杆误伤了别人。

但是苗展鹏见过沈广德，知道他是沈暗的父亲，也曾见过他来诊所，厚颜无耻地向沈暗要钱。

"暗哥不是说了吗？混混啊。"谭圆圆从办公室回来，理所当然地替沈暗解释，"这边治安太差了，混混满大街都是。"

沈暗没搭茬，而是冲苗展鹏说："你早点儿回去吧，晚上我值夜。"

这条街只有沈暗的动物诊所二十四小时开着，不为别的，只为了传承爷爷的爱心和精神。

连着两个小时，沈暗都在诊疗室和化验室忙碌，晚饭也只匆匆吃了两口，下午预约的和晚上临时上门的顾客都排着队等他。

谭圆圆也不好意思下班走人，帮忙登记到七点，这才拎包下班。

沈暗忙完回到办公室，刚喝了一口水，手机就响了起来，他看了一眼，面无表情地接了电话。

电话那头是讨债的虎三，他一开口，就懒洋洋地问沈暗打算什么时候还那五十万。

沈暗嘲弄地笑了："冤有头债有主，沈广德欠你们的钱，找他要去。"

"别开玩笑了。"

虎三在笑，声音里却透着威胁："他现在一瘸子什么都没有，别说钱了，裤兜都比脸还干净。"

"这老子没钱，当然得找儿子要了，这不是天经地义的事吗？你不认你老子也行，我们可只认钱，现在你老子没钱，我的人以后只盯着你要钱，你要是不还钱……也别怪我翻脸。"

"这钱我不会给。"沈暗唇角轻扯，笑容极冷，"别给我放那些没用的狠话，我的人脉不比你少。"

挂断电话后，沈暗出了诊所，站在垃圾桶边抽烟。昏黄的路灯光落在他身上，照出一条修长的影子，他把烟掐灭了，正要回诊所时，接到电话。

"我听说虎三找你碴儿了。"电话那头的男人笑了一声，"出来喝一杯？"

沈暗没拒绝："好。"

沈暗给苗展鹏打了电话，等苗展鹏到诊所了，这才打车去了酒吧。

他已经很少踏入这种地方了。

从他接手动物诊所之后，他就变得很忙，他也有意让自己慢慢切断从前的那些交情和人脉关系。

包间里坐着五六个人，最中间是个光头，怀里搂着个女人，包间里灯光昏暗，只能看得见烟雾袅袅。

沈暗从外面推门进来的刹那，沙发上有人站起来，殷勤地为他让座："暗哥！坐这里！"

"你小子难请啊。"

光头拿起桌上一瓶白酒放在沈暗面前："罚你喝一瓶酒，没意见吧？"

沈暗解开领口上的两颗扣子："瞧不起我？"

他从茶几上又拿了两瓶酒放在面前，冲光头一笑："怎么样？"

光头大笑："够种！"

沈暗只喝了一瓶白酒，光头就没再让他喝了。

说起虎三的事，光头只说让沈暗放心，不会让虎三蹬鼻子上脸去他的诊所闹事。

沈暗又倒了杯红酒，跟光头碰了杯："万哥，谢了。"

"谢什么，沈暗，我那么多兄弟，我唯一看得起的兄弟就只有你。"

万军当着其他兄弟的面也十分直白："其他人就根本没长脑子。要不是被沈广德那家伙拖累，你以前也不会跟我们走到一条道上……"

沈暗扯了扯嘴唇，拿起酒杯在桌上轻轻一磕："敬兄弟，敬……以前。"

其他人大概被万军数落习惯了，也都嘻嘻哈哈地站起来碰杯。

万军怀里的女人不停地瞟着沈暗。

不知万军看没看见，但沈暗看到了，他蹙着眉喝了口酒，掏出手机看了眼。

微信上又是铺天盖地的消息。

沈暗按了按太阳穴，滑动着往下看，俱乐部那个女人发消息，问他今天怎么没来。

还有晚上的客人，回家后拍了性感的照片发来问他好不好看。

沈暗面无表情地关闭页面，通讯录上又显示几十个新加的好友，备注上都写着给宠物看病，他挨个同意好友申请。点到最后，他看见手机联系人：白梨。

她并没有加他的微信，只因为他们互相在手机里加了对方的手机号，因而，微信自作主张推荐了新的朋友。

他点开她的微信界面查看，她的微信名很简单，只一个字：梨。

头像则是一朵向日葵花，个性签名写着：向着光的地方生长。

从酒吧出来后，沈暗在门口醒了会儿酒，拨了白梨的电话。

第一遍没人接。

第二遍过了许久，那头才接起。

"怎么没加我微信？"

他开口，声音被酒润得一片低哑。

白梨紧张得有些发蒙："啊？"

沈暗低笑："你为什么不加我微信？"

透过手机传来的笑声好听到醉人，白梨耳朵发烫，心脏也在不安分地跳动，她手心出了汗，冲电话那头小声地说："你是不是……喝醉了。"

"喝了点儿酒。"

沈暗的呼吸声又近了些，透过手机传来，仿佛伴着温热的鼻息拂过白梨的耳郭。

白梨整张脸爆红，握着手机的手都发抖了。

耳边听他带着笑的声音，他低低地说："倒不至于认错人。"

打火机"咔嗒"的声音响起。

紧接着手机听筒里传来男人绵长的吐息声。

他在抽烟。

白梨心脏都抖了。

她整个脑子乱哄哄的，唯一能做的就是紧紧握着手机，用耳朵仔细听手机那头的声音。

沈暗抽了两口烟，问她："怎么不说话？"

白梨颤着声音回："不，不知道说什么。"

听筒里传来男人从喉口溢出来的笑声，伴着沙沙的哑意，在寂静的夜晚显得蛊惑十足。

"回家冰敷了吗？"他咬着烟，说话的声音含糊低哑，有些撩人。

白梨听得耳郭发痒，她捂着通红的耳垂，小声回："嗯。"

"拍个照我看看。"他说。

白梨整个身子都烧了起来，不等她拒绝，又听他说："我加你好友了，通过一下。"

她手忙脚乱地去翻看微信，果然看见新的好友一栏出现了个红色提醒。

沈暗的电话还没挂，他的烟就抽完了，又拿出一根烟咬在嘴里。他眼皮垂着，漫不经心地盯着路上的车流。

白梨抖着手指点了"同意"，这才小声冲电话那头说："好了。"

沈暗低低应了声："嗯。"

一时间，两人都没说话，但谁也没挂电话。

片刻后，沈暗低笑一声："我回去了，先挂了。"

电话挂断之后，白梨捂着通红的脸盯着手机上的通话记录看了很久，直到微信传来消息。

沈暗：照片。

白梨慌里慌张地拿出手机对准额头拍照，灯光下，那块地方好像肿得更大了。

沈暗已经坐上出租车，点开照片，只看到肿着的额头，其余地方一概看不见。

沈暗：明天如果还没消肿，就来诊所找我。

梨：不用了，谢谢你。

沈暗：那就我去找你。

梨：……

不难猜出手机另一头她惊愕又紧张的表情，沈暗唇角含笑，点开她的头像，却发现看不了她的朋友圈。

他唇角溢出笑声，咬着烟，打字问她：屏蔽我朋友圈？

梨：我以为你不会看。

沈暗没再打字，回了句语音。

白梨抖着手指点开了语音，外放的听筒里传来低哑的嗓音："你猜错了，我很想看。"

白梨耳朵一麻，整个后脊都不由自主地颤了颤。

她搓了搓发痒的耳朵，这才红着脸将朋友圈的权限对他开放，其间手指因为太过紧张，一直在抖。

白梨的朋友圈很干净，大多都是和太阳相关的照片，灿烂又温暖的阳光，还有阳光下的向日葵，鲜少有配文。

她两三个月发一次朋友圈，频率过低，导致几年攒下来的朋友圈，不到一小时就被沈暗刷完了。

她分享的歌曲也都被沈暗下载听了一遍，还加入了他的收藏。

沈暗到家后，把衣服脱光，打开冰箱喝了一大瓶水，这才进洗手间洗澡，出来时，他只穿了条短裤。在沙发上坐了会，他喝了口水，这才去阳台浇花。

洗完手，他拿起茶几上的手机看了眼，上面都是密密麻麻的消息，沈暗翻了半天才找到白梨，他干脆把白梨的对话框置顶。

梨：我明天请你吃外卖可以吗？外卖送到你们诊所。

沈暗用舌尖抵了抵上颚，抑制不住地想笑。

沈暗：不可以。

想起医院里白梨紧张不安的模样，他垂眸又打了一行字：放心，我不看你。

等了一会儿，白梨的对话框一直显示"正在输入"，但是迟迟没有消息发过来。

沈暗低笑，发了条语音："早点儿睡。"

他不知道，寂静的夜里，有人将他发来的所有语音都翻来覆去地听了十几遍，他也不知道，有人会因为请他吃饭这件事而失眠一整夜。

沈暗唯一知道的是，他夜里又梦见了白梨。他摘了她的帽子，拿冰块润湿她的唇，在她惊慌又不安的视线里，低头吻上了她的唇。

沈暗把内裤扔进垃圾桶。

他咬着烟，打开手机，微信上又是一片密密麻麻的红色未读，唯独置顶的那一栏空空荡荡的，没有任何消息。

他舔了舔牙尖，有些失笑。

他生物钟一向准，每天都是六点半准时起床，今天却因为某种……不可抗力，晚了半小时。

洗完澡出来已经七点十三分了，沈暗换好衣服，去包子店买早餐，老板娘见他过来，殷勤地给他收拾桌子。

沈暗抬了抬手："打包。"

"女朋友呢？还没找着？"老板娘边打包边问，"我认识个姑娘，漂漂亮亮的，比你小两岁，做文职工作，就住在前面一条街，你要觉得行，待会儿等她来了，我就问她要号码。"

边上一群买包子的年轻女孩都拿眼睛偷偷看沈暗。

沈暗早就习惯，挑着眉道："别，已经找到了。"

"诓我的吧？"老板娘给他多装了两个茶叶蛋进去，把袋口扎好才递给他，"我上次问你，你也说找到了，人呢？什么时候带来给我瞧瞧。"

沈暗付了钱，挑起眉，露出笑容："过几天。"

"真的？"老板娘半信半疑，笑着道，"那我可等着了啊。"

沈暗一进诊所，谭圆圆就捂住脸娇羞道："暗哥，你今天好帅！"

沈暗不置可否，把早餐放到桌上，看了眼表，这才走到前台，看昨晚的值班记录。

苗展鹏洗了脸出来，看到沈暗时，问了句："暗哥，你今天要出去吗？"

沈暗手指一顿："嗯，怎么了？"

"没，你今天穿得和平时不太一样。"苗展鹏冲他比大拇指，"比模特还帅。"

谭圆圆睁大眼："去哪里？今天有大客户吗？"

"没你的事。"沈暗拿起预约表，冲她道，"中午给我空出两个小时，其他时间，你跟客人重新约一下。"

"好的。"谭圆圆正经不到两秒，又伸头问他，"暗哥，你中午要去哪里？"

沈暗敲了敲桌子："现在是上班时间。"

谭圆圆吐舌头："哦。"

上午一个女客人带来十几条小黑蛇，谭圆圆对其他动物都还好，唯独接受不了鼠类和蛇，好在她只需要做登记，不需要跟这些"萌宠"密切接触。

等客人走了，她就跟沈暗吐槽："十三条蛇，她居然能分得清谁是谁，还起了一串英文名！"

沈暗没理她。

他洗完手，掏出手机看微信消息，早上过来的时候他给白梨发了消息，问她中午打算请他吃什么。

然而，白梨的对话框空空荡荡的，她一条消息都没回。

门口有客人进来，谭圆圆忙着做登记，沈暗冲谭圆圆打了个手势，拿着手机进了办公室，给白梨拨了电话。

电话刚被接通，他就听到那头传来白梨捂住嘴的软软哭声："你还有多久到啊……我好怕……"

沈暗的眉毛顿时拧起："怎么了？"

白梨哭声一顿，大概才意识到自己不小心接了沈暗的电话，一时没说话，只抽噎了几声。

听筒那头传来剧烈的敲门声，伴着男人的怒吼声："神经病！我知道你在里面！你给我开门滚出来！"

后面声音渐渐弱了，应该是白梨捂住了听筒。

沈暗脱了白大褂，去桌上拿了摩托车钥匙："把地址发我，我现在过去。"

"不用……我朋友马上……来了。"白梨的声音带着重重的鼻音。

遇到这么危险的事……

"白梨！"沈暗强压着怒火，耐心冲她说，"把地址给我，我把人赶走，不让他伤害你，你听话，乖乖待在房间里。"

白梨又抽噎了一下，才说："好。"

沈暗冲出去的时候，连头盔都忘了拿。

他满脑子都是白梨一个人躲在房间里，捂住嘴巴哭得委屈又无助的模样。

要了命了，他现在恨不得飞到她身边。

白梨发来的地址离动物诊所不远，沈暗骑摩托不到十分钟就到了。

他径直骑到楼层底下，刚下摩托，就听到楼上传来争执吵闹的声音。

他扯出车钥匙，几步跨上楼。

三楼楼道里站着四五个人，沈暗一眼就认出里面的一个人，正是之前虐猫的那个胖子。

他骂骂咧咧地指着几个人喊着什么。

一个短发女生拿着手机对着胖子的脸拍，她不反驳他的话，只是冲他说："我待会儿就把视频交给警察。"

边上带来的三个男人都双臂环胸，站在短发女生旁边，像是临时找来的保镖。

胖子一脸无所畏惧："你拍啊，我又没犯法，警察也不能拿我怎么着。"

"我顶多是扰民，被教育两句就完事，但是你们能天天看着她吗？我告诉你们，我还就天天来这里，我就不信她躲在里面一辈子不出来！"

沈暗走过去，拍了拍胖子的肩膀。

胖子回头的瞬间，沈暗一拳砸在他脸上。

胖子整个人晃了晃，往后倒退了好几步。

还没等他缓过来，沈暗一把扯住他的领口，把人往外拉了几米，回身又是一拳砸了过去。

边上几个男人全都看傻了眼："谁啊，这是？戴戴你叫来的人？"

戴眉正拿着手机对准沈暗在拍，一双眼都看直了："不认识啊，我要是认识，我还带你们来干吗！他好帅啊！"

其他三人抚着心口，有点儿受伤。

沈暗压低了声音道："你听着，你找她一次，我就打你一次。"

"我很有空，每天都能抽时间打你。"

警笛声呼啸而至，很快有警察从车上下来，几步过来："谁在闹事？"

胖子头晕目眩，半晌才缓过来，他冲警察高举双手："救命啊！这个人打我！"

沈暗早就松了手站到一边，正从兜里摸出烟给自己点上。

警察走过来看到他，有些意外："沈医生？"

桐城这地方，说小不小，说大不大，绝大部分人知道沈暗都是通过他的动物诊所，包括面前的几位警察。

沈暗冲几人点点头，指着胖子说："这个人骚扰我朋友。之前他虐待动物，被我举报过一次，大概是被教训得不太够，他现在想做违法的事情。"

胖子眼睁睁看着沈暗轻描淡写几句话，把自己摘得干净，他登时大怒："他打了我！我现在要去验伤！"

"你知道什么叫正当防卫吗？"戴眉从旁边出来，手里晃了晃手机，"我全都拍下来了，你言语侮辱，谩骂我们，而这位朋友，是路见不平，拔刀相助。"

"是你报的警吗？"警察问戴眉，"身份证给我一下。"

"是我报的警，他骚扰我朋友，我朋友在房间里。"

戴眉掏出身份证递过去："需要我朋友做口供吗？"

"需要，毕竟她才是被骚扰的当事人。"警察登记完，又去找胖子要身份证。

胖子不甘心地指着沈暗大喊："他打了我！这事儿不能就这么算了！你们不能包庇他！"

"谁包庇了？"警察看着沈暗道，"打人确实不对，待会儿麻烦沈医生跟我们走一趟了。"

沈暗点头："知道，辛苦了。"

警察和戴眉几人上了楼，留了个警察看着胖子，沈暗这才摸出手机给谭圆圆打电话。

"跟预约的客人说一声，我今天有点儿事儿。"

挂断电话后，他抬脚往楼上走，胖子指着他冲警察喊："欸！他跑了！"

沈暗没理会胖子，几步走到了三楼。一行人正站在门口，白梨站在戴眉身后，垂着脑袋，脑袋上戴着宽大的卫衣帽子。

警察问话时，她连头都没敢抬一下，声音软软的，带着很重的鼻音。

录完口供，戴眉安抚地拍着她的肩膀，让她进房间，白梨却抓住戴眉的袖子，小声地说："沈暗……"

"什么？"戴眉没听懂，"什么暗？"

沈暗在她身后应了声："我在这里。"

白梨似是被吓到，轻轻抖了一下，过了会儿才回头。

男人身形高大，在几个男人中显得异常挺拔，他眉眼漆黑，安静地注视着她，片刻后他才走过来，轻轻抬手拍了拍她的发顶。

"没事了。"

白梨的眼泪瞬间落了下来。

戴眉过来之后，白梨就调整好了害怕的情绪，也擦干净了眼泪。

但是她不明白，为什么眼前的男人明明对她而言全然陌生，可他只是一个动作，一句话，自己的眼泪就控制不住地往下落。

沈暗在警局待了三个小时，赔了三千块医药费给胖子。

而胖子由于先前虐猫再加上骚扰的事情，要在派出所关押一周，另外罚款五千，还要在派出所写检讨和道歉书。

沈暗出来时，已经快到下午两点了。

戴眉和白梨都在门口，见他出来，戴眉率先迎上前，她从口袋里掏出五千块递过去："不好意思，这是我的一点儿心意，感谢你出手相助。"

沈暗没接钱，只是看着白梨问："一直等在这里？"

白梨站在戴眉身后，很轻地点头。

"是啊，我们不知道你什么时候出来，就干脆一直在门口等着了。"戴眉看了眼时间，问，"请你吃个饭？"

"行。"

沈暗找了附近的餐厅，进去之后才发现白梨没有跟着进来，她往北边的方向走了。

"不好意思，她不太能在外面吃饭，所以我请你吃饭，你看怎么样？"戴眉拿着菜单问他。

沈暗起身往外走："不用了。"

走出餐厅，他几大步追出去，白梨似乎听到声音，以为是路人，往旁边避了避。

沈暗伸手扣住她的手腕，她整条手臂条件反射地僵硬起来，身体轻微发着颤。

她转头看见是沈暗时，才缓慢地放松。

"三明治吃吗？"沈暗松开她。

"啊？"白梨看了眼餐厅的方向，又看了眼沈暗，"你怎么……"

"汉堡？"沈暗又问，"想吃什么？"

白梨磕巴了："我……我……"

"不是说要请我吃饭？"沈暗往前走了一大步，见她没跟上，又回头看了眼，漆黑的眸底映着点笑，"快点跟上，我现在非常饿。"

白梨这才小步跟上。

附近有便利店，沈暗进去拿了三明治和饭团，又找了家肯德基，买了份全家桶。

白梨一看到人多的地方，就下意识地低着头，连便利店和肯德基的门都没敢进，沈暗出来后，她才小心翼翼地跟在他身后。

"是我上次处理得不够周到，那个胖子和你住同一栋楼是吗？"沈暗边走边拿出冰可乐喝了口。

白梨怔了一下，半晌才轻轻点头："他……住二楼。"

"201？"沈暗问。

白梨摇头，小声说："202。"

"好，我知道了。"

沈暗用手背擦了擦额头上的汗，看见一家人少的咖啡店，问她："去那里吃东西可以吗？天太热了。"

白梨踟蹰着没动，沈暗已经伸手扣住她的手腕，拉着她走了进去。

她的手腕每次被他碰触，都会条件反射地僵硬，次数多了，她的整条手臂都快麻痹了，隐隐发酸。

连带着心跳也会变得很不寻常，狂乱得像是要从胸口蹦出来。

咖啡店里很是凉爽，沈暗进去找了个靠里的偏僻位置，拉着白梨坐下，又去点了两份甜品，这才过来坐在白梨对面。

他手里拿了份菜单，将它竖直地立在桌子中央："这样我就看不到你了，放心吃，可以吗？"

白梨心脏乱跳，用很小的声音说："可以。"

沈暗开始吃东西，他低着头，只有细微的声音传过来。

白梨抬头看过去，只看得到菜单。

四周没有人，旁边是一排绿植，宽大的叶子斜斜垂下，墙上是各种颜色的涂鸦，地板和桌面统一用的是红木，椅子上也是各种颜色的抽象派画作。

这家店的装修虽然十分新潮，但环境十分安静，中央空调的冷风徐徐吹来，空气里透着舒适的凉爽。

白梨犹豫了许久才轻轻摘了口罩和墨镜。

她看起来哭过，眼眶还透着些许红意，鼻头因为长时间蒙在口罩里，已经蒙了一层汗。

她拿纸巾擦了擦汗，小心翼翼地拿起叉子，叉起沈暗递到她面前的那块杧果千层。

才刚吃了一口，脑袋上的帽子忽然被人摘下，她慌乱地抬头，视野里只看到男人纯白的袖子。

"我看一下有没有消肿。"

他伸出长臂，把拇指搭在她额头上，拨开她被汗濡湿的碎发，看向她额头肿起的那个大包。

额头上的汗被她刚刚全擦掉了，唯有红肿的那处，她怕疼没敢碰，此刻那处红肿的包上溢着一层细汗，他薄唇凑近，轻轻吹了吹。

白梨后脊一麻。

"很疼吗？"沈暗问。

"不，不是。"白梨面红耳赤地低着头，微微避开他那只手，声音小得几乎听不见，"很痒。"

耳边听到男人唇角溢出的低笑声，她脸颊爆红，耳根瞬间滚烫起来。

沈暗吃完东西，又接到了谭圆圆的电话。他下午有台预约的手术，客人点名要他去做，而且不愿意更改时间，谭圆圆只好打电话问他什么时候忙完。

沈暗看了眼腕表："半小时后。"

白梨抿着嘴小口喝牛奶，沈暗不知道她喜欢喝什么，便买了七八份不同的饮品，见她挑了热牛奶，心里有了数，把其他冷饮拨到一边。

她喝完牛奶，擦干净嘴巴，重新戴上口罩和墨镜。

沈暗替她把帽子拉上，轻轻在她脑袋上拍了拍，声音里透着自己都没察觉到的温柔："我送你回去。"

白梨小声拒绝："不用。"

沈暗根本不是征求的意思，他扣住她的手腕，牵着她就往外走，手里还提着一大袋没喝完的冷饮。

白梨力气太小，根本挣不开沈暗的手，出口的声音更是小得像蚊子的声音："沈……我可以……自己走。"

沈暗停下来，转身看着她，却没松开手，只是问："你叫我什么？"

白梨垂着脑袋，不敢出声了。

他眼底带着点笑，又问了一遍："你刚刚喊我什么？再喊一遍，我就松手。"

她耳根倏地一红，声音都颤了："沈……医生。"

小丫头声音软绵绵的，落在耳里，熨帖得他五脏六腑都说不出的愉悦，他松开她的手腕，指节往下移了几分，抓住了她的手。

白梨一惊，整个身子都僵住了。

"可以这样牵着吗？"他问。

白梨整个脑子都蒙了，身子抖得不成样，她下意识想把手往回抽，却是抽不回来，男人的力道不轻不重，却将她握得很紧。

"不喜欢就说出来。"他嗓音低低的，却透着蛊惑，"我可以这样牵你吗？"

白梨脸色涨得通红，她抖着手臂往回抽，声音又轻又小，还带着颤："不……不行……"

"行是吗？"沈暗故意装作没听见前面那个"不"字，牵着她的手就往前走。

白梨用力往回抽手，她声音焦急，带着哭腔："沈……医生，松开……"

沈暗捏了捏那只软嫩的手，轻轻松开她。

他回头，隔着口罩，轻轻用指腹蹭了蹭她的脸："哭了？"

白梨低着头，很轻地摇头。

"讨厌我？"他又问。

白梨身体还处于被他牵着手的紧张状态，紧绷又不安，听他这样问，她下意识慌乱地抬头看他，触到他漆黑的眸，又惊慌地低头，过了片刻，才轻轻摇头。

"行，我知道了。"沈暗唇角轻扬，带着她在路口打了出租车。

这次他没坐副驾驶位，就坐在白梨身边。

白梨全程看着窗外，根本不敢看他。

沈暗看她手指紧张地绞着，低声喊她："白梨。"

白梨肩膀小幅度一缩，动作极轻地转头，视线却垂着，隔着墨镜仍不敢看他。

"我听了你分享的歌曲。"他有意缓解她的紧张，毫无预兆地开口唱歌，"我曾经跨过山和大海，也穿过人山人海……抱歉，跑调了。"

白梨蒙了一瞬，后知后觉才明白，他在逗她笑。

她转过脸看向窗外，咬着唇很轻地笑了，绞紧的手指也不由自主地舒展开。

下车后，沈暗把人送到门口，离开之前，隔着卫衣帽子，拍了拍她的头顶："我走了。"

白梨等他走之后，才慢慢地摸了摸自己的头顶。

她摘掉口罩和墨镜，走到洗手间时，才看见镜子里的自己，脸上火烧似的涨红一片。

她打开水龙头，快速往脸上拍水。

手指不小心碰到额头上那块肿起的包时，她低低吸了口气，抬头看向镜子，脑海里却无端想起男人低头凑近的画面。

她捂住脸，连眼睛都羞得紧紧闭上。

沈暗走到二楼 202 室门口拍了张照片，下楼之后，骑上摩托车回了诊所。

几个客人正在等他，他把一袋子冷饮放在桌上，给谭圆圆留了一份后，其他几份分给了几位客人。

他换上白大褂，洗手消毒，在手术室和诊疗室忙了一个多小时，终于得空出来喝口水休息。

他坐在大厅沙发上，活动了下肩颈，摸出手机点开微信，目光落在置顶那一栏，赫然发现白梨给他转了五千块。

上面还发了一句话：对不起，害你进警局，还被罚了款，这个钱希望你收下。

他按了退回键，紧接着按下语音键说："换别的，不要钱。"

沈暗因为忙了一个多小时没怎么说话，喉口的声音略显低哑。

手机那头的白梨听得耳朵都烫了起来，隔了一会儿她才回复道：你想要什么？

沈暗唇角一扯，又发了句语音。

白梨咬着唇，轻轻点开，听筒里传来男人沙哑的声音："下次牵手的时候，不要拒绝我。"

她的耳朵像是被火烫到，掌心里的手机更像是烫手山芋，她飞快一丢，就把手机丢到了桌上。

脸上的热意逐渐蔓延到耳根，她整个人被火烧似的热得不行。

等那阵热意消散过后，她才伸手去拿手机。

她动作很轻地伸出食指点开那条语音，脑子里却沸腾起来。

一字一句全是男人沙哑的声音：

"下次牵手的时候，不要再拒绝我。"

沈暗抬头的时候，乍然看见谭圆圆的脸，被吓了一跳。

"你在这干吗？"他拧着眉，把手机关上，心情颇好地起身活动着脖颈。

谭圆圆震惊地瞪着他："暗哥，你刚给谁发语音呢？什么叫下次牵手？你有女朋友了？！什么时候的事？我怎么不知道？！"

沈暗往办公室走，脸也板了起来："工作时间，再废话罚款。"

谭圆圆憋屈地噘着嘴看他，随后忍不住拿出手机悄悄给苗展鹏发消息：

暗哥有女朋友了！

什么时候的事！我怎么不知道！

你是不是知道？！你为什么不告诉我？！

她噼里啪啦发完消息，趁沈暗回办公室，又忍不住直接给苗展鹏打电话。

苗展鹏睡得正香，接到她的电话，以为诊所出了什么事，抹了把脸强迫自己清醒："怎么了？"

"暗哥有女朋友了。"谭圆圆哀怨地说，"他今天发语音说什么，下次牵手别拒绝他，那个女的居然还拒绝了他……你知道是谁吗？你见过吗？"

苗展鹏无语地叹了口气："……大哥，我现在在休息啊，我才睡了不到五个小时。"

"所以你到底知不知道他女朋友是谁？"谭圆圆难以置信地碎碎念，"怎么一点儿预兆都没有啊？我也没看出来他跟哪个女客人走得比较近啊，难道是羽毛球俱乐部的人？不对啊，这几天下雨他也没去啊，难道……"

苗展鹏直接挂了电话。

谭圆圆更委屈了，趴在桌上，有一搭没一搭地想暗哥的女朋友到底是谁，甚至拿出一张女客人的表格，开始筛选。

沈暗则是回到办公室，开始打电话："东新小区，对，20栋楼三单元202，查查那房子是买的还是租的，帮我把人赶走。"

电话那头不知说了什么，沈暗轻轻笑了下："事成请你吃饭，谢了。"

电话挂断之后，沈暗出来冲谭圆圆道："叫个外卖，有肉就行。"

谭圆圆诧异极了："暗哥你没吃午饭？"

"吃了一点儿，饿了。"沈暗接了杯水，边喝边查看预约表。最近客人太多了，六点一个，七点两个，八点有四个，今晚的羽毛球是打不了了。

他合上预约表："对了，要两份米饭。"

谭圆圆比了个手势："明白！"

她点完外卖，又八卦地伸着脖子问沈暗："老板，你真的恋爱了？是谁啊？我认识吗？"

沈暗放下水杯，用食指敲了敲桌子："再给我在网上买个头盔，女生戴的那种，简单点，白色就行。"

谭圆圆的脸唰地拉了下来，她一脸受伤的表情看着沈暗道："暗哥，你说什么？"

沈暗转过身："算了，我自己买。"

"暗哥！"谭圆圆噘着嘴不甘心地喊他。

沈暗偏头，一双眼淡淡地看着她："谭圆圆，不能干就辞职走人，能干就把你那些小情绪给我收起来，我从来没给过你机会，也没说喜欢你，别摆脸色给我看，我不是你爹妈，没必要惯着你。"

谭圆圆被说得眼眶一红，眼泪唰唰往下掉。

沈暗之前招的都是男前台，男孩到底比不上女孩子细心温柔，有几个不讲卫生就算了，也不是很勤快，不爱打扫，还总爱讲脏话，客人意见颇多，他索性招了女前台。

在谭圆圆之前有十几个女前台，并不是做得不好，而是对沈暗存了别的想法，又因为年轻，刚成年，行事作风轰轰烈烈，即便有客人在，都毫不掩饰自己对沈暗的喜欢，因此，都被沈暗辞退了。

　　谭圆圆是留下来时间较长的员工，人活泼，做事也麻利，手脚勤快，沈暗对她各方面都比较满意，偶尔外出也会捎带些吃食给她，一面当她是员工，一面当她是邻家小妹。

　　他自然知道谭圆圆喜欢他。

　　她没表白，他也不揭穿，只是刻意跟她保持距离，不暧昧，不给她任何机会，只要她安静做事。

　　她在他眼里，就是一个普通的员工。

　　但她今天这一出，着实让沈暗恼火。

　　他在办公室里准备了信封，只等着谭圆圆进来辞职，脑子里不合时宜地想起白梨。

　　她纤细软嫩的手指握着叉子，因为他突然靠近的举动而慌乱不已的眼睛，皮肤白得像玉，睫毛狭长，因为紧张正忽闪忽闪地眨动。

　　耳边再次回响起那软糯微颤的声音："沈……医生。"

　　谭圆圆留下来了。

　　她没有辞职，到办公室认认真真跟沈暗道了歉，只是眼睛红得厉害。

　　沈暗让她回家休息，明天再来上班，她摇摇头说没事，因为晚上客人多，她怕沈暗忙不过来。

　　后天是中秋节，诊所会放假一天，但沈暗不放假，他原本就没什么地方去，给自己的计划就是在诊所待到晚上六点，吃完晚饭继续去体育馆打羽毛球。

　　但现在，他有了别的计划。

　　苗展鹏过来之后，沈暗又多待了两个小时，中午预约的客人推迟到晚上八点，有的来晚了，他多等了半小时。

　　等他忙完出来，已经是晚上九点十分。他看了眼手机，自从他发完那句语音之后，白梨就再没回过消息。他戴上耳机，一边沿着东新小区的方向跑，一边给白梨打电话，第一遍没人接，第二遍也没人接。他坚持打到第四遍，白梨终于接了电话。

　　"吃饭了吗？"他问。

　　听筒里他的声音格外有磁性，白梨搓了搓发麻的耳朵，声音很小："嗯。"

　　"刚刚在做什么？"

　　"给猫涂药。"

　　手机上又有其他人的来电，沈暗看了眼手机上显示的来电备注，冲白梨说："我接个电话。"

　　是万军打来的，约他明天晚上一起吃饭，说虎三也在。

　　沈暗听明白了："万哥，你费心了，明天我一定准时到。"

　　他没再给白梨回拨过去，跑了二十多分钟，到东新小区二十栋的楼下，这才站定给白梨打电话。

　　天气燥热，他又跑了那么久，浑身都是汗，说话的声音也带着喘息："我在你家楼下。"

　　白梨愣住了，心慌地问："为，为什么？"

　　沈暗低笑："你说为什么？"

　　"我，我不知道……"白梨慌乱地走到厨房的窗户前往底下看，果然看见黑暗中似乎站着个人。

　　"你中秋回家吗？"沈暗摸出烟点了火，徐徐吐息。

　　"不，不回去。"白梨轻声说。

　　"那到时候，我带你去玩。"他咬着烟，声音含糊沙哑，格外惑人。

　　"不，不用，我不出去。"白梨耳朵发痒，声音都颤了几分。

　　"后天早上，我来接你。"

沈暗低笑，浑然不管她的拒绝，咬着烟，声音低低的，带着哑意："家里有水吗？我渴了。"

白梨哪里听不懂他的话外音，他分明是想让她下去，跟他见面。

她咬着唇，紧张得浑身上下的毛孔都张开了："我，我放门口，你自己拿水。"

沈暗喉口溢出笑声："好。"

说完，他几大步跨到三楼。

白梨的速度哪有他快，才刚拿出新的纸杯，倒了杯水，一打开门，就看见男人站在家门口，吓得她边往后退，边低低叫了声。

她在家自然没有戴帽子，也没有戴墨镜和口罩，白皙的小脸全然露在男人面前，一双漂亮的眼睛害怕地瞪大，里头是黑白分明的瞳仁，干净又澄澈。

她穿着居家的衣服，纯白色的长袖长裤，墨黑的长发披在肩上，衬得那张巴掌大的脸更显加动人。

沈暗却只是站在那里没动，眸底带笑地看着她："水，给我。"

白梨手抖得厉害，递水过去时，手背全被洒了水。

她垂着眼睛不敢看他，沈暗接过水杯，咕咚咕咚两口喝完，把杯子还给她时，握住了她的手。

白梨身体颤抖起来，她害怕地看着他，一双眼睛惊慌又无助。

男人刚刚跑步过来，身上带着些许热气，额前沁着一层薄汗，那张脸在长廊的灯下显出深邃的轮廓，从白梨的角度，能清晰看见他上下滚动的喉结。

心脏跳得飞快，白梨一张脸憋得几乎要窒息。

沈暗及时松手："我走了，你把门关好。"

他往后退了几步，主动把门关上，这才靠着门轻轻敲了敲："反锁了没？"

门内传来响动，紧接着才传来白梨软软的声音："嗯。"

"那我走了。"

沈暗说完，又静静靠在门上听了一会儿，直到听见白梨极小的那声"嗯"，这才转身往外走。

他是跑着回去的，车子停在诊所门口。

跨上摩托车的那一刹，他想起白梨抗拒又害怕的那双眼，莫名地有点儿心疼。

他不知道白梨以前遭遇过什么，他只知道，他第一次迫切又渴望地想要抱一抱她。

想将她的害怕和不安驱除干净，想让她的眼底只充满明媚的笑意。

回家洗完澡后，他站在阳台上，边抽烟，边把花从客厅搬到阳台透风，随后给花浇水。

花蔫蔫的，叶子都耷拉着。

他拍了张照片发给白梨，问她：像不像你？

白梨隔了好一会儿才回：哪里像？

沈暗发了语音过去，低低的嗓音带着笑，笑声沙沙哑哑的，质感好听。

"都喜欢低着头。"

白梨脸一红，又收到沈暗发来的一张照片，他修长的手指捏着一片叶子，紧跟其后的是一条语音。

白梨点开，就听见沈暗质感磁性的嗓音，落在耳畔，好听到醉人。

"我在跟它牵手。"

白梨脸色猛地涨红，他上一秒还说这花像她，下一秒就说

跟花牵手，潜台词岂不就是……在跟她牵手。

"可以吗？"他问。

白梨头脑发热，根本不明白，他问的是花还是自己，却是颤着手指回了句：可以。

沈暗又发了句语音，嗓音愉悦，带着低哑的气音，烫得白梨耳朵又麻又痒。

"记住你说的。"

一我抓到光了

　　临近中秋，沈暗的手机一直有电话和消息进来，祝福的，请吃饭的，各种各样，他挑着回复，大多是拒绝。

　　羽毛球俱乐部的群里有人已经发布"两天一夜"的活动时间和地址，还有人私聊问他为什么不去。都是女人发来的。沈暗懒得回复，躺在椅子上短暂休息了片刻。

　　他昨晚没睡好，梦境愈发嚣张，醒来时，耳边还残留着她的声音："沈医生……"

　　那一会儿才凌晨四点，他去洗手间洗了个冷水澡，出来在阳台吹了会风，又抽了根烟。

　　重新躺下时，他没有再梦见白梨，却是梦到了自己小时候。

　　九岁的自己，睡眼惺忪地打开门时，看见的是沈广德和一个女人在沙发上厮混，而自己的母亲哭着跪倒在地板上，脑袋上全是血，周边是破碎的酒瓶和点点血迹。

　　他脑子混乱，穿过一片狼藉的地板，去扶母亲，想让她起来，却听见她尖叫着："沈暗你去打他！打死他啊！那个混蛋他没有人性啊！"

　　他回头，看见沙发上的女人尖着嗓子喊："这是你儿子吗……他在看我……"

　　"看什么看！"沈广德抄起茶几上的啤酒瓶朝他砸来，沈暗想偏头躲开，想起身后是母亲，硬生生转过头，用单薄的身体把母亲护在怀里。

　　"砰"的一声响，啤酒瓶在后背砸开，散成无数块碎片落在地上。

　　钝痛袭来，他吃痛地喊出声："啊——"

　　沈暗听到怀里的母亲在嘶哑着尖叫哭骂，她满脸是血，声音凄厉尖锐，他突然耳鸣，很长一段时间都听不见声音。直到后来，那些声音才如潮水般疯狂地涌进他的耳郭。

　　"沈广德！你没人性啊！我诅咒你不得好死！我诅咒你下地狱！我诅咒你下十八层地狱啊！"

　　手机响起，沈暗睁开眼。他按了按眉心，把手机放在耳边："喂？"

　　电话是南市较大的一所宠物医院打来的，医院想趁着中秋放假，召集南市其他宠物医院的医生们一起吃个饭，交流一下心得。这种场合，沈暗不得不去，他记下时间和地址，道了谢。

　　挂断电话后，他坐在椅子上沉默了许久，最后拿出手机，给白梨拨了电话。

　　"跟我说句话，什么都行。"

　　白梨有些蒙："啊？"

　　她有些紧张："沈，沈医生……你，怎么了？"

　　"再喊一遍。"沈暗闭上眼，将耳朵贴近手机。

　　白梨咬着唇，耳根通红，声音越来越小："沈医生……"

　　"喜欢什么口味的月饼？"沈暗睁开眼，情绪已经恢复，他解开了领口的扣子，深深呼出一口气。

"我不喜欢吃月饼。"白梨小声说。

"真巧，我也不喜欢。"沈暗唇角微扬，"那我们明天尝尝新口味。"

"我，我不去。"白梨轻声拒绝，说完又觉得不好，小声地问，"你明天不用回家吗？"

"不用，我没有亲人了。"沈暗看了眼桌上的合照，照片里，老人白发苍苍，旁边站着个满脸笑容的男孩。

白梨哑了片刻，才道歉："对不起。"

沈暗低笑："对不起什么？"

白梨磕巴了："就……对不起，我提了……不该提的。"

"你想问什么都可以。"沈暗声音低低的，却带着股让人安心的魔力，"我想了解你，也想你了解我。"

白梨耳根发烫："我，我……"

她说不出话，心脏跳得都乱了。

"我现在出去吃饭。"沈暗看了眼腕表，"放心，都是男人，没有女人。"

白梨满脸通红，想说话却完全插不上话："我……"

"不放心的话，我可以拍照给你看。"沈暗低笑，"先挂了，吃完打给你。"

挂断电话后，沈暗抬头看见门口站着惊呆的苗展鹏。苗展鹏怔了一会，才挠着后脑勺说："暗哥，我来了。"

沈暗中午要跟万军、虎三几人吃饭，不知道什么时候才能回来，索性叫苗展鹏过来顶班。

沈暗脱掉白大褂，换了身衣服，苗展鹏一直站在门口没走，等沈暗换好要出来时，才冲他说："暗哥，原来你有女朋友是这个样子。"

沈暗微微挑眉："什么样？"

苗展鹏腼腆地笑了笑："像变了个人一样，我刚过来听你打电话的时候，那个感觉就跟……见了鬼一样。"

沈暗：……

万军找的餐厅是市中心的五星级酒店。

沈暗一进去就有服务生领着他往包间里走，万军和虎三早就到了，分成两边坐着，墙边站着十几个小弟，那架势不像是来吃饭的，倒像是来打架的。

沈暗是提前来的，但没想到他们更早。

"万哥。"他进来，冲万军的方向道，"我来晚了。"

万军笑了笑："是我来早了，我饿了，先点了几个菜，你看看，还有什么想吃的自己点。"

"好。"

两人说话热络，边上的虎三斜视过来，笑得有些讽刺："哟，这是怎么了？看不见我？"

"你要点菜？"沈暗顺手把菜单递过去。

虎三斜着眼睛看他："你给我点菜。"

沈暗看着他问："想吃什么？"

"我想吃沈医生的腿肉，割给我吗？"虎三笑得阴阴的，他皮肤极黑，脸上有一块从眉心到嘴唇的疤痕，显得那张脸狰狞恐怖，笑起来更是瘆人。

沈暗唇角扯了扯，露出个嘲弄的笑："想吃就安静点吃，不吃就滚。"

墙边站着的几个虎三的小弟立马凶神恶煞地朝沈暗冲过来，万军带来的小弟则是护在沈暗周围，恶狠狠地盯着对方，气氛瞬间剑拔弩张。

万军慢悠悠开口："虎三，今天是我组的局，说实话，沈暗说的，也是我想说的，你给我面子，咱们今天这顿饭吃完，过往的一切我们全都抹了，就当没发生过。"

"你倒说得轻巧，又不是你的五十万。"虎三冷嗤一声。

"你那门道别以为我不知道，一堆破烂筹码也叫五十万，怎么？这顿饭是不想吃了是吗？行，不想吃，我们就换个地儿，让哥几个比画比画。"万军也冷了脸。

他跟虎三是有些交情的，也正因为这份交情，他前天找了虎三，专门为沈暗的事说了一嘴，当时虎三没吭声，他也就以为那事儿过去了，于是组了今天这个局，让两人一起吃个饭，把那事儿就揭过去了。谁承想，虎三到酒店就翻了脸。

"那可是五十万，你就让我这么算了？那我的脸往哪里搁？你让我那群兄弟怎么看我？"虎三斜着眼睛看着沈暗。

"你想怎么着？"万军盯着他问。

"让他给我道个歉，说'三爷爷我错了'，再给我磕个头，这事儿就算了。"虎三看着沈暗问，"怎么样？能不能做到？"

沈暗给自己倒了杯酒，又给虎三倒了杯："把这杯酒喝了，我就当没听见刚刚那句话。"

虎三冷笑一声站起来。

"虎三。"沈暗叫住他，"你如果现在出了这个门，我保证你明天过不了团团圆圆的中秋节。"

虎三阴狠地瞪着他。

沈暗面无表情地回视着他，只声音冷酷极了："我既然能从那摊脏水里全身而退，也能重新回去。"

"到时候，就没你虎三的位置了。"他说完，将桌上的酒一饮而尽。

虎三自然听得懂沈暗的意思，当初沈暗爷爷发生那件事之后，他就金盆洗手，搞了个动物诊所。

虎三捡了个漏，这才有了今天的位置。

如今，沈暗既说出这样的话，那就代表他有十足的把握，他和万军、刘大龙几人都不一样，他从不装腔作势，头脑也聪明。用万军的话来说，沈暗要不是被沈广德拖累，肯定不会是现在这样。即便在很多人眼里，沈暗如今的造化已经非同寻常。

虎三沉默地站着。

万军敲了敲桌子，给他个台阶："虎三，把酒喝了，我们今天几个兄弟就热热闹闹地吃个饭，明天开开心心过中秋。"

虎三看了沈暗一眼："行，我就给万哥一个面子。"

说完他捏起桌上的杯子，仰头把酒闷了。

在场的人都不由自主地看向沈暗，谁都知道，虎三不是给万军面子，是怕沈暗。

有新来的弟兄不认识沈暗，有些好奇地打量他，沈暗穿着一身白衬衫，配着休闲裤，皮鞋锃亮，那张脸骨相分明，十分帅气，根本不像是混这条道的。

这条道上的哪个人不是靠着一张凶神恶煞的脸、无数的疤痕以及不要命的劲儿称霸一方的。

但沈暗不一样，他不需要凭借任何东西。

他只单单站在那里，就没人敢小瞧他，他骨子里有那种劲儿。

那种豁出去不要命的劲儿。

沈暗回到家时已经十点了。

他把花盆搬到阳台，给花浇完水，才脱了衣服去洗手间洗澡。

沈暗酒喝得并不多，但是菜没吃多少，胃不太舒服，他找了颗药吃了，靠在沙发上，摸出手机查看消息，又是密密麻麻的红色。他眼皮撩着，只看置顶，可那置顶一栏空空荡荡的，什么都没有。

他用舌尖抵了抵齿关，拇指一按，拨了视频通话给白梨。

等了一会儿，等来一句提示：**对方拒绝通话。**

沈暗：……

他伸手压住眉心，低笑出声。

他又拨了语音通话，等了十几秒，白梨才接，却是连呼吸声都放得很轻。

"还没睡？"喝了酒的缘故，沈暗的声音特别哑，"还是被我吵醒了？"

"没，没有。"白梨的耳朵似被烫到，声音明显地抖了一下。

沈暗笑了，喉口的笑声沙沙哑哑的，激得白梨后脊一麻，她满脸通红，捧着手机磕巴地问："你，你笑什么？"

"听到你的声音就想笑。"沈暗的声音含糊极了，也沙哑得厉害，"不可以吗？"

白梨：……

"你，有事吗？"她小声问。

沈暗又笑了："没有。"

沈暗好几年不喝酒了，逢年过节，旁人劝酒，他都说胃不好不能喝，倒不是假话，是真的不能喝，胃也是真的不好。

每次喝酒，他的情绪都会陷入低潮。

但这次，只听见白梨的声音，他的心情就忽然变好。

"聊聊天吧。"他声音又低又哑，伴着点撩人的醉意，显得蛊惑至极，"我今年二十九，过了年就三十了，你呢？"

白梨讷讷了好半晌才说："我……二十四。"

"二十四？看着像十八岁。"沈暗早就看过她的身份证，也知道她年纪，纯粹想逗她。

白梨果然不出声了，估计脸都红透了。

"我的工作你知道了，你是做什么的？"沈暗又问。

"策划。"她声音很小，显得有些局促和紧张。

"没接触过，不太懂，改天教教我？"他笑着问。

她根本不知道该怎么回答，支吾了半天，才说："好。"

"见了面，总喜欢拒绝我，在电话里反而这么好说话，嗯？"他尾音压得极低，声音像从胸腔里震颤出来的。

白梨握着电话，声音颤得厉害："没，没有。"

"没有？那我明天……"他离得近了些，呼吸声里带着明显的低哑气音，"还可以做点别的吗？"

白梨舌头打了结，说话磕巴起来："不，不行。"

她害羞到了极点，说完"不行"就心慌地挂了电话。

沈暗看着手机屏幕，抬手压着眉心，唇角止不住地上扬，心情愉悦到了极点。

网购的头盔终于到货了，沈暗一大早就去拿了快递。

他是极少网购的人，快递小妹见他过来，红着脸问他取件码。抱过来的箱子有点儿重，她又多问了句："是什么啊，好像有点儿重？"

"头盔。"沈暗拿了桌上的工具刀直接打开箱子，里面是个粉色头盔，上面印着一行字：*白梨专属*。

他满意地勾唇，把箱子留下，拎着头盔走了："谢了。"

快递小妹怔怔地看着他手里与他格格不入的粉色头盔，再看看身边的纸箱子，肩膀轻轻塌了下来。原来是给女朋友买的啊。

"今天有点儿晚哦。"包子店的老板娘见沈暗过来，看了一眼后，又倏地抬头看了眼，沈暗车头挂着一只粉色头盔，显眼极了。

老板娘开心地笑起来："你还真找到女朋友了啊？哎呀，

你这是要去哪里？今天不是中秋节吗？"

"嗯，带她出去逛逛。"沈暗没要包子，下了车递给她一盒月饼，冲她笑着说，"中秋快乐。"

老板娘也不跟他客气，接了月饼，热情地招呼他："晚上可以来我家吃团圆饭，带上你女朋友。"

沈暗浅笑："不了，她怕生，等下次。"

他冲老板娘一挥手，骑着摩托潇洒离开。

早上起来的时候，他给白梨发了消息，说大概八点半会到她家楼下。

他八点二十五分到的，在楼下等了一会儿，给她打了电话，她没接，第三遍时，她才接起。

"没起床？"他问。

"不是，我……我……不想……出去。"白梨小声地拒绝，说完又不安地道了歉，"对不起，沈医生。"

"昨晚说的那句话吓到你了？"沈暗问。

白梨想起那句话，耳根一热："没，没有。"

"那为什么？"

"我……"她没法解释，支吾半晌，才小声地说，"你以后……不要找我了吧。"

沈暗已经停在她房间门口，手指在门上轻轻叩了叩，声音在收音筒里质感磁性："我到门口了，开门。"

隔了整整两分钟，房门才被打开。

白梨穿着黑色卫衣，整个脑袋罩在宽大的帽檐里，她脸上戴着墨镜和口罩，只剩葱白的一双手露在外面，不安地绞着。

"我一大早来找你，"沈暗走近了一步，压低了背看她，只能看到她帽檐里露出来的一缕长发，他手臂撑在门框上，担心吓到她，声音刻意放柔了几分，"不是为了听你拒绝我。"

白梨小声地说："对，对不起。"

"也不是为了听你道歉。"沈暗用手指虚虚点了点她的帽子，声音低低的，透着几分蛊惑，"我只想，带你找个地方，去尝尝月饼。"

白梨的身体却不由自主地开始战栗，她无措地站在那里，手臂已经被男人扣住。他没有牵她的手，只是扣住她的手腕，拉着她走了出来。

白梨一晚上翻来覆去地没睡好，早上很早就醒了，戴眉约她中午去她家吃饭，白梨也拒绝了，只是没敢说实话。

上次戴眉就问她，她和沈暗是什么关系。

她垂眸看向男人有力的小臂，手腕酸麻得厉害，她掌心开始出汗，脑子里更是晕乎乎的，像是踩在一团棉花上，整个人都有种头重脚轻的眩晕感。

"我看得出来，他喜欢你。"

耳边响起戴眉的声音，白梨指尖颤了颤，整个脖颈跟火烧似的热了起来。

沈暗拉着她停在摩托车前，他取下车头挂着的粉色头盔，给她戴上之前，他手指顿了顿，摘掉了她的墨镜。

温热的指腹轻轻蹭到她细嫩的肌肤。

白梨慌乱地抬头，只见沈暗一本正经地说："戴墨镜容易刮伤皮肤，等下车再戴。"

他说完，把头盔给她戴好，系上暗扣，盯着头盔里那双漂亮干净的眸子看了好一会儿，才跨坐在摩托车上："上来吧。"

白梨捏着手指，根本不知道怎么上去。

沈暗扭头看向她，眸底带笑："没坐过？"

她轻轻点头。

沈暗朝她伸出一只手，长腿抵了抵踏板的位置，冲她道：“扶着我，踩着这里。”

白梨犹豫几番，连手都没伸出来。

沈暗看了她片刻，骑着摩托车往她身前靠近了些，一个反手揽着她的腰，把她整个人架到了车上，白梨心惊地扶着他的背，浑身颤得厉害。

沈暗戴好头盔，微微偏头说：“坐稳了。”

掌下的肌理隔着白衬衫仍烫得灼人，白梨手指都快痉挛了，她慌乱地松手，去抓身后的座椅。

“你这样容易摔下来，你可以抓我衣服，或者……”沈暗隔着后视镜看她，点了点自己腰腹的位置，声音压低了些，“抱着我。”

白梨红着脸，小心地抓起他衬衫的一角。

沈暗唇角上扬，他用长腿踢回支脚，把摩托车发动，整个身体微微俯低，脊背隆起一个弧度，白衬衫下隐隐透出大片黑色文身。

拐弯时，由于惯性，白梨整个人不可控制地贴到沈暗后背，前胸撞到男人坚硬的脊骨上，她疼得闷哼出声，两只手在慌乱中搂住了男人结实的腰腹。她心慌地撤回手，却又在下一秒因为过快的车速而不受控地再次搂住他的腰，耳边仿佛听到男人低笑的声音。

白梨从车上下来时，整张脸还红着。她低着头，摘了头盔后，匆匆把墨镜戴上，连到了哪里都不敢看，紧张又无措地站在那里，只盯着怀里抱着的那只粉色头盔，头盔上印着四个字：**白梨专属**。

她耳朵又红了。

“喜欢吗？”沈暗敲了敲她手里的头盔，“还有其他颜色，你如果不喜欢这个颜色，我们再换个别的。”

白梨简直不知道该怎么回答。

沈暗把车停好，接过她手里的头盔和自己的头盔一起并排放好，拉着她的手腕往前走，没走几步，他的手往下移了几分，牵住了她的手。

白梨抖了一下，伸手往回缩。

"你可是答应过我的。"他回头，压低了背凑近她，隔着口罩用指腹轻轻地在她脸上摩挲了一下，声音低哑，"不要拒绝我。"

白梨颤巍巍地抬头，男人五官深刻，英挺的眉毛下，是一双漆黑的眼睛，他唇角带笑，下颌线条流畅，说话时，声音质感低醇，像酒一样醉人："放心，今天只牵手。"

白梨心脏又是一抖，男人已经牵着她走了进去。

植物园占地约有半个体育馆那么大，但是来往的人特别少，或许是因为中秋佳节，除了几个工作人员，白梨进来后，几乎没看到几个人。

被牵着的那只手以及那条手臂都呈半麻痹状态，她现在几乎感受不到手臂的知觉，只知道……手心好烫，已经出汗了。

沈暗牵着她，一路走到一处四面都被山石植被包围的石凳上，这才拿纸巾擦了擦凳子，拉着她坐下。

他从背包里拿出一份礼盒月饼，拿出一个红色包装的月饼递到她面前："尝尝看是什么口味的。"

白梨小声道了谢，打开包装后，她看了眼沈暗。

沈暗找了个舒服的姿势，左手撑着下巴在看她，见她看过来，他勾唇笑了一下："好，我不看你。"

他抬起右手捂住眼睛。

反倒是弄得白梨更不好意思了。

她犹豫地捧着月饼，过了好一会儿，才轻轻摘了墨镜和口罩，低头咬下一口。

月饼是巧克力馅的。

"好吃吗？"沈暗问。

白梨抬头看他，他五指修长，食指和中指压在眉心，无名指和尾指搭在鼻骨上，中间露出一双漆黑的瞳仁，正盯着她看。

她倏地耳根一红，声音都颤了："好，好吃。"

"我尝尝。"他站起来，往白梨面前凑近。

他的轮廓线条很深，下颌弧度棱角分明，离太近了，有温热的鼻息喷在她脸上。

她甚至……听到了他喉结滚动的声音。

白梨心慌意乱地撇开脸，只感觉手上有压力传来，她身体轻颤，转头看过来，只看见男人低头咬在了她手里的那块月饼上。

他用舌尖抿了抿："挺甜的。"

白梨看着手里的月饼，只觉得浑身的血液都烧了起来。

他怎么能吃……她吃过的月饼。

"怎么了？"沈暗明知故问。

白梨低着头，眼睫颤啊颤的，过了一会儿才软软地说："没，没事。"

却是再也不敢碰那块月饼。

"不吃了？"沈暗见她捧着月饼，姿势僵硬，眼皮垂着，像做错事的学生。

白梨咬着唇不知道怎么回答。手里的月饼，是他吃过的，牙印就在她咬过的边上。白梨掌心冒汗，手指抖了起来。

沈暗低头凑近，在她捧着的那块月饼上又咬了一口，她手指僵硬，就见他咬着月饼回到石凳上坐下。

他眉眼微微挑着，唇角略上扬，嘴里含糊地说："那我吃了。"

白梨搓了搓食指，沈暗叼走月饼的时候，滚烫的鼻息烫到了她的手指，到现在，整只手都麻麻的。她心神都乱了，不敢看他，只盯着外面的植物看。

"去转转？"沈暗吃完，把月饼收进包里，单手背在肩上，另一只手递到她面前。

白梨手臂又酸麻起来，她低着头，撇开脸，声音因为紧张，透着一丝颤意："沈，沈医生，我们……不合适。"

"哪里不合适？"他个头太高，俯视的姿态显得有些居高临下，他把包放在石凳上，半蹲在地上，仰着脸去看她。

金色的阳光透过树叶零星地洒在他脸上，留下一道清晰的金光，照在他凸起的喉结上，随着他说话，那块凸起的地方一起一伏。

"你嫌我老吗？"

白梨一慌，当即摇头："不，不是，我……是我，我……"

"既然不嫌弃，不讨厌，"他笑着起身凑近，停在一个恰到好处的位置，平视着那双因为慌乱而瞪大的双眸，用低低的嗓音问，"那就是喜欢我？"

白梨脸色猛地涨红，她摇头："没有，不是……"

沈暗将拇指压在她柔软的唇上。

白梨像是被定住，一动不动，只四肢发起抖来。

他用拇指轻轻摩挲了一下她颤抖的唇瓣，用很低的声音说："白梨，我不想听你拒绝我。"

他终于松开手。

白梨紧张地呼出一口气，不由自主地往后退了一步，说话都磕巴了："沈，沈医生……"

"我后悔了。"他缓缓站起来，眼皮垂着，看自己的拇指。

白梨心神俱乱："什，什么？"

他掀起眼皮，用点漆的眼眸看向她，声音低哑："刚刚在门口的时候，答应你只牵手。"

"轰"的一声，白梨耳根着了火似的。

植物园特别大，里面除了各种千奇百怪的植物，还有竹林小院和一座孔雀园。

竹林小院四周是一片翠绿的竹林，绕过竹林，踏进小院，颇有一种与世隔绝的隐秘感。

小院门口有一座小亭子，用作乘凉，亭子上放着一盏茶，不知道是什么时候放的，茶壶是凉的，茶杯挺别致的，每一个茶杯上都刻着一首诗。

沈暗背着包站在石碑前，看上面记载的历史人物的生平，身后的白梨则低着头看石桌上的小茶杯。

"喜欢吗？待会儿出去的时候，可以买一套。"沈暗站到她身后，靠在她边上，和她一起低头看桌上的小茶杯。

白梨捏着手，看也不敢看他，用很小的声音说："不，就……看看。"

"那边有专门卖茶具的茶馆。"沈暗扣住她的手腕，压低了脊背，整张脸凑到她面前，"为什么不看我？"

白梨整张脸涨红一片，想抽回手，却完全抽不出来，急得身上都出了汗，声音都急了："我没有……"

"那你看着我说话。"沈暗手指下移几分，牵住了她的手，那只小手热热的，掌心有汗。

白梨努力了半晌，抬头看他，冷不丁墨镜被他抽走了，男人抬手摘掉她的帽子，用指腹拨了拨她额前的碎发。有风吹过，伴着他的声音，有种别样的温柔。

"这里没别人，放松点儿。"他说完松了手，转身进了小院。

白梨站在原地，一颗心狂乱得几乎要跳出来。

午餐是在植物园附近吃的，有自助茶馆，沈暗要了包间，桌上有果盘和瓜子，沈暗捏了个枣子尝了口，随后把果盘拨到一边，把左手伸在了白梨面前。

白梨愣了一下。

"我要去拿吃的。"沈暗身子半靠在桌上，纯白的衬衫衬得他手指修长，骨节分明，手腕处隐隐露出一点儿文身，他左手又往她面前递了递，声音放得很轻，"跟我一起？"

白梨耳根又烫了起来，她绞着手指，即便戴着墨镜仍不敢抬头看他。

他似乎离得又近了些，声音也近了。

"把手放上来。"

白梨看着面前干净修长的手，心脏跳得似乎要爆炸，手指也不自觉颤抖。

她做不到。

沈暗等了一会儿，用食指绕着她的手指，轻轻将她的手包在掌心，微微使力，他把人拉了起来，右手在她帽檐上轻轻拍了一下。

"算了，下次。"

外面大厅有不少人，端着盘子来取食物。白梨一看见那么多人，条件反射地低下头，手也不由自主地往回抽。

沈暗用了点力，拉着她走到人群里，偏头问她："水果喜欢什么？哈密瓜？火龙果？杧果？"

她在紧张到几乎崩溃的状态下发现并没有几个人打量她，那些人都在低头拿盘子找吃的。面前也多了个盘子，沈暗拿了夹子递到她手里，冲她努了努下巴："自己挑。"

　　白梨握着叉子的手有些抖，她有很多年没有在公共场合吃过东西，那种紧张到窒息的感觉还在，但那些令她如芒在背的视线不见了，耳边只剩下沈暗低沉的声音。

　　"拿个蛋挞。

　　"你喜欢这个吗？再拿一份。

　　"白梨，帮我拿一杯饮料，要冰的。"

　　她在紧张中听着他的指挥，一次次夹取食物，等回到包间，才发现自己已经出了一身汗。

　　包间的桌上还有两份熟食，一份血糯米红枣粥，一份金黄色的汤圆，汤圆足足有八个。

　　"尝尝看喜不喜欢。"沈暗在她对面坐下，把桌上的热茶递给她一杯，"这是红茶，加了点牛奶。"

　　白梨小声道了谢："谢谢。"

　　"不客气。"他起身出去，没多久，手里端了份被分成几块的月饼回来，他把月饼放在桌上，拿了叉子递给白梨，"这是八宝月饼，你尝尝。"

　　他好像真的是带她出来尝月饼的。

　　白梨轻声道了谢。

　　沈暗也叉起一块月饼，侧过身说："我不看你，你自在点儿吃，吃完我们换个地方。"

　　他只露出半张侧脸，下颌微扬，凸起的喉结异常明显。

　　白梨看着他那半张脸，心尖一颤，耳根莫名发烫，道谢的声音也打着颤磕巴起来："谢，谢谢。"

　　她摘了口罩和墨镜，用叉子叉起面前的月饼尝了一口，是红豆馅的。她不知想起什么，嘴角浅浅一弯，露出两个可爱的梨涡。

　　沈暗抿了抿嘴里的月饼，唇角跟着扬起。

往年对他而言最孤单落寞的中秋节，从这一刻开始，就像嘴里的月饼一样，充满了甜味。

吃完饭，沈暗带着白梨去了私人影院。

灯光暧昧昏黄，白梨有些怕黑，一直不敢进去，被沈暗扣着手腕进去时，身体都在颤抖。

坐到沙发上之后，沈暗递给她一个抱枕和一桶爆米花，随后坐在她边上，两人之间隔着不到三十厘米的距离。

他们看的是一部爱情电影。

白梨看得昏昏欲睡，她昨晚一夜没睡好，明知道身边坐着对她而言还算陌生的男人，可她却不受控地陷入沉睡。

电影进行到男女主接吻时，沈暗侧了侧身，想牵白梨的手，却发现小丫头靠在沙发上睡着了，他不禁失笑。

他帮她把墨镜、口罩和帽子全摘了，将她怀里的抱枕也抽了出来，自己离她近了些，手指微微抵着她的脑袋，让她靠在他怀里。

白梨这一觉睡了不到两个小时，第二部电影才刚放了一小半，她像是察觉到什么，迷迷糊糊地睁开眼。这一眼，看见的是近在咫尺的喉结。

她眨了眨眼，以为是在做梦，沿着喉结往上看，是一张棱角分明的脸，男人下颌弧度像刀锋般坚硬利落，他眉眼漆黑，目光直视前方，有种磊落的张扬和坦荡。

下一秒，他突然低头看了她一眼。

白梨呆住了。

沈暗扯唇笑了："醒了？"

白梨仍蒙着，澄澈的瞳仁里尽是茫然。

"睡迷糊了？"他低笑，凑近了些，薄薄的唇几乎要压上她的唇。

白梨一惊，慌乱地推开他坐起身。

"对，对不起。"她低着头，抓着沙发上的抱枕抱进怀里，另一只手把帽子给戴上了，整个人缩了起来。

"对不起什么？"沈暗将长臂搭在她身后的沙发上。

她原本靠后的动作停住了，微微向前坐了坐："我不小心，睡着了。"

"还有呢？"

白梨语塞了半晌，心慌地问："我……不知道，我还做了什么吗？"

"嗯，你还亲了我。"沈暗随口道。

白梨：……

她脸色陡然爆红，张着嘴半天，才冒出一句："不，不可能。"

沈暗低笑："为什么不可能？"

白梨不说话了，耳根和脸颊热得厉害。

他看着她越缩越低的脑袋，眸底的笑意深了几分："有没有可能，是我亲了你？"

白梨惊慌地抬头看了他一眼，又匆匆低下头。

怀里的抱枕被她紧紧抓着，看得出她不安到了极点。

沈暗也不逗她了，两人看完电影出来，天都黑了。

戴眉给白梨发消息，问她去哪里了，怎么不开门，白梨紧张得不知道怎么回消息，见沈暗要骑车，便说："我，我要回去了。"

"看完月亮再回去。"沈暗拍了拍后座，"上来。"

白梨看到他漆黑的眼眸，脸一红，低着头，顺从地戴上头盔，小心地坐到他的车上。

“你为什么不回家吃团圆饭？”到地方时，沈暗摘了头盔问她。

白梨不说话。

沈暗把头盔放好，看了眼头顶的月亮，冲她说：“以前这个节日，我都跟爷爷在一起，他去世之后，我就一个人过。”

他问：“你呢？也是一个人过吗？”

白梨想起戴眉，轻轻摇头：“有朋友陪我。”

沈暗问：“上次那个短头发的？”

白梨点头。

沈暗心里有了数：“走吧，我们进去。”

门口有不少人，白梨下意识地低着头。

坐电梯上去时，因为他们是先进来的，后面又有不少人进来，沈暗担心别人压到白梨，就面朝她，左手撑在她头顶上，目光垂着看她。

她戴着墨镜和口罩，低着头，手指紧张地蜷缩着。

他用右手去牵她的手。

白梨抽了一下，见他没松手，不安又紧张地抬头看了他一眼。

沈暗身子半压，离她又近了些，白梨心慌地低下头，两只手慌乱地抵在他胸口。掌下是他结实的肌理，带着滚烫的热意。

白梨的手腕被他的心跳震得发麻，她的手指都在抖。

电梯到了，一行人下去，沈暗收回手，牵着她往外走，用低低的声音问她：“喜欢吗？”

“啊？”白梨没听懂。

沈暗低笑，却是什么都没说，往前走了。

走了几步，白梨才意识到他在问什么，整个脑门“轰”的一声。

观景台上人很多，有三台天文望远镜，是收费的，有工作人员在边上操作。

白梨一出来，就看见巨大的月亮挂在头顶，旁边有很多人忙着拍照，加上天黑的缘故，几乎没人注意到她，也没人打量她。

沈暗摘了她的帽子，转到她面前时，摘了她的墨镜和口罩收进她口袋里。他用一只手牵着她走向天文望远镜，冲她说："看月亮。"

白梨想付钱，却被他抢了先。

她低头弯着腰，透过天文望远镜看过去，月亮被无限放大，皎洁明亮的光几乎透过镜片灼伤她的眼睛。

"好漂亮。"她忍不住呢喃。

"是的，很漂亮。"沈暗盯着她的脸说。

白梨站起身时，眼睛里还带着笑，她转过头看向沈暗时，那浅浅的梨涡还挂在唇角。

沈暗低声说了句什么。

周围有人说话声音太大，她一时没听清，澄澈的眸子有短暂的茫然："什么？"

沈暗微微低头，左手扣住她的后脑勺，将她拉近，用薄唇压住她的唇。

很轻的一个吻。

白梨和沈暗看完月亮上了电梯后，她就戴上帽子，整个人缩着，面朝着电梯的金属门站着。

沈暗在她头顶低声喊着她的名字："白梨？"

她不说话，心脏却跳得像是要爆炸。

电梯到了一楼，她赶紧低头走出来，沈暗扣住她的手腕，拉着她往摩托车的方向走："我送你回去。"

"不，不用，我自己……"她声音颤得厉害。

沈暗停下来："白梨，我问过你了。"

"什，什么？"她心口一跳。

"我想亲你。"他大掌轻抚在她的帽檐上，一双黑眸沉静地看着她，"可以吗？"

他似乎是在重复之前在观景台上说的话。

但落在白梨耳里，像是为下一秒就要吻下来的行动做铺垫。

她心脏不由自主地发颤，整个人像是踩在一团棉花上，失重感让她窒息，她知道自己处于极度紧张的状态，但她控制不了自己的身体，抖得太厉害了。

她摇头，脚尖往后。

手腕被扣住，沈暗帮她把帽子戴好，声音很低："别怕，我先送你回去。"

整条手臂变得酸麻起来，她低下头，男人的手比她的大很多，骨节修长，牢牢握住她的掌心干燥温热，更是没来由地给予她无尽的安全感。

她咬着唇没说话，发抖的身体却缓缓得以平复。

沈暗骑着摩托回到东新小区时，时间已经是晚上九点，他摘了头盔，把白梨送到家门口。

看着她进门后，他把手臂撑在门框上，看着她，问："我今天过得很开心，你呢？"

白梨低着头，隔了很久，轻轻点了点头。

沈暗唇角轻扬，他低声喊："白梨。"

白梨不敢看他。

他伸手摘了她的口罩，在她慌乱的视线里，他扣住她的后脑勺，将她整个人拉进怀里。

"我一直想抱你。"他把下巴搭在她肩颈的位置，说话时头微微偏着，温热的鼻息拂过白梨的颈窝。

"沈……医生……"她紧张得浑身都在发抖。

沈暗拍了拍她的背："别怕。"

小丫头瘦弱得厉害，抱在怀里，更觉得分外娇小。

"再来一次好不好？"他问。

白梨整个人还处于极度紧张的状态下，整个脑子都是空白的："什，什么？"

沈暗微微松开她，用左手抬起她的下巴，低头吻住她的唇，另一只手微微用力，将她箍在怀里。

和观景台那个蜻蜓点水的吻不一样，他把人搂得更紧了些，同时用手安抚地拍着她的脊背。

他明明想吻得温柔些，却有些失了控。

白梨的眼泪大颗地往下掉。

沈暗知道自己急躁了，他抬手用指腹帮她擦掉眼泪，还没来得及开口，就听她用带着哭腔的声音喊："妈妈……救命……"

沈暗：……

白梨被吓坏了，嘴里胡乱喊着什么，浑身抖得厉害。

沈暗把人重新搂进怀里，大掌安抚地顺着她的背，声音和缓地说："白梨，深呼吸，别哭，慢慢呼吸，吸气，呼出去，吸气，呼出去……"

白梨下意识地听从他的指示，缓缓地呼吸。

她抽噎了几下，终于止住了眼泪。

沈暗抬手摸她的发顶。

白梨轻轻抖了一下。

"别怕，我不会伤害你。"他用左手抚摸着她的发顶，右手安抚地拍着她的背，"我明天要去市里，晚上不一定能回来。"

"给我发消息，好吗？"他问。

白梨不出声。

"讨厌我了吗？"他低头去看她。

白梨用力低头，用两只手捂住脸。

沈暗的手指穿过她的头发，他看见那小巧泛红的耳朵，没忍住低头亲了亲。

白梨颤抖着推开他，慌乱地跑进房间，把门"砰"的一声关上了。

沈暗：……

他在门口站了一会儿，确定她把门反锁了，这才轻轻敲了敲门说："我走了。"

白梨等他走之后，才软倒在地上，她努力爬到自己的小沙发上，抱着一只小羊玩偶，把脸埋了进去，发抖的身体缓缓平复下来。

手机嗡嗡振了几下，是戴眉发消息来了，她知道白梨害怕接到电话，所以基本都是发消息。

白梨打开手机看了眼。

戴眉问她回家了没，她输入回复：**到家了。**

戴眉问她去哪里了，怎么这么晚到家。

白梨想到沈暗，又想到了刚刚在门口发生的一切，她面色猛地涨红，手指敲敲打打，好一会，才发了句：**出去转了转。**

"吃月饼了吗？我给你带了月饼，明天再带给你。对了，有个客户要加急，资料我发你邮箱了，你这两天看看能不能做完，钱我已经打给你了。"

戴眉发了语音过来，白梨道了谢。

戴眉又发语音问："那个叫沈暗的今天没找你？"

白梨手一抖，脑子里铺天盖地都是沈暗吻过来的画面，她差点儿又要缺氧窒息，捂住手机足足过去十几秒，才回了句：**没有。**

戴眉又发了语音过来。

白梨点开，听到她说："不可能，你今天肯定跟他出去了，算了，我也不问了，我打听过了，他人缘很好，特别是异性缘，非常好，也就是说，他身边的女人非常非常的多，但是……他没有女朋友，目前单身。"

戴眉声音带笑："你猜我怎么知道的，我去他隔壁的中医店逛了逛，随口问的，老中医还以为我相中他了，把他夸得那叫一个天上有地下无的，不过说真的，沈暗条件不错，就是家里没背景，好在有点儿钱。"

白梨一直没回。

戴眉又发来语音，口吻带着调侃："怎么样？你喜不喜欢？不喜欢我就追了。"

白梨无措地看着屏幕，明知道戴眉是在开玩笑，但内心还是紧张得不知道该怎么办。

"开玩笑啦。"没多久，戴眉又发了消息过来，"老中医说他铁树难开花，很多年没见他交过女朋友，你可要好好把握啊。"

白梨终于回复了，只有三个字：我害怕。

戴眉发了个加油不哭的表情包："怕什么，他要是坏人，我第一个把他送警局，如果是个很好的人，你要是错过了那多可惜，而且……白梨，他知道你社恐，但是他不介意不是吗？"

听到最后那句话，白梨眼眶一湿。

她不知道沈暗是什么时候发现她社恐的，也许是第一次见面，也许是在医院那次。

她想起刚刚在门口的那个拥抱，想起男人摸着她的发顶，动作轻柔，声音低低的，带着令人安心的魔力。

"别怕，我不会伤害你。"

沈暗一天没怎么看手机，回到家先洗了澡，出来时，他看了眼手机，有几十个未接来电，还有百来条信息，微信更是"99＋"的红色未读提醒。

他把客厅的花搬到阳台，嘴里咬着烟，手里拿了洒水壶慢慢浇水。

一根烟抽完，他打开手机慢慢回消息，最后回到置顶那一栏，发了句语音。

白梨洗完澡坐在电脑前忙着做加急的 PPT 文件，客户的要求还算简单，她已经做了两页了。

涂了药的小猫咪很乖巧地躺在用作隔离的笼子里，白梨偶尔转头看向它，小猫咪就会软软地叫一声"喵"，她就会冲它露出个笑。

是捡来的流浪猫。说是捡，倒不如说是这只猫"碰瓷"了她。

她极少出门，只是那天去采购生活必需品时，在回来的路上被这只猫给拦住了，它蹭了她的裤腿，瘦小的身上长着灰褐色的东西，她不知道那是什么，只知道，这只猫好像生病了。

她拿出一根火腿肠，慢慢喂它吃下。

等她走到家门口时，才发现这只猫一直跟在她身后。

她没有养猫的经验，网上查了点资料，买了药给它涂，但是没什么效果，再后来，她带着猫去附近的宠物诊所。

那条街上其实还有两家宠物店，但是前台站着很多人，她不敢进去，最后才来到了沈暗的动物诊所。明明前台只有一个人，她还是不敢进去。

直到沈暗从门里出来，他穿着一件纯白的衬衫，迎着光出来的那一刹，像是披着一层金光出现在她面前。

想起沈暗，她的心脏又是一颤。

与此同时，桌上的手机屏幕亮了一下，微信有消息进来。她打开看了眼，是沈暗发了语音，她犹豫了许久，才轻轻点开，男人的声音很低，尾音带着点沙哑的气音，落在空气里，低醇好听。

"晚安。"

白梨心尖都颤了一下。

笼子里的小猫咪"喵呜"叫了一声。

白梨转头去看它："你也觉得他声音很好听吗？"

她用手指按下语音键，咬着唇说："那我们……再听一次好了。"

寂静的夜晚，她的手机里不时传出男人低哑的声音，听到最后，她整个人蜷缩着环住膝盖，把脸埋进去，墨色的长发披散开，露出来的耳根通红一片。

她熬了夜，把加急的PPT做完发给戴眉后，为了给自己提神准备去洗漱，她又按了下一条语音，结果手指点错了，点到了沈暗当时发过来的视频通话上。

于是，视频通话的邀请发送了过去。

白梨一下子吓得清醒了，她赶紧挂断邀请，手指颤得厉害，她盯着手机看了几秒，才想起现在是凌晨三点，他应该还在睡觉。

她缓缓呼出一口气，哪知，这口气还没呼出去，就收到沈暗发来的语音通话。

白梨抱着小羊抱枕，紧张得不知道该怎么办。

一遍打完，沈暗又拨了第二遍，白梨终于接了。

"对，对不起……我，我不小心……"她磕巴地解释，"按错了。"

沈暗似乎刚醒，声音特别哑："你得赔偿我。"

"什，什么？"听着那蛊惑低哑的嗓音，白梨心脏都快停滞了。

　　"我刚正在做一个美梦，被你打断了。"沈暗声音沙哑地说，"你得赔偿我。"

　　"对，对不起。"她心慌极了。

　　沈暗呼吸重了几分："我不要对不起。"

　　"那，你要什么？"白梨莫名想到他吻过来的画面，声音抖了一下。

　　他离手机近了些，说话的声音更近了，声音很哑，伴着气音："你。"

　　沈暗确实在做一个美梦。

　　梦里的白梨听话又黏人，软软地喊他沈医生。就这么个关头，微信响了，其实就一下，但他立马就醒了。

　　他原本想先去洗手间再回来，却鬼使神差地拿起了手机，想看看是谁打来的。看见是白梨之后，他的兴奋程度不亚于刚才那场梦中。然而白梨听见他最后说的那一个字之后，就慌乱地挂了通话。

　　沈暗没再打回去，他下了床，走到洗手间，站在花洒下那一刻，脑子里想起在白梨家门口的那个吻。

　　小丫头嘴巴软软的。

　　想再亲一次。

　　中秋节他破天荒放了假，今天一早他去诊所的时候，谭圆圆已经在打扫卫生了。

　　"暗哥早。"谭圆圆冲他打招呼。

　　沈暗抬了抬手，把手里的包子放在休息区的桌上："早餐。"

　　"谢谢暗哥。"谭圆圆冲他笑了一下。

　　沈暗径直走到前台拿起预约表查看："我下午要去市里，

你跟客人说一下，尽量把下午的客人都调到早上。"

"好，明白。"

早上一个客人带来一只腹部积水严重的金毛犬，沈暗一个人处理了近三个小时，想给白梨发个消息都没抽出时间来。

他出来洗手喝水时，才抽空看了眼手机，置顶那一栏的消息是空的。

他用舌尖抵了抵齿关，拿起手机对着洗手台的镜子拍了张半身照，随后发了条语音，又出去忙了。

白梨睡到早上十点才起，她洗漱完，把衣服洗完晾上，这才准备吃早饭。冰箱里存足了一个月的食材，还有一箱方便面和两大箱法式松软面包。她吃了两个面包，喝了加热的牛奶，这才打开电脑准备工作。

戴眉也是做策划的，平时会私下接点单子转手给她，结算的钱也会给她。

白梨效率高，一个月只是接这些单子就能赚五六千，遇到大单子，可以赚更多。

她刚出来的时候还比较窘迫，好在现在有条件换了租住的环境，也可以存下一些钱。

她并不热衷买衣服，也没有其他需要用钱的地方，除了房租和生活费，她主要的开销就只剩下给母亲打钱。

父亲去年伤了腿，在家一年多没工作，母亲早就下岗，也做不了重活，只能在家做做饭照顾父亲，家里没有经济来源，除了弟弟，姐妹三个都要给家里打钱，每个人每个月一千块，固定的。

她很多年没回去，也不想回去。

她害怕回家，也不喜欢回家，对她而言，家不是温暖的地方。

每次跨进家门口，她就会不由自主地战栗发抖，被皮鞭抽在后背的清晰痛感还在，仿佛隔去多年都不会消逝。

她努力回想开心的事，发现没有一件事能让她开心，于是她打开手机。她第一眼看见的是沈暗发来的微信消息。是一张照片。照片上的男人拿着手机，目光微挑地看向镜子。他穿着白大褂，内搭白衬衫，袖口微卷，露出一节手臂和一片黑色文身，衣领挺括，衬得他脖颈修长，他五官分外深刻，鼻梁挺直，薄唇浅浅扬着。

点开下方的语音，男人的声音低沉好听："沈医生今天有点儿累，想听听女朋友的声音。"

白梨耳根一红，把语音又放了一遍，眼睛却忍不住盯着他的照片看。

沈暗的五官很好看，用戴眉的话形容就是：全世界男人千千万，好看的男人在一万人里只能出那么一个。

沈暗就是那一个。

戴眉上次见过他之后，就不停地在白梨耳边念叨："为什么你认识这么帅的帅哥，而我却不知道？！他怎么可以长那么帅？！"

白梨也是第一次见到沈暗那样长相的人。他看起来有些冷，但又有些温柔，只是这份温柔只对动物，她见过他接待客人时说话的态度，和面对动物时是不一样的。他好像骨子里就适合这份工作。

白梨刚听第二遍，沈暗就又发了消息过来，他的声音有些哑："再不回我消息，我就去找你。"

她心口一颤，握着手机打字：刚起床。

沈暗直接发了语音邀请，白梨红着耳根犹豫了许久，才按了接听，这是第一次，沈暗只打了第一遍，她就接听了。

"昨晚怎么那么晚不睡？"

沈暗出来站在门口抽烟，吐息沙哑。

"忙，忙工作。"她紧张地磕巴。

"女孩子不要熬夜。"沈暗声音远了些，似乎跟一个客人打了招呼，随后冲她说，"本来定的明天回来，但我今天想见你，晚上等我好不好？"

白梨心脏剧烈颤抖起来，她握着手机，嗓子都好像被堵住，什么声音都发不出来。

过了许久，她才说："不，不行。"

"好，那我晚上回来。"沈暗自动忽略她的拒绝，笑着冲她说，"开门看看，门口给你送了吃的。"

白梨不明所以地站起来，走到门口，透过猫眼往外看，门外没人，也没东西，她轻轻打开门，看见门把上挂着一个袋子，里面都是吃的。

"谢谢。"她锁好门，把袋子放在小圆桌上，打开才发现，里面是一份金色汤圆，还有一份血糯米粥，粥里加的是红枣、桂圆和枸杞。

"昨天看你挺喜欢吃的，就给你又点了一份。"沈暗低笑，"趁热吃吧，我得走了。"

"谢，谢谢。"白梨嗫嚅着又道了声谢。

"我不要谢谢。"沈暗声音压低了几分，"我要什么，你知道。"

白梨整个脖子都红透了，她失神地握着手机，耳边听到沈暗低笑的声音，随后通话结束。

她呼出一口气，指尖发颤地坐在沙发上。

她看了眼桌上的东西，拿起勺子吃了个汤圆。

她确实很喜欢吃汤圆。

因为家里兄弟姐妹多，过年的时候，她只能分到一个汤圆，后来她就再也没回家过过任何节日，自己也很少在外面吃汤圆，所以，乍一吃到汤圆，她满足之余，只剩欢喜。

才吃完法式面包不久，她并不很饿，却吃了四个汤圆，还喝了一小半碗血糯米粥，粥的口感比加了牛奶的还要好喝一些。

手机屏幕亮起，沈暗发了消息过来，是一张照片。

他坐在车里，左手伸出窗外，金色的阳光落在他掌心，他五指分开，骨节修长又漂亮。

紧接着一条语音发了过来，白梨点开。

只听他说："我抓到光了。"

白梨怔住，她顿了两秒，才意识到什么，点开自己的头像，她看见头像下方的微信个性签名。

上面写着：向着光的地方生长。

沈暗说抓到光了，那句话于她而言好像是在说"我抓到你了"。

她心脏颤动得厉害。

一次准备好

BE Ready Time

沈暗坐了一个半小时的车才到市里。

他很久不参加这种活动了，旧西装都是好几年前的款式，出发之前，他打车去了西装店里挑了套新的，试穿觉得可以，就直接付了钱。

他在桐城算是动物诊所行业里的佼佼者，而到了南市，那就只能算是小地方的暴发户，言行举止要更为低调，因此，到场之后，他寒暄几句就找了位置坐下。

南市有好几家大型宠物医院，有几十年的历史，规模很大，号召力也大。

五点不到，宴会厅里就坐了一半的人，其中女性占一大半。

五点半的时候，人差不多齐了，主办方过来后，先是发表一些自己对未来的规划和发展，随后说了些大家身为同行要彼此关照的漂亮话。接下来就是各大医院诊所的法人代表上台去做自我介绍和交流心得了。

沈暗是第三个上场的，小地方的人应该低调些，但他晚上想早点儿回去，便没再顾忌那么多。他的自我介绍很简洁，说话和缓，言辞谦虚，简单说完，他冲台下浅浅扯唇一笑，算是结束。

他在桐城算得上出名，但是南市没几个人认识他，不过，不少女性还是被他过分优秀的外表迷住了。

沈暗刚下来就被一群女医生环住，交换名片后还要交换微信号，聊完她们还觉得不够，还要邀请他待会儿一起出去唱歌。

沈暗拒绝了："我女朋友还在家等我。"

一句话说出来，在场的十几个女医生都微妙地变了脸，她们笑了笑："女朋友应该不会介意吧，大家都是同行，出来交流一下经验心得，没什么的。"

"她可能不介意。"沈暗淡淡地说，"但我会介意。"

众人：……

主办方下来跟大家挨个认识，沈暗也走了过去，手里拿了杯香槟，几人简单聊了几句，有人看着沈暗开玩笑般问："听说沈医生身上全是文身？"

沈暗抿了口香槟，点点头，不卑不亢地看过去："嗯，怎么了？"

那人戴着眼镜，年纪三十几岁，他耸肩笑了，眼神透着几分轻视："没什么，就是觉得白大褂和文身这个搭配还挺新奇的。"

这人话里话外拐着弯说沈暗是混过的，披着件白大褂就装模作样当上了医生。

在场几人多少都听出些不对劲来，沈暗倒是没什么表情，声音也很淡："这世上新奇的人和事都很多，我前段时间接手了一条三头蛇。"

"啊，原来是你做的手术吗？"边上有个男医生诧异地看着沈暗，"那个视频我看了，超厉害，那条蛇现在完全看不出以前做过手术的痕迹。"

沈暗浅浅勾唇："手术不难。"

话题一下就这么岔开了，戴眼镜的男医生看见大家都兴奋地围着沈暗问问题，冷哼一声走了。沈暗无疑是遭人嫉妒的。他长得帅，个头又高，说话礼貌谦逊，一身藏蓝色西装更是把他衬得挺拔俊帅。一上台，几乎全场的女医生都在盯着他看，下了台，满场的女医生眼神都时不时往他身上飞。

沈暗正要找借口走人，就见台上有人拿麦克风，笑着说："我们桐城的沈医生魅力很大啊，刚刚一群女医生都在讨论他，看得出沈医生身材特别好，听说身上全是文身呢，有没有人想看啊？"

底下有人大声附和："想——"

拿着麦克风的人将目光转向沈暗的方向："怎么样？沈医生，满足一下我们大众的好奇心吧？"

沈暗目光冷了下来，他舔了舔牙尖，站起身，朝台上走了过去。

沈暗就算是夏天也穿长袖。二十五岁之前，他的衣服大多是黑色系；二十五岁之后，他的柜子里全是纯白色的衬衫，用来搭配浅色系的西裤。二十五岁那一年，发生了很多事，爷爷去世，他接手动物诊所，彻底从那条脏水沟里爬了出来。

刚开始的日子并不好过，诊所里只有他一个人，那时他的人脉关系全是混混，大家想方设法给他捧场，而他只想离他们远远的。

他吃过很多苦，但回想起从前，就一点儿都不觉得辛苦。

最痛苦的回忆是爷爷刚去世那段日子，他赶回医院的时候，护士递给他一个剥好的橘子，说是爷爷剥好的，想等他回来给他吃。

沈暗每次回想起那个场景，整个人就会沉闷许久，尼古丁都减轻不了他心里的痛苦。他厌恶过去，也厌恶提起他过去的人。

沈暗走到台上的时候，戴眼镜的男医生拿着麦克风问："看样子我们沈医生是准备好了，需要帮忙吗？"

沈暗伸手接过他的麦克风："据我所知，我参加的是动物医学交流会，好像不是什么脱衣活动。"

一句话引得场下不少人笑了起来。

"但是大家对你比较好奇啊。"眼镜男笑问，"沈医生是害羞了吗？"

"原来想要看一个人脱衣服，只需要好奇就够了吗？刘医生，我对你也比较好奇，你现在可以脱衣服让我看看吗？"沈暗嘲弄地问道。

眼镜男神色一僵，底下已经有人喊了起来："脱！一起脱！"

最后还是主办方上台，进行抽奖环节，才把这事揭过去。

沈暗去完洗手间，出来靠着洗手台抽烟，刘医生出来时看见他，颇有些意外："沈医生今天明明有机会可以出尽风头，怎么放弃那么好一个机会呢？"

沈暗抬脚几步走到他面前，一把扯起他的领子把人压在墙上，两根指节夹住烟头，即将落下来的烟灰险些烫在刘医生的脸上。

刘医生被吓得不住后退，小腿都抖了："沈暗！你要做什么？！"

"我好奇刘医生的厚脸皮，想看看会不会被烫坏。"沈暗松开他，漫不经心地抽烟，用鼻子把烟喷在他脸上，这才缓缓说，"初来乍到，我不太喜欢一鸣惊人，但是刘医生如果想看，我希望可以用另一种方式惊艳大家，就是不知道你喜不喜欢。"

刘医生腿都吓软了，摇着头说："我，我跟你开玩笑的。"

沈暗把烟掐灭了，去洗手台洗了手，又去烘干，声音很冷："我这个人，开不起玩笑，以后还请刘医生说话注意分寸。"

沈暗走后，刘医生才敢伸手去擦额头上的汗。隔间里相继走出三个男医生，有的人连手都没洗就往外走，刘医生脸上一阵红一阵白，想把人拦住又尴尬得开不了口。

沈暗已经坐上车走了，他请以前的老师吃了顿饭，出来时已经是晚上十点半了，送老师回去后，他才打车回家。

十二点过五分的时候，他站在了白梨的家门口，他掏出手机给她打电话。

第一遍没人接，第二遍白梨才接。她似乎打翻了什么，动作里透着紧张，呼吸都放得很轻。两个人都没说话，走廊里的声控灯灭了，沈暗才终于出声，他的嗓音有些哑："开门。"

"不，不行。"白梨声音颤得厉害，"你，你回去。"

大概是天黑夜静的缘故，沈暗的声音显得特别低："我看你一眼就回去。"

"我不信。"白梨声音很小。

沈暗低笑："真的，如果我反悔，我随你处置。"

他声音离收音筒很近，低哑的声音仿佛伴着热息，激得白梨耳根一麻，她不由自主地打了个哆嗦，声音愈发小了："你，你那天就……"

"就哪样？"沈暗故意问。

白梨面红耳赤地说不出话，她蜷缩在沙发上，整个人罩在毯子里，一双眼盯着门口的方向，手里紧紧握着手机，紧张又不安，可狂乱的心跳却充斥着说不清道不明的悸动。

她咬着唇，捂住自己的眼睛，声音仍在颤抖："沈医生……你回去……"

"你真的不想见我？"沈暗似乎轻轻叹了一声，"那我走了，你把门锁好。"

白梨心下一空，她轻声说："嗯。"

"晚安。"沈暗说完，把电话挂了。

白梨盯着挂断的手机屏幕发了会儿呆。

她今天下午工作效率很低，时常走神想起沈暗，桌上的汤圆和血糯米粥也时刻提醒她沈暗的存在，她甚至习惯性点开他的对话框去听他发来的语音。

沈暗说今晚会来，让她等他，虽然她拒绝了，可她却开着灯，一直窝在沙发上。

她知道他会来。

也知道他想做什么。

只是……她太害怕了。

她走到门口，透过猫眼看了眼，就看见走廊的灯光下，沈暗倚着墙站着，他手里夹着烟，脑袋微微仰着，靠在身后的墙上，眉眼有些许的倦意，眼皮微微垂着。

他没走。

白梨紧张又不安，她隔着门，像个偷窥狂一样盯着他的脸看。他身上穿着一件藏蓝色西装，内搭白衬衫，头发看得出打理过，整个人变得精致了些，也更帅了。

手机振了振。

是沈暗打来的电话，白梨明知道不该接，却还是颤着手指按了接听。

"我渴了，想喝水。"沈暗被烟熏过的嗓子分外沙哑。

白梨看着眼前的门，心尖剧烈地颤动起来。

不能开。

她耳根和脸颊猛地泛红，整个脖颈更是通红一片，手指和脚开始不自觉颤抖，她走向了厨房，为他倒了杯烧好的冷开水。

她明知道会发生什么，却还是……打开了门。

　　门口的沈暗露出一个笑容，伸手接过她手里的杯子，仰着头喝完那杯水之后，走廊陷入黑暗。

　　几乎在同一时间，他整个人跨进房间，一把搂住白梨的腰，一只手扣住她的后脑勺，脸压低，吻住了她的唇。

　　她刚洗完澡不久，身上尽是沐浴露的香味，整个身体柔软得不可思议。

　　"呜……"白梨后脊仿佛过了电似的，整个身体不由自主地打哆嗦，整个人抖着，软在男人怀里。

　　沈暗抱住她几步走进房间，转身把房门踢上，随后将她压在门后吻了下来。

　　他刚抽完烟，口腔里充斥着清凉的薄荷味。

　　白梨被他堵住了唇，无力地拍打他。

　　沈暗微微松开她的唇，亲了亲她的脸，问："有没有想我？"

　　白梨脱离桎梏，两只手捂住发烫的脸，声音轻颤："不要……不要看我……"

　　"不看你。"沈暗将她的手拿起来盖在自己眼睛上，"这样，行不行？"

　　白梨的手指在发抖，她仰着脸看面前的男人，只觉一颗心都烧得滚烫，她想抽回手，却被男人用力压住。

　　沈暗对着她的耳朵说话："我一路上都在想你。"

　　他吻着她的耳朵，耳边听到白梨发出细弱声，那具瘦弱的身体抖得不像样。

　　沈暗停下来，将她抱进怀里，终于听清她在喊着："妈……妈……呜……我害……怕……"

　　沈暗安抚地拍着她的背："别怕，深呼吸，吸气，呼出去。"

　　白梨听话地深吸一口气，呼出去，缓了片刻，她双手抵在沈暗胸口，边哭边道歉："对不……起……"

"对不起什么？"沈暗温柔地轻声问。

"我……我害怕……"白梨声音都是抖的，"沈……医生……我不行……我有问题……你不要……再找我……"

沈暗捧住她的脸，擦干净她的泪，将薄唇贴到她的眼睛上吻了吻，声音很低："我只要你。"

听到这话，白梨后脊一颤，沈暗重新搂住她，用两只手将她箍进怀里，继续轻轻地拍着她的背："别怕，我们慢慢来。"

白梨被抱着，整个人仍紧张地发着颤，心脏更是跳动得狂乱。

沈暗岔开话题问她："晚上吃了什么？"

白梨想推开他，却没有力气，整个人软在他怀里，声音都是软的："粥。"

"什么粥？"沈暗把手搭在她发顶，轻轻揉了揉，"好吃吗？"

白梨不受控地抖了一下："好，好吃。"

"看着我说。"沈暗低头看着她。

白梨立马伸手捂住脸。沈暗轻笑，他扯开她的手，盯着她湿润的眼睛问："沈医生今天帅吗？"

白梨整张脸通红一片，她视线一直往下，就是不看他，但沈暗故意往她面前凑，嗓音低低地问她："告诉我，男朋友今天帅吗？"

白梨抬起胳膊捂住整张脸，声音颤得厉害："不要……说话……"

可爱得要命。

沈暗笑着把她整个人抱进怀里，拿开她的手，低头亲吻她的唇，他用掌心捂住了她的眼睛。白梨看不见，整个世界陷入一片黑暗，其他感官却异常敏感。

鼻尖尽数都是男人身上的味道，淡淡的薄荷烟味，混着些微熟悉的汗气，在她周围形成一个密闭的包围圈。

沈暗嗓音沙哑极了："我不想走了。"

"不，不行……"白梨吓得声音都变了调。

沈暗低笑，他把下巴搭在她颈窝处，将鼻子往她头发里蹭了蹭："说句好听的，我就走。"

"我，我不知道……"

"你知道。"沈暗偏头又开始吻她的耳朵，热息重重扑洒下来，重复着说，"你知道。"

"沈……医生……"白梨紧闭着眼，开口的声音带着颤，"你……今天……很帅……"

"还有呢？"他亲她的唇，蛊惑似的问，"想我了吗？"

白梨指尖发抖，喉咙好像被堵住，什么声音都发不出来。

"说不出来，就点点头。"沈暗用食指和拇指捏了捏白梨通红的耳垂。

白梨不由自主打了个哆嗦，脑袋却听话地点了一下。下一秒，男人更汹涌地吻住她："再做点别的好不好？"

白梨害怕地发抖，声音紧张到磕巴："不，不行……"

"好，那就下次。"

沈暗用修长的手指轻轻抚着她的脖子，嗓音沙哑："我真走了。"

白梨睫毛上挂着泪，抬头看向他时，长而密的睫毛颤抖得像展翅欲飞的蝴蝶。

沈暗摸了摸她的脸："晚安。"

他把人松开，拉开门走了出去，靠在墙上缓了缓。

耳边听见白梨锁好门，他才抬步走出去。

门内，白梨从沈暗走出房门那一刻就软着腿滑坐在地上，她颤着手脚把门反锁，然后几乎是爬到了沙发上，将自己藏进了毯子里。

呼吸里还残留着沈暗身上的气息，她摸着嘴巴，想起刚刚那一幕。

她又洗了一遍澡，爬到床上的时候，手机上收到沈暗的语音消息。

明明还没打开语音，根本不知道他说了什么，可白梨没来由地耳根发烫。

手指也颤抖起来，她轻轻点开语音，听见男人用低低的嗓音说："下次准备好。"

白梨睫毛一颤，整个心脏都抖了一下。她把脸埋进被子里，用双手捂住滚烫的脸，她想打字拒绝，可手指刚碰到手机就发起抖。

沈暗又发来一句语音，声音特别沙哑："到时候……"

还没听完，白梨就心慌地把手机一扔，整个人躲进被窝里。

她的耳膜嗡嗡作响，满脑子都是男人沙哑的声音，一遍又一遍在耳边回荡。

她捂住脸，整个心脏剧烈颤动。

因为沈暗这句话，她一整晚都没睡好。

白梨大口喘着气醒来时，睫毛上挂着泪，她擦掉眼泪，拿起手机看了眼时间，已经是早上九点了。

静音的手机上有消息，她不敢查看，而是先去给猫涂药，喂猫粮，清理猫砂里的猫屎，最后才去洗漱换衣服。

穿好衣服出来后，已经九点四十分了，她打开手机，第一眼看见的是戴眉发的消息。

你叫外卖了？我给你家小白买了两件衣服，挂在你门把上了。

白梨打开门，看见门把上除了戴眉买的快递，还有一个外卖袋子，她猜到是谁，心中莫名悸动。

外卖被放在茶几上打开时，白梨发现外卖不是汤圆，而是四种粥，分别是皮蛋瘦肉粥、山药莲子粥、核桃黑米粥和冰糖红枣枸杞粥，还有一份汤包和一份枇杞千层。

她终于打开沈暗的对话框，上面有四条消息和一张照片。

照片是凌晨五点发来的，他大概刚洗完澡，头发都是湿的，还在往下滴水，一张脸微微仰着，下巴坚毅，凸起的喉结异常性感。他的眼皮微微垂着，看不出情绪，但是整张照片最突出的就是……喉结。

白梨看了会儿，耳根莫名一烫，她赶紧放下手机，等了一会儿，才继续看消息。

沈暗："起床了吗？给你买了吃的，在门口。"

沈暗："又不回我消息？"

沈暗："男朋友今天累倒了。"

最后一条是语音。她颤着手指点开，收音筒里传来男人低哑的声音："晚上想要点补偿。"

沈暗早上六点多接到苗展鹏的电话，一只狗出了车祸被送到了诊所，苗展鹏一个人处理不了，沈暗换了衣服就来诊所了。

出手术室时，时间刚到八点，他给白梨点了粥，在休息区吃了点东西后，又出去忙了一个多小时。

最近误食小黄鸭的狗狗太多了，他让谭圆圆打了张单子贴在墙上，又在动物诊所群里发了公告，让大家都注意点，别再买橡胶玩具给狗狗玩，又附上了今天的手术图：一只大狗狗躺在一边，旁边的盘子上放着四只橡胶小黄鸭。

他发完消息，去门口抽烟提神。

昨晚睡了不到四个小时，早上预约的客人都排到了下午，他这一整天都特别忙。

羽毛球俱乐部里的人时不时在群里艾特他，问他这几天怎么没去。

沈暗只发了句"忙"，就再没回复。

下午在办公室里补了一个小时觉后，他起来看了眼手机，白梨还是没回复。

他去洗手间洗了把脸，正要给白梨发消息，就听谭圆圆喊外面有人找。

沈广德就站在前台，胳膊上挂着根拐，另一条腿打了石膏。

看见沈暗出来，他挤出讨好的笑："沈暗，给我把钥匙吧，我晚上回去住。"

沈暗从兜里摸出烟，冲他抬了抬下巴："出去说。"

谭圆圆看见气氛不对劲儿，没敢多问。

沈广德一瘸一拐地出去，站到门口，神色带着几分哀求："我现在没地方住，沈暗，你让我回去住，我没外债了，真的一点儿都没了，那个五十万他们也不找我要了……"

沈暗把烟点燃，含在嘴里吸了一口，眼神冷漠地看着他："回哪里住？"

"回家啊，就胡桐街那老房子。"

沈广德面容沧桑，嘴唇发白，整张脸又黑又憔悴："三个房间，你住不下，你就让我回去住吧。"

"沈广德。"沈暗冷笑，"别逼我动手打你。"

"当初要不是因为你——"

沈暗猛地逼近沈广德，一把扣住他的脖子，眼神瞬间凶狠下来："那套房子现在跟你一点儿关系都没有，你要再敢打它的主意，我一定让你后悔活在这个世上。"

他眼底尽是狠戾，沈广德被骇住，冷不丁想起四年前，沈暗也是以这副不要命的样子出现。

"我……真的走投无路了，我没地方去了……"沈广德话没说完，就被沈暗一把扔到地上。

"你就是去要饭，也别出现在我面前。"沈暗把烟掐灭了，神色冰冷地看着他说，"沈广德，你再出现一次，我绝对会让你生不如死。"

沈广德心有不甘，却更惧怕沈暗此刻的样子，搁在二十年前，他绝对想不到自己的儿子有一天会让他这么恐惧。

他沿着街道，拄着拐一瘸一拐地走了。

沈暗在门口站了会儿，掏出手机给白梨打电话，打到一半，他按了挂断键。

每次看见沈广德，他就会想起过去很多事情，想起爷爷，想起生命中最为灰暗的那一天。

巨大的痛苦和恨意潮水一样淹没他，他站在阳光下，内心却身处地狱。

手机上传来消息，是白梨发来的。

我刚刚去洗手间了。

沈暗重新打了电话过去，电话一接通就低声说："沈医生现在心情很不好。"

"你……怎么了？"白梨声音很软。

"哄哄我。"沈暗仰着脸，闭上眼，"说句好听的，哄哄我。"

白梨一时哑了嗓子，隔了很久，才说出一句："太阳……很好，你出来看看太阳，就会开心了。"

"不是这句。"沈暗睁开眼，看着头顶的太阳，阴郁的心情散了几分。

"沈，沈医生……今天很帅。"

"也不是这句。"

"我……"白梨声音不自觉发颤，整个耳根发起烫来，"我，我不知道。"

"说你想我了。"沈暗教她。

白梨不说话，没几秒把电话给挂了。

沈暗盯着被挂断的屏幕，轻轻扯唇笑了。

/ 第四章 •Chapter 4 /

　　沈暗下午提前下了班，跟苗展鹏打了招呼之后，就直奔超市和花店，还打电话订了西餐。

　　他在超市买了情侣毛巾和情侣牙刷，还买了两只新枕头，出来的时候，从货架上目不斜视地拿了五盒套子。看了眼数量，他挑起眉，手臂一伸，又拿了一些。

　　收银员看了他一眼，面色羞红地低头扫码。

　　沈暗提着几个袋子出来时，外面下了小雨，他骑着摩托车到东新小区楼下，把车停在楼道里避雨，低头看了眼衣服，白衬衫湿了大半，透出里面大片的黑色文身。他拿出袋子里的毛巾擦了擦头发和衣服，提着东西到白梨家门口才给她发消息：开门。

　　等了一会儿，沈暗听见门里的脚步声，却不是往门口，而是往里走，最后声音消失了。

　　他勾唇轻笑，直接拨了电话。第二遍白梨才接，紧张得呼吸声都听得见。

沈暗低声说："开门。"

白梨声音颤颤的："不行……"

"什么不行？"沈暗低笑，"外面下雨了，我身上都湿了，让我进去换个衣服。"

"没，没有衣服。"她声音都抖了。

"我会感冒的。"沈暗声音很低，尾音带着沙哑的气音，很撩人。

"你……你回去……"白梨耳朵一烫，整张脸都烧了起来。

"外面下雨了。"沈暗轻叹一声，"你忍心让我冒雨回去？"

白梨紧张得说不出话，耳边又听到沈暗在说："好冷。"

他声音低低的，充满了蛊惑："给我条毯子。"

白梨捂住耳朵，心跳震若擂鼓："不行……"

沈暗似乎笑了，声音沙沙哑哑的："我在门口等你……的毯子。"

他故意停顿，白梨心脏都空了一瞬。

电话被挂断了。

白梨蜷缩在沙发上，整个人裹在毯子里，一双眼慌乱不安地看着门口，几秒后，她咬着唇起身，面红耳赤地从衣橱里拿了条新的毯子。

不能出去。

不能开门。

她脑子里有声音在喊，心乱得几乎要从心口蹦出来。她咬着唇，手里的毯子被她攥紧了又松开。从沙发走到门口，又从门口走回沙发，她徘徊了整整四次。终于，她颤着手指打开门，把手里的毯子伸到门外。

她的手被人握住。男人的手干燥温暖，扣住她的手后轻轻一扯，将她拉出来，抱了个满怀。

他身上湿了，但体温很烫，胸腔里鼓动着强有力的心跳声。白梨耳膜被震得嗡嗡响，她去推他，却被男人抬起下巴捧住了脸，他仔细地看着她的脸，低笑着把脸压低，吻了下来。

白梨后脊一麻。

"别怕。"沈暗一边用手掌抚摸着她的发顶，一边将她牢牢箍进怀里。

"有没有想我？说想，我就放过你。"

白梨颤着声音说："想……"

沈暗缓缓地松开她，开口的声音沙哑极了："骗你的。"

白梨脑袋"轰"的一声，空白一片。沈暗将她抱在怀里，单手推开门，把白梨拦腰抱起来放在沙发上，随后他出门拿东西。

白梨窝在沙发上，已经自发找了毯子钻进去，把整个脑袋都蒙上了。

沈暗进来看到这一幕，唇角勾了勾。她住的一室一厅一厨一卫，四处都打扫得很干净，猫笼旁边有猫砂盆和猫架，那只白色的小猫咪看见生人，也躲了起来，跟沙发上的主人一样。

沈暗坐到沙发上，看着毯子底下鼓起的一团，唇角止不住上扬。

订的西餐到了，他冲送餐的外卖员"嘘"了一声，轻手轻脚地把西餐和红酒提进来，和花一起摆在白梨的小餐桌上，他点上蜡烛，倒了两杯红酒。他把门反锁上，这才从袋子里拿了条毛巾出来，走向沙发，用食指点了点毯子底下白梨的脑袋："我去洗澡。"

毯子底下的人一颤："不，不行……"

"为什么不行？"沈暗低笑着问。

白梨紧张得浑身颤抖起来，她双手抱臂环住自己，把整张脸埋在膝盖里，毯子底下的人缩成了一小团。

"先出来吃东西。"他沿着毯子去摸她的脚。

白梨猛地一缩，整个人往边上躲。沈暗直接掀开毯子，自己也钻了进去，他低哑的声音带着哄人的意味："出来吃东西，听话。"

白梨颤得厉害，整张脸通红，她伸出小手推他，整个人紧张得声音一直在抖："吃……沈……医生……你……起来……"

沈暗低笑着又亲了亲她的唇，这才钻出毯子。

白梨隔了会儿，才红着脸掀开毯子。沈暗坐在餐桌前，正在切牛排，她的椅子上放着一大捧向日葵花，桌上是两份牛排，中间是精致的白色烛台，边上放着红酒，而她桌前是一杯倒好的红酒。

沈暗把牛排切好，跟她的换了，这才冲她说："吃吧，温度刚好，怕你不习惯，点的全熟。"

"谢谢。"白梨低着头，红着耳根走到桌前，她看了眼那束向日葵花，花上有卡片，写着：送给沈医生的女朋友。

她咬着唇悄悄看了沈暗一眼，男人勾唇看着她，眼神温柔地问："喜欢吗？"

她最喜欢的花就是向日葵。她低着头，很轻地点了点脑袋。

沈暗把花抱在桌上，挡住自己，冲她说："这样我就看不到你了，你坐着吃吧。"

白梨的心跳还未平复，却听话地坐在了椅子上。她没有吃过牛排，但看过视频，知道怎么吃，而且沈暗已经切好，她只需要叉起来送进嘴里就好。她尝了一口牛排，牛排肉质鲜嫩，口感很好，透过向日葵花，能依稀看见对面的沈暗。他的牛排分量很大，他切下一大块放进嘴里，咀嚼时腮帮很鼓，透着几分性感。

他喝了口红酒，眼也不抬地说："吃完再看。"

白梨脸一红，猛地低头，小口地吃着嘴里的牛排，耳边听到男人的声音说："我们有一整晚的时间。"

白梨没吃几口牛排，就躲进了房间里。

沈暗把盘子、叉子和烛台收拾好放在袋子里，给西餐厅发了消息后，开门把袋子挂在门把上等人来拿。他把门反锁，走到猫笼前，看了眼小猫咪，它皮肤恢复得还算可以。他起身拿了毛巾进了洗手间，脱了衬衫和裤子后，对着洗手台的镜子看了眼。

脖子以下全是大片的黑色文身，不知道小丫头会不会被吓哭。

他简单冲洗完，站在花洒下冲外面喊白梨的名字，等了一会儿，才听见门口传来白梨发颤的声音："怎么了？"

"没有毛巾。"

"有……的，就……在旁边架子上。"

"我找不到。"沈暗声音很低，带着蛊惑，"你进来帮我找。"

白梨整个身体哆嗦起来："不，我……"话没说完，洗手间的门被打开，沈暗浑身滴着水站在她面前，一只手臂伸出来，一把将她扯了进去。

白梨混乱间看到男人身上全是黑色，吓得闭上了眼。

沈暗低笑，他把人搂在怀里拍了拍她的背："吓到了？"

白梨闭着眼不敢看他，身子直哆嗦。

他低头去吻她："看着我。"

白梨睫毛颤巍巍的，目光终于聚焦到他脸上。男人眉眼漆黑，鼻梁高挺，额际的水珠沿着鼻尖往下滑，直直落在她脸上。明明水珠是凉的，她却像是被烫到了一样。

她偏头想躲开他，目光往下，是男人布满文身的身体，她明明怕得厉害，可脸被人捧住，抬头看见的是男人温柔的眼神。沈暗吻住她的唇，两只手将她箍进怀里，紧紧搂住。

"别怕。"

随着男人低哑的声音落下，她的恐惧竟莫名其妙地消散了。

白梨窝在沙发上睡着了，她蜷缩成一小团，两只手还捂在脸上，只露出小巧的鼻子和嘴巴。

沈暗低笑着亲了亲她的脸，俯身把人抱起来，轻手轻脚地把她放到床上，这才躺在她身边，把人搂进怀里。

他有些睡不着，目光一直落在白梨的身上。

她窝在他怀里，半张着嘴呼吸，巴掌大的脸白皙漂亮，睫毛长而密，鼻子小巧精致，往下是那张嫣红的唇。

沈暗是接近凌晨三点的时候才睡着的，不到五点的时候他又醒了，因为白梨做了噩梦，胡乱地动着，嘴里喊疼。

沈暗心都差点儿被她哭碎了，搂着她亲了亲，哄着："不哭了不哭了，给你涂点药。"

白梨疲倦得不行，哼哼唧唧地哭着又睡着了。

不知道她做了什么噩梦，一晚上都在说梦话。

沈暗把人搂在怀里亲了亲，不停地安抚着："怪我，都怪我，别哭了……"

等白梨彻底睡熟，他已经被折腾出了一身汗，拿起手机一看，六点十五分了，他起来洗了个澡，给苗展鹏发了信息，又重新躺在白梨身边睡着了。

早上快八点半的时候，白梨醒了，她发现自己身上搭着一条手臂。

男人由后搂着她，双臂缠着她，是拥抱的姿势。

她怔了一会儿，慢慢地回头看了眼，男人闭着眼睡着了，五官像刀削似的深刻，棱角分明，下颌线笔直利落，仔细看才能发现，他眉毛里有一颗小小的痣，在眉峰的位置。

他睡着了也很好看。

白梨偷偷地看着，男人突然睁眼，她被吓了一跳，匆忙转身，却被男人捞了过去。

沈暗低笑，刚睡醒的嗓音沙哑极了："饿不饿？"

白梨闭着眼，声音无端颤了颤："不，不饿。"

"我饿了。"沈暗低声说着，将薄唇贴到她颈部吻了吻。

"沈，沈医生……"

他低低地笑："再叫一遍。"

白梨不开口了，脸朝枕头底下埋，沈暗拨开她的头发，亲了亲她的小脸："起床？"

她缩着脑袋，喉咙里含糊地"嗯"了一声。

沈暗去洗了个澡，出来时，白梨已经穿好衣服了，她穿着宽大的黑色卫衣，整个脑袋罩在帽子里。她低着头也不看他，半蹲在猫笼旁给猫涂药。

沈暗边擦头发，边去开门，从门把上拿了外卖进来，放在茶几上冲她说："过来吃东西。"

沈暗往客厅里扫了眼，没看见向日葵，走到厨房时才发现向日葵已经被白梨剪了根，插在花瓶里，花瓶里灌了水，正朝着阳光的方向摆放着。

他勾唇一笑，拿了碗筷出来，见白梨还蹲在猫笼旁，便靠在桌前，安静地看着她。

她小心地给猫涂药，边涂边小声安慰小猫咪："涂完就好了，小白，你要坚强，要乖。"

沈暗低笑："它叫小白？"

白梨后脊一颤，咬着唇没说话，耳根却红得厉害。

"小白。"沈暗半蹲下来，故意对着白梨的方向喊，"小白，小白……"

白梨整张脸变得通红一片，她站起身，咬着唇嗫嚅半天，才冲沈暗说了句："你，你……不要喊它。"

"为什么？"沈暗笑着问，"我觉得小白挺好听的，是不是？小白？"

白梨总觉得他像是故意在喊她，却根本不知道怎么反驳，整个人羞赧又无措。

她洗完手出来时，沈暗仍站在客厅等她一起吃饭。

他穿着白衬衫，头发半湿，衬得眉眼极黑，看她出来，他薄唇微勾。

白梨心脏悸动得厉害，她低头匆匆找了椅子坐下，拿起勺子开始吃沈暗买来的红枣粥。

"我待会儿要去诊所。"沈暗低声问，"跟我一起？"

白梨指尖一抖："不，我，我要工作。"

"一个人在家不会怕吗？"沈暗提议，"你可以带上电脑去我办公室。"

"不，不怕，我……不喜欢出去。"白梨小声说。

沈暗喝了口豆浆，声音低低地说："那你想我了，就打我电话。"

白梨握着勺子的手指一抖，脑子里蓦地闪过男人低声问她有没有想他的画面，而她……颤着声音回答了想。

沈暗吃完饭后主动收拾垃圾，又把铲出来的猫屎装进垃圾袋里一起提了出去。

走出门口的时候，他偏头看了眼，门里的白梨捏着手指站在客厅里，低着头不敢看他。

沈暗低声喊她："白梨。"

白梨身子一颤，男人走回白梨身旁，伸手扣住她的后脑勺，迫使她的脸仰起，低头吻住她的唇："还没走，我就开始想你了。"

沈暗走后，白梨才发现，他把昨晚换下来的床单也带走了。

想起昨晚，她整张脸又烧红一片，她钻进沙发上的毯子里，整个人缩了进去。

过了足足半小时，她才从毯子里爬出来，拿起手机看了眼，发现戴眉给她发了消息，问她加急的 PPT 还有多久做完。

她赶紧回了消息：一小时。

最近因为沈暗，她的工作效率不高。

今天给自己定了一小时的计划后，她很快把 PPT 做完了。

把做好的 PPT 给戴眉发过去之后，她才发现手机上还有大姐发来的消息，问她要不要回家，马上就到父亲的生日了。

她回了句：不回。

随后盯着屏幕发呆。

她昨晚做了噩梦，梦里父亲用皮带不停地抽打着几个孩子，她看见瘦小的自己缩在角落，因为哭得太厉害，所以被打得最惨。

家里有四个兄弟姐妹，他们平时不是抢着玩玩具，就是抢着看电视。

那天父亲从外面回来，看见家里一团乱，直接抽出皮带逮到一个孩子就抽打起来。

白梨离得最近，直接被打蒙了，她成年后时常梦见这段场景，梦里的自己不停地哭泣求饶，她不停地喊"妈妈救命"，最后妈妈终于来了，却是和父亲在吵架，他们把家里的锅碗瓢盆摔了个稀烂，当着他们的面，扭打在一起。

她惊恐地看着这一幕，上前去抱住父亲的腰，哭着求他放开妈妈，却被父亲一个大力甩了出去。

大姐拉她起来，兄弟姐妹四个人瑟瑟发抖地抱在一起，连哭都不敢太大声。

白梨擦了擦脸上的眼泪，结果越擦越多，每次想起过去，她总会哭好久，那份恐惧刻入了骨子里，让她成年后都不能像个正常人一样生活。

她自卑又敏感，胆小又不安，像下水道的老鼠，只敢躲在家里，连正常的出门都做不到，她害怕跟人交流，害怕敲门声和电话声，害怕人群，也害怕别人突然的靠近。

她努力过，但她做不到。

她捂住脸哭得抽抽噎噎，猫笼里的小猫咪冲她叫了几声，她吸了吸鼻子，忍着眼泪说："我知道，我也不想哭……但是我……忍不住……"

静了音的手机屏幕亮了起来。

是沈暗打来了电话，她泪眼蒙眬地看着手机屏幕，没有接。电话还在响，一遍又一遍，不知疲倦。

白梨始终没有接，她抱着毯子一直在哭，等敲门声响起的时候，她才害怕地止住眼泪。

门外传来沈暗的声音，声音里透着焦灼和不安："白梨！你在不在里面？！"

白梨匆匆抹掉脸上的泪，走到门口的方向说："我，我在。"

沈暗顿了顿，刻意把声音放轻："你哭了？"

"没有。"白梨睫毛一颤，一滴眼泪又落了下来。

"开门。"他低声说，"让我看看你。"

"不，不行。"白梨哭着摇头。

"乖，开门。"沈暗低声哄她，"你不接我电话，我担心得要疯了，把门打开，让我看看你，好不好？"

白梨摇着头，手指却颤抖着打开了门。

沈暗一进来就看见小丫头哭得一双眼通红，满脸都是泪，她鼻子也红红的，整个人还在抽着气。

他一把将她搂进怀里，心疼地问："是因为昨晚的事？"

白梨哭着摇头。

"是因为我吗？"他轻声问。

她还是摇头，眼泪大颗地往下落。

沈暗用指腹擦掉她的眼泪，柔声说："乖，别怕，告诉我，谁欺负你了，我帮你揍回去好不好？"

"不好……呜呜……"白梨大哭起来，她倒抽着气，"对不……起……"

都这个时候了，她还在道歉。沈暗简直心疼得不知道怎么办才好，把人搂在怀里，低头亲了亲，声音和缓地说："有我在呢，什么都别怕。"

白梨心里的委屈和酸涩堆积到了极点，她紧紧攥着男人的衣角，趴在他怀里大哭起来。

沈暗不知道，除了戴眉，白梨从来不会在第二个人面前哭成这样。

白梨被沈暗拉着走了出来。

她没戴墨镜和口罩，被拉到楼下时，身体里的紧张意识还没彻底苏醒，眼泪也还在流，当沈暗拉着她沿着花园往外走时，她的眼泪才堪堪止住。

"去，去哪里？"她抬手擦眼泪，声音带着浓重的鼻音，身体的重心更是不自觉往后撤，想要回家。

"买点吃的。"沈暗牵着她的手，替她拉了拉帽子，帮她把眼泪擦干净，拉着她继续往前走。

小区旁边就有一家面包房，沈暗进去要了三份甜品，又要了一杯热牛奶和一杯冷饮。

白梨等在门口，没敢进去，哪怕里面只有一个店员。

沈暗提着打包袋出来，牵着白梨往小区里走，最里面有个凉亭，他把东西放下，找了纸巾在石凳上擦了擦，这才让白梨坐下。

昨晚刚下过雨，午后的空气带着清新的凉意，阳光不算热烈，透过枝叶照射下来，在地面上洒下一片金色的光。

几只麻雀在树上叽叽喳喳地叫唤，远处是孩童吵闹的声音，混着大人的笑声，明明看不到人，但白梨眼前已经浮现出一幅和睦幸福的家庭景象。

她的心情没来由地放松下来。

沈暗从袋子里拿出一份杧果千层递到她面前，又拿起叉子递给她："我们互相交换一个秘密好不好？"

白梨接过叉子的手指一颤，没说话。

沈暗拿起热牛奶打开递给她，自己拿起冷饮喝了口才说："我其实还有亲人，我父母都还健在，我九岁那年，他们离婚了。"

白梨怔怔地听着，手指无意识地掐着掌心。

沈暗脸上没什么情绪，只声音很低："我妈一个人走了，再没回来过。"

"我爸不管我，把我丢给我爷爷。"他想起什么，轻轻笑了一下，"我爷爷是个脾气很倔的老头子，很善良，很喜欢小动物，他当时笃定我以后也会是一个优秀的兽医，所以做手术都带着我，让我在旁边看着，那个时候，我才九岁。"

"他教导了我整整十六年，可他走的时候，我却连他最后一面都没见到。"沈暗双眸暗淡下来，"我经常梦到那一天，我在医院走廊拼了命地跑，想去见他最后一面，但我每次都没赶上。"

白梨吸了吸鼻子，眼泪大颗往下掉。

"原本想安慰你的，怎么把你又弄哭了？"沈暗低笑，拿了纸巾递给她。

白梨哭着道歉："对不起……"

"对不起什么？"他轻声问。

"明明……这件事……让你……特别难过……你还……想着……安慰我……"白梨双手捂住眼睛，眼泪从指缝里溢出来，"对……不起……"

沈暗从没想过，小丫头短短的一句话就会让他的五脏六腑都酸涩不已，他把人搂进怀里，拍了拍她的背："已经过去了，别哭了。"

白梨摇着头，脸上还挂着泪，她鼻音很重，说话的声音里带着软软的哭腔："过不去……"

说的不仅仅是自己，也似乎在说沈暗，他们心底都承载着过去留下的伤口，每揭开一次，那道伤口就会再次流血。

"过不去的就让它留下。"沈暗拥住她，声音低低的，却格外让人安心，"以后有我陪着你，别怕。"

外面有人经过，吓得白梨猛地从沈暗怀里钻出来，她像是一只受了惊的兔子，不知道要往哪里跳。

沈暗扣住她的手腕将她牢牢箍在怀里，白梨这才不安地抬头看他，睫毛上挂着泪，葡萄似的眼眸水盈盈的，澄澈又漂亮。

沈暗低头亲了亲她的眼睛："轮到你了。"

她被亲得浑身发颤："什么？"

"告诉我你的一个小秘密。"沈暗偏头，鼻尖蹭到了她发红的耳垂。

白梨的脸涨红一片，脑子里一片空白。

沈暗亲了亲她的脸："喜欢我吗？"

白梨睫毛颤得厉害，心脏更是狂乱地跳动起来。

"这也算是秘密。"沈暗用食指拨了拨她敏感的耳垂，低笑着在她耳边道，"说不出来，就点点头。"

白梨耳朵麻痒得厉害，她整个身体往外缩，却被男人揽着。

"乖，点头。"

白梨后脊一麻，已经不受控地点了头。

耳边听到男人沙沙哑哑的笑声，她面红耳赤，低头转身就要跑。

沈暗早有防范，一把扯住她的手腕，把桌上的东西装进袋子里，这才牵着她往回走。

白梨心脏跳得极快，她垂眸看向被牵住的那只手，男人的手很大，干燥温热，包着她的力道不轻不重，却透着一股让人安心的力量。

进门后，她就缩到沙发上，整个人钻进了毯子里，耳边听见沈暗收拾东西的声音。

过了一会儿，沈暗坐在沙发边上，隔着毯子将白梨圈进怀里。

"你……不，不去诊所吗？"她颤着声音问。

沈暗把下巴搭在她颈窝的位置轻轻蹭了蹭："请了假。"

"不用……你去吧。"白梨小声说。

"不用什么？"沈暗问。

白梨耳根一红，小声说："不，不用……待在这里。"

"我想待在这里。"沈暗将她又搂紧了些，隔着毯子，他亲了亲她的发顶，声音又低又哑，"想陪着你。"

白梨一张脸红得厉害，发出来的声音都在抖："别……别说了……"

沈暗低笑，他钻进毯子里，把白梨搂进怀里，然后吻住她的唇。

这个吻温柔极了，没有掺杂任何情欲。

泪眼蒙眬间，她听见男人用沙哑的声音问："喜欢吗？"

沈暗晚上六点的时候被诊所的电话叫走了。

点的外卖刚好也到了，他拿进来放在餐桌上，又去厨房洗了勺子拿出来。

白梨还窝在沙发里，她下午被沈暗亲狠了，嘴一碰就疼。

"粥等凉了再吃，吃完把这个涂在嘴上。"沈暗把唇膏放在她手边，又摸了摸她的脸，"乖乖听话，我走了。"

白梨不看他。

他走到门口，又折返过来，亲了亲她的额头："乖，过来把门反锁了。"

白梨身子一颤，轻轻点了点头。

门反锁后，沈暗还没走，靠在门口说："想我了，就给我打电话知道吗？"

白梨耳根发烫，想反驳，喉咙又像是被堵住，什么声音都发不出来。

沈暗轻轻敲了敲门："我走了。"

"嗒嗒"的脚步声由近到远，紧接着是下楼梯的声音，最后是摩托车的轰鸣声。

白梨站在厨房的窗边，看到沈暗真的骑车走了，这才坐到餐桌前吃东西。

她把粥吹得凉了些，才放进嘴里轻轻抿了一口。

不知道沈暗怎么发现的，她喜欢各种口味的粥。

她吃完粥，给猫咪喂了罐头和猫粮，收拾干净，这才拿起沙发上的那只唇膏，打开挤出一点儿涂在嘴唇上，唇膏清清凉凉的，有些舒服，她多涂了几层。

收拾沙发的时候，她面颊又猛地泛红，耳根更是烫得厉害。她抱着毯子往卧室里走，毯子上还残留着沈暗身上的味道，她莫名想起沈暗亲吻她脖颈时说的话。

"等你休息好了再继续。"

她抱着毯子匆匆爬到床上，整个人像乌龟一样缩进了被窝里。

她摸到手机，看见戴眉给她发了消息：小梨子，最近效率有点儿低哦，是不是忙着约会了？

白梨脸一红，打字回了句：没有。

戴眉发了语音消息过来："还说没有？我昨天给你发的消息你都没回，你昨天干吗去了？"

白梨想到昨天的种种，整个人缩进被窝里。她再次闻到沈暗身上的气息，不自觉耸动鼻尖，小动物似的嗅了嗅被子里的味道。

戴眉谈恋爱的时候，常常跟她讲，谈恋爱是一件很快乐的事，在一起的时候恨不得每分每秒都黏在一起，分开了就特别想念对方，忍不住发消息打电话，想知道他在哪里，在干吗，聊一些无聊的琐事，只是为了听听对方的声音。

她以前不曾体会过，现在，好像体会到了。

她把脸埋在枕头里，闻着属于沈暗的味道，拿起手机，给戴眉发消息：有。

戴眉直接打了语音通话过来："你前面说没有，后面就说有，什么情况？你们真的约会了？"

白梨有些害羞："嗯。"

"怎么样怎么样？跟我说说，真的太刺激了！"

白梨：……

"快说啊，有没有牵手？白梨我可告诉你，沈暗很吃香的，追他的人少说有一千，多得能把整个桐城绕一圈，你要不喜欢，你可别往外推，肥水不流外人田，姐妹我还单身，你照顾照顾我。"

白梨心脏一颤，咬着唇说："不照顾。"

戴眉在那头大笑出声："你干吗不直说你喜欢他。"

白梨心尖都抖了，耳根通红。

戴眉太了解她了，在那边笑够了，才说："你不要怕，如果他敢欺负你，我就找人弄他！"

白梨想起沈暗身上的文身，一时不知道该不该劝戴眉不用放这种狠话。

"白梨，我真的特别高兴，比我自己谈恋爱都还高兴，我想看着你结婚，看着你幸福，所以，你要加油，知道吗？"戴眉笑着说，她声音很有穿透力，直击人心。

白梨眼眶一湿，她点点头："我会的。"

沈暗晚上九点才忙完，他让苗展鹏回去休息，自己留在诊所。

诊所晚上倒不会特别忙，只是以防万一，整个桐城只有他的动物诊所二十四小时有人，其他动物诊所都是晚上十点就准时关门。

送来诊所的动物不是得了皮肤病，就是吃了乱七八糟的东西需要做手术取出来，他最忙的时候，一整天只来得及吃一顿饭。

在手术室待太久了，他出来到外面活动肩颈，从兜里摸出烟点上后，这才给白梨打语音电话。

只响了四声，白梨就接听了。

沈暗低笑："在等我电话？"

白梨面红耳赤地说："没有。"

"我今晚值班。"沈暗咬着烟，声音含糊，吐息沙哑又性感，"门窗关好，早点儿睡，不要熬夜。"

"嗯。"白梨听得耳根一颤。

沈暗把烟呼出去，声音低低地问："有没有什么想跟我说的？"

白梨满脸通红，她整个人缩在被窝里，开口的声音带着颤："没有。"

沈暗笑了一下："没有想我吗？"

白梨脸憋得通红，不吭声了。

"明天早上去你那里。"沈暗咬着烟，嗓音含糊沙哑，意外地撩人，"我去你那儿休息可以吗？只休息，不做别的。"

白梨后脊一麻，到嘴的话说不出来，嗫嚅了半晌才说："我不信。"

沈暗低笑出声，他把烟掐灭了，声音离手机近了些，哑哑的，带着点气音："越来越了解我了。"

白梨整个人钻进毯子里，握着手机的掌心都出了汗。

订的外卖到了，沈暗接过外卖小哥送来的外卖道了谢，冲白梨说："我吃点儿东西。"

白梨看了眼时间，晚上九点零三分了，也就是说，他从这里走之后就没吃饭，她抿了抿唇，想说什么，却又不知道怎么开口，只轻轻应声："嗯。"

沈暗挂了电话，饭没吃两口，又有客人上门了。

她的宠物狗跟斗牛犬打架，大半张脸都被咬烂了。

女客人把宠物狗抱到手术室的时候，那只狗叫的声音都弱弱的，主人在边上心疼得都哭了："我都叫你别打架别打架，你还跟人打……你也不看看你那小身板，能不能打得过啊，气死我了你……"

沈暗洗了手消了毒，让狗主人把狗抱着，用消毒棉球清理完它的伤口，又抱着狗去拍了个片子，确定没有伤到骨头，这才抱出来做包扎。

一折腾又过了半个多小时，出来饭都冷了。

他简单地吃了两口饭，拿出手机看了眼，微信里的消息永远看不完，他只盯着置顶那一栏看，意外地，他看见白梨主动发了消息。

只有短短三个字：辛苦了。

他勾唇一笑，打了视频电话过去，第一遍白梨没接，第二遍倒是接了，但只看到毛茸茸的毯子，看不见人。

沈暗低笑："人呢？"

白梨蒙在毯子里，声音嗡嗡的，带着颤："怎，怎么了？"

"让我看看你。"沈暗唇角勾着，漆黑的眸底染着一层柔和，"就不辛苦了。"

那条毛茸茸的毯子动了两下，终于从底下露出个脑袋，乌黑的长发先出来，随后是白皙的小脸，她羞得不敢看他，贝齿咬着嫣红的唇，只片刻，又钻进了毯子里。

沈暗彻底被她逗笑："白梨。"

她耳根通红，整个人埋在枕头里，心跳声震耳欲聋："什，什么？"

"不够。"沈暗的嗓音低醇，尾音带着撩人的气音，蛊惑至极。

"还想抱抱你。"

只看到毛茸茸的毯子动了几下，随后视频电话被挂断。

沈暗盯着屏幕轻笑。

他打开微信扫了一眼其他消息，上次南市那次宠物交流会，有人录了视频，视频在诊所圈里火了，一条是他在台上的自我介绍，另一条是他被请上台"脱衣服"的视频。

几个宠物交流群里都有人艾特他，他淡淡地回了几个消息，把手机合上后，去休息区做俯卧撑。

连着做了一百多个俯卧撑后，他接到了一个电话，是之前拜托的朋友打来的，说东新小区房子的事已经处理好，那胖子明天就会搬走。

沈暗道了谢："回头请你吃饭。"

"客气了，暗哥。"电话那头的人笑着道，"一点儿小事。"

沈暗九岁开始就知道了什么叫人情世故，他约了对方明天晚上一起吃饭，又聊了几句别的，这才把电话挂了。

动物保护中心群里有人发布狗狗失踪之类的悬赏消息，他帮忙转发到朋友圈和群，正要退回去，就看见白梨发的一条朋友圈。他的微信里虽然人很多，但他一律设置不看他人朋友圈，因而，除了苗展鹏和谭圆圆等熟悉的几个人，他的朋友圈里就只剩下白梨一个人。

谭圆圆两天发一次朋友圈，苗展鹏则是跟沈暗一样，一周发一两次，都是宠物失踪的转发消息。

白梨的朋友圈更新频率往往都是一个月一次。

她晚上的时候发了张向日葵花的照片，没有配文。

沈暗看了眼时间，刚好是他走之后，他勾唇轻笑，给她点赞后，在底下评论道：花很漂亮，是不是男朋友送的？

没多久，白梨回复：……

沈暗切到她的对话框，给她发语音："怎么还不睡？"

过了会儿，白梨回复：马上。

沈暗放了首音乐，正是之前白梨朋友圈里分享的歌曲，他跟着唱了几句，回到微信看了眼，白梨又回了句：你不睡吗？

沈暗用舌尖抵了抵齿关，薄唇凑近手机收音筒的方向，声音低低地说："一个人，睡不着。"

白梨再没回消息了，沈暗又笑着说了句："晚安。"

白梨把那句"晚安"翻来覆去听了十几遍，才钻进被窝里，她无意识地扬着唇角，睡梦中也都在笑。

沈暗晚上被动物园园长的电话给叫了过去，他们园里有医生，只是今天临时请假没来。一只东北虎脚底下不小心插了根钉子，他们园里有仪器和手术室，沈暗等他们把麻醉药打了之后，帮着把钉子取出来，包扎好。

结束时已经凌晨一点多，沈暗直接回家了一趟，洗了个澡，出来的时候，围着浴巾，给花浇了点水，把它搬到阳台上。换衣服的时候，他看了一眼床底下的小箱子，里面塞着今天从白梨家拿回来的那张床单。

他打开看了一眼，随后打开某宝，一次性买了七张向日葵花图案的床单。

刚回到诊所，他的手机上就接到了桐城派出所的电话，值班的警察跟他说，沈广德跟人抢地盘行乞，被其他流浪汉打了，他跑去跳河，被人救了，问他有没有亲人，他也不说，只说想死。救他的人报了警，他就被带到了派出所。

沈暗到嘴的那句"让他去死好了"没说出来，他闭上眼，深吸一口气，这才冲电话那头说："我马上过去。"

沈暗十岁的时候成了混混。

爷爷当时开的诊所很小，就一个门面房，里面一张手术桌，一张办公桌，条件简陋至极，多亏他的高超技术和低收费，这才招揽了不少客人。

沈广德离婚后，成日里花天酒地，嗜赌成性，没一年就把压箱底的钱全部挥霍光了，还欠了不少高利贷。

那群人找他要不到钱，跑到爷爷的诊所来闹。

沈暗刚被爷爷接过来的时候，不愿意来他的破诊所，放了学就回家，直到有天见爷爷回去晚了，跑来诊所一看，才发现整个诊所被砸得破破烂烂。

爷爷弓着腰去捡椅子，把破烂的桌子扶起来，门口有多嘴的人在讲："听说是儿子欠了赌债找他来要钱，哎哟，吓死人哦，个个身上都是文身，一看就不是好东西……凶得很，上来就把老人家脖子掐着，找他要钱……"

沈暗听得一双眼都红了，他去问爷爷是谁干的。老头子不吭声，说没事，就几张桌子，修修就行了。

沈暗拔腿就往外跑，想找那群人算账，爷爷把他拉住，问他一个小孩子逞什么能。

沈暗哭着说："爷爷，我以后不会让人欺负你，你别丢下我。"

爷爷听得眼眶都红了，抱着他说："不会，爷爷这辈子还指着你给我养老呢，怎么会丢下你。"

后来沈暗放了学就来诊所门口蹲点，几个月后才被他蹲到那群人，他个头小，跟在人家身后，没多远就被人发现，拎出来就是一顿打。

他骨头硬得很，一群人踩着他的肩膀让他跪下，说跪下磕个头就放了他，但他就是不跪。

那一晚，他被揍得浑身都是血，他回到家，把自己身上的血全部用水冲干净，没吃晚饭，直接爬上床盖上被子装睡。

夜里爷爷给他盖被子，才发现他身上全是淤青，肋骨都被人踹断了几根。

这搁大人身上，都得疼得在地上打滚，他却一声不吭。爷爷把他拎起来骂了一顿，带他去医院检查，医生说要住院，爷爷关心的不是钱，而是问对孩子以后有没有影响。医生说好好养就没问题之后，爷爷这才安抚地冲沈暗说："爷爷有钱，不着急啊，爷爷拿钱。"

沈暗看爷爷忙前忙后地缴费，一边哭一边扇自己耳光，把旁边路过的医生和护士都吓坏了。

后来他出了院，每天放了学就回诊所，爷爷喜欢给他讲那些动物的救治方法和手术过程，他就安静地听着。

他上课认真，只想拿满分回来给爷爷看，甚至放了学，还会从垃圾桶里捡瓶子拿回来卖钱。

他比同龄的孩子都要懂事，但他没有得到上帝的关爱。

爷爷的诊所再一次被人砸了，沈暗刚好也在现场，他疯了一样扑上去，抱住那个领头的男人，疯狗一样地咬着对方的脖子不松口，一行人好不容易把他拽下来。

沈暗满嘴是血地瞪着面前十几个大人，他只不过还是个孩子，一双眼却透着狼一般的狠意，愣是把十几个大人震住了，他们放下狠话走了。

第二天沈暗放学的时候，一辆车停在他面前，一个脸上满是疤痕的男人问他："小子，要不要跟我混？"

沈暗看了眼他的车，又看了眼他身上的金项链和金戒指，问他："我跟你混，你们能不能保护我爷爷，不让别人欺负他？"

男人笑了："开玩笑，都是我们欺负别人，怎么可能让旁人欺负我们。"

沈暗点了头："好，我跟你混。"

那个男人对沈暗还算关照，大概是想培养沈暗做自己的心腹，所以花钱给沈暗报了武术班。

沈暗要求不高，就两点：一，保护爷爷和诊所；二，继续上学。

他天资聪颖，学习很好，次次考试都是年级第一，中考的成绩更是引来不少外校的来争抢，他没有去外地读书，他要守着爷爷和诊所，还要跟着那位大哥。

但那位大哥命不好，四十岁那年，发生意外死了。

也是那个时候，沈暗认识了万军，万军比他大了十来岁，他看沈暗厉害，就把人招揽了过去。他为人坦荡，沈暗的要求他也都能满足，沈暗就跟着他了。

每次沈广德欠了钱，别人来家里要债，沈暗只需要打个电话，一群兄弟就会在他家门口守着，那一段时间，街坊邻居都怕他们，但还是最怕沈暗。

爷爷几次劝他一定要走正道，不能走歪路，沈暗就把考过的满分卷子拿给他看，并向他再三保证，自己一定会走正道。他计划等念完大学的动物医学专业，考了兽医资格证，到时候就带着爷爷搬家，到另一个地方，开一个特别大的诊所，和爷爷两个人一起当兽医。

但是事与愿违，他的计划被沈广德腰斩了，在他二十五岁那一年彻底画上了一个句号。

沈暗到派出所的时候，几个民警正在劝沈广德，看见他过来，有人认识他，还跟他打了招呼，随后让他把老人家带回家好好劝劝。

沈暗发了两包烟，嘴里说着客套话："麻烦你们了。"

他看了一眼沈广德，也没说话，往外走了几步，沈广德就自发跟了上去，两条腿都瘸着，只不过一条瘸得更明显些。

他骑着摩托，也不等沈广德，自己一个人骑远了。沈广德在身后追了十几米，追不动了，摔在地上再没起来。没多久，一辆出租车停在他面前，沈广德知道是沈暗叫的，赶紧爬上了车，车子把他带到了胡桐街的小区里。

沈广德拄着拐上楼，沈暗就站在二楼楼道里，感应灯闪了闪，灭了。

沈广德吞了吞口水，不自觉往后退了一步："沈暗……"

他害怕沈暗，但他现在成了人人喊打的过街老鼠，不依靠沈暗，过不了多久他就会饿死，再或者，熬到冬天被活活冻死。

"你敢进来吗？"沈暗一说话，头顶的感应灯瞬间亮起，照在他的脸上，将他一双漆黑的眼眸照得冰冷，没有丝毫温度。

沈广德哀求道："我没地方去了，我真的没地方去了，沈暗，我求求你……"

"我怎么会有你这种父亲？"沈暗自嘲地笑，"你逼走自己的老婆，害死自己的父亲，现在还想着要儿子来养，当初你为人子，为人父母的时候，有想过我们吗？"

"我错了……沈暗，我真的错了……"沈广德泪流满面地求饶。

"我是不是说过，你永远不要再出现！！！"沈暗从门后拿出一根棍，几步从楼上往下走。

沈广德被吓得连连往后退，他不停求饶："沈暗……我错了，我真的错了……你放过我吧！"

一棍砸在沈广德身后的墙上，沈暗狠狠闭了闭眼，身体里的阴郁和暴躁几乎克制不住，他冲沈广德大吼："你给我滚啊——"

沈广德连滚带爬地跑了。

楼道里的感应灯熄灭，沈暗靠着身后的墙，与夜幕下的黑暗融为一体。

沈暗五点半不到就去了体育馆，到了门口才发现体育馆的门还没开。

他抽着烟等了一会儿，快六点的时候，门终于开了。他进去一个人打了半个小时的壁球，又跟晨练的人打了一会儿篮球，直到浑身被汗浸湿，这才去洗澡换衣服。

不到八点，他手里抱着一盆向日葵花站在白梨家门口敲门。

白梨早就醒了，她洗完澡吹干头发，把衣服洗完，给猫咪喂了猫粮，铲了屎，把垃圾分类装好，就站在厨房往楼下看。没等几分钟，她就看见沈暗骑着摩托车过来了，看了一会儿，沈暗似乎抬头看了一眼，她立马跑到客厅的沙发上，猫着腰钻进毯子里。

耳边仿佛听到他的脚步声，她的心跳得越来越快，等到敲门声响起，她的心跳快得差点儿从胸口蹦出来。

"白梨。"沈暗在门口轻声喊，"睡醒了吗？开门。"

白梨说不出话，裹着毯子走到门口，低着头给他开了门。

沈暗把怀里的向日葵递给她看："跑了好几家才买到，喜欢吗？"

向日葵被安置在青绿色的花盆里，明明快到冬天了，花居然还开着，白梨把毯子放下，忍不住伸手接过花盆，咬着唇，有些羞赧地道谢："谢谢。"

沈暗另一只手里拿着早餐，还买了只逗猫棒。他拿到逗猫棒跟小白猫玩了一会儿，小白猫这几天看见他，已经熟悉了，追着逗猫棒挠了几下，还冲他叫了几声。

"看来，小白很喜欢。"沈暗转头，一语双关。

白梨：……

她把花盆放到卧室里，给它洒了一点儿水，这才到洗手间洗手。

沈暗也在洗手间洗手，白梨一进去看到他，又猛地转身要跑，被沈暗长臂一揽，整个后背撞进了沈暗怀里，他把人揽到洗手台前，抓住她的手，给她涂香皂。

香皂滑不溜秋的，两人十指交缠。

温热的水从指腹穿梭而过，沈暗关了水龙头，用毛巾给她擦干手指，把人转过脸，吻了下来。

沈暗也洗完澡不久，两个人身上都散发着好闻的沐浴露香味。

"喜欢吗？"沈暗缓缓松开她，用薄唇轻轻蹭了蹭她的唇瓣。

"说不出来就点头。"他吻她的眼睛，将她眼角的泪吻去。

白梨闭着眼，红着耳根，轻轻点头。点头后，她听到沈暗的低笑声，笑声沙沙哑哑的，十分好听。

沈暗一手钩住她的下巴，一手扣住她的后脑勺，重新将她箍进怀里。

白梨累得睡着了。沈暗把床单换完，把人从沙发上抱到床上，把毯子拉了拉，露出那张小脸，低头亲了亲她的唇，这才关门出去。

他过来之前吃过早餐了，但是现在又饿了。

简单吃完，他又去洗漱一番，这才回到卧室，搂着白梨闭上眼睡觉。

一直睡到快中午，两个人才起床，沈暗把白梨抱到洗手间一起洗漱。

洗漱完，沈暗低头亲她的唇："先吃饭，晚上等我回来。"

白梨捂住耳朵，整张脸通红一片，她低着头想往外跑，被沈暗扯了胳膊，又拉进怀里。

他只是单纯地抱着她，没有其他动作。

片刻后，沈暗靠在白梨颈边，低声笑着说："你心脏跳得好快。"

白梨耳根一红，伸手就要去推他，却被沈暗握住了手。

沈暗把整个下巴搭在白梨颈窝处，冲她说："放松一点儿，就这样抱一会儿。"

白梨有些紧张，被抱得久了，才慢慢放松下来，心脏仍狂乱地跳着，这不是她能控制的。

沈暗埋头蹭了蹭她的颈窝："我跟一个朋友约了吃晚饭，估计会晚一点儿回来，钥匙给我一把？"

白梨瑟缩了一下："好。"

沈暗低笑："我那里的钥匙也给你一把，没事去帮我浇浇花，好不好？"

白梨被他笑得脸颊通红，想躲又躲不开，声音又小又轻："不好。"

"生气了？"沈暗逗她，薄唇压低，亲了亲她的耳朵。

白梨被他搂在怀里，躲都没地方躲："别……好痒……沈医生……"

她唇角扬着，嘴角下方的梨涡很深，衬得那张脸可爱极了。沈暗盯着她的脸看，片刻后，他拨开白梨额前的长发，摸了摸她先前被高尔夫球杆伤到的地方已经消了肿，但还看得出来。

他低头亲了亲那处："还疼？"

白梨："……痒。"

单单一个字，勾得沈暗扣住她的下巴，把人压在怀里，又吻了许久。

外卖照旧挂在门把上，沈暗简单吃完，出去配了把钥匙，把垃圾也顺道带走了。

沈暗回来的时候，白梨正坐在电脑前忙工作。他打开门进来时，小丫头坐在椅子上，睁着眼诧异地看着他。

大概第一次看见有人从外面开门进来，她呆了片刻，才缩了缩脖子，把毯子往身上披，整个脑袋都被罩住了，包括通红的耳朵。

沈暗买了滤芯，帮她把卧室里的空调滤芯换了下来，又到洗手间把灯泡换了个新的，这才洗手出来。

白梨披着毯子，就站在门口瞧着。

沈暗低笑："忙完了？"

白梨又缩到了电脑桌前。

沈暗去厨房倒了杯水仰头喝下，掏出手机看了眼信息，客人太多，苗展鹏应付不过来，他合上手机，把杯子洗干净放好，出来冲她说："我得走了。"

白梨点头。

沈暗摸了摸她的脸，诱哄着问："拿上电脑跟我一起？"

白梨咬着唇，轻轻摇了摇头。

"那就下次。"沈暗低头亲了亲她的唇，"不许咬嘴巴。"

白梨被亲得缩了缩肩膀，沈暗已经松开她，揉了揉她的脑袋："我走了。"

她小步跟在他身后，男人走出门，又回头看了她一眼，唇角扬着，声音低醇好听："是不是舍不得我？"

白梨小脸一红："没有。"她把门关上时，才小声地说，"路上小心。"

沈暗只觉一股暖流滑过心头，他低笑："好，你乖乖的，在家等我。"

诊所里的苗展鹏已经累得不行了，看见沈暗过来，强撑着一口气说："暗哥，手术室里还躺着一个呢，麻醉打了半天才起效，折腾死我了……"

沈暗换了白大褂，洗手消毒。

他平日里性子偏冷，偶尔心情好了，也会开两句无伤大雅的玩笑。但今天，苗展鹏见他从头到尾脸上都带着笑，忍不住在走出手术室的时候问了句："暗哥，你怎么了？"

"什么？"沈暗洗了手，擦干手指，随后打开手机，看看白梨有没有发消息。

"你看起来特别开心。"苗展鹏指了指门口刚出去的客人，"平时那种客人，你早就给冷脸了，你今天特别……的温柔，就我都看不下去的那种温柔。"

沈暗：……

他拿起预约表拍在苗展鹏怀里："干活去，晚上我约了朋友吃饭，你早点儿下班，门口挂牌子。"

"暗哥，以后晚上不值班了？"苗展鹏问。

"你值。"沈暗走到前台，让谭圆圆重新打了张值班表贴门口。

"你呢？"苗展鹏问完一脸顿悟，"哦，你要陪女朋友？"

沈暗不置可否地扯了扯唇。

五点半不到，他就骑着车去了约好的酒店。

谭圆圆去沈暗的办公室打扫卫生，把他桌上的粉色头盔给擦了一遍。苗展鹏路过看到这一幕，问了句："谭圆圆，你知道暗哥女朋友是谁吗？"

谭圆圆把头盔拿给他看，指着上面"白梨专属"四个大字，问他："识字吗大哥？"

苗展鹏轻笑："我以为你没看见。"

"早就看到了好吗。"谭圆圆瘪着嘴。

"你还没死心？"苗展鹏问。

"我现在只把他当老板，谁还敢想当他女朋友。"谭圆圆把擦好的头盔放下，轻叹一声说，"我只是没想到，暗哥会喜欢……她这样的。"

"她什么样？"苗展鹏问。

"不知道，我都没见过她长什么样，只知道……她好像很怕人。"谭圆圆思索着说，"奇怪，她不害怕暗哥吗？"

"暗哥有什么好怕的，你没见过暗哥跟她打电话的样子。"

谭圆圆睁大眼："什么样？"

苗展鹏耸了耸肩："你会觉得撞见鬼的样子。"

谭圆圆：……

沈暗订的酒店离诊所有二十分钟的车程。

他刚把车停下，肩膀就被人拍了一下，沈暗转头看见来人，轻笑："来了？"

来人染着一头奶奶灰的短发，上身穿着无袖背心，外面就套了个皮夹克，下身却穿着大裤衩子，这造型可谓不伦不类。

"好冷，太久没出来了。"王成学搓了搓胳膊，冲沈暗道，"我猜你也差不多快到了，提前在门口抽根烟等你。"

"进去吧。"沈暗带头往里走。

服务生把门打开，领着两人走到订好的包间。穿过大厅的时候，不少人先是被沈暗那张脸吸引住，再后来就被王成学的大裤衩子给迷了眼，四下里传来压低的笑声。

都十月份了，天气早就降温了，满大街都找不到一个光膀子的。

到了包间，王成学开了空调，把皮夹克给脱了，露出来的两条胳膊上全是文身，服务生只看了一眼，就垂下眼睛，把菜单递给了沈暗。

"六个招牌菜先上了，再上四份特色菜。"沈暗说着看向王成学，"喝酒吗？"

王成学摇头："不喝，晚上还有客人呢，醉了可不好。"

他倒是不怕喝酒，只是顾忌着沈暗。

当初那件事没几个人知道，王成学却是门儿清。

"行，先这样，不够再叫。"沈暗把菜单递给服务生，又叫了两份热茶，等服务生关门出去，才冲王成学问："最近生意怎么样？"

"还不错。"

王成学开的文身馆在桐城很有名，每个月光学徒能收二十来个，还是交费来学的。

他爷爷那一辈就开始干这个，一直传到他这一辈，十多年前，刘大龙一行人来闹事的时候，他以为这个店差不多毁了。爷爷跪在地上求那群混混手下留情，王成学就梗着脖子站在那里，拉着爷爷叫他不许跪。

也就是那个时候，沈暗出现，对那群混混说了什么，从此，那些人再也没来找过他们的碴儿。

这份恩情，王成学一直记着。

他爷爷当时也说，他们家欠了沈暗一个大恩，叫王成学无论如何也要记得报恩。

只是，王成学没想到，后来的报恩，就只是给沈暗文身。

"一点儿小事真的不用请我吃饭，我只是想着太久没跟暗哥你吃饭了，所以才厚着脸皮来了。"

王成学人脉广，房产局警局里什么人都认识，沈暗这边的事，通过他就比较好处理。

王成学为人实诚，是沈暗非常信得过的朋友。

"一直麻烦你，挺过意不去的，正好有时间，就找你来吃个饭。"沈暗说着，冲他举了举茶杯，"以茶代酒了。"

"行啊。"王成学爽快地跟他碰杯。

菜上完后，两人边吃边聊，聊了足足一个多小时，其间两人电话不停，谁也没拘谨，接完电话继续聊。

"现在我的那些学徒都还在打听你呢。"王成学长得比较黑，一双眼很亮，说话时右边脸颊有个很深的酒窝，"我跟他们说，我暗哥，牛！哈哈！"

王成学逢人就吹沈暗。

说沈暗是他遇到的第一个文身不需要麻醉的人，而且，是脖子以下全部都文了身。

相比较之下，那些文个指甲大小就叽叽喳喳叫着要麻醉的小青年就是菜鸡一样的存在。

他没说的是，沈暗洗文身时也没上麻醉药。

王成学到现在还记得，四年前的那个晚上，沈暗一身黑衣出现在他面前。

等沈暗脱了衣服王成学才发现，沈暗前胸后背都是血淋淋的伤口，那些伤口底下是乱七八糟的文身。

沈暗抬头时，一双眼死灰般毫无波澜，冲他说："帮我洗掉。"

/ 第五章 • Chapter 5 /

两人吃完饭已经九点多了。

沈暗先回家洗了个澡，把花盆搬进客厅，找了剪子修了叶子，又把阳台的落叶打扫干净之后，这才出发去白梨家。

他在路上买了两份甜品，一份热牛奶。

沈暗开门进去的时候，白梨正窝在沙发上，她抱着靠枕，闭着眼似乎睡着了。

沈暗轻手轻脚地进去，把手里的东西轻轻放在茶几上，低头吻住她的唇，把她抱进怀里。

白梨被吓到，呜咽了一声，发现是沈暗之后，整个人又哆嗦了起来。

"吓到了？"他松开她，安抚地揉了揉她的背，把人搂进怀里，亲了亲她的脸，"不是让你乖乖等我，怎么自己睡着了？"

白梨被吻得瑟缩了一下："困……了。"

她一整天都腰酸得厉害，下午就困得不行了，忍着睡意把工作做完后才睡觉，一共才睡了不到十分钟。

"吃饭了吗？"沈暗把人抱坐在腿上，给她看茶几上的甜品。

白梨不适应这种亲密的姿势，整个身体都是僵的，沈暗笑着吻她的耳朵："放松。"

白梨伸出小手去推他，一张脸都红透了："沈医生……"

沈暗把人抱到洗手间里，白梨软软地趴在他怀里，眼睛闭着，整个人疲惫到不行。

沈暗低头亲了亲她的唇："累了？"

白梨含糊地"嗯"了一声。

沈暗搂着她，轻声哄着，把人抱到卧室。他重新洗了一遍澡后，回来搂着白梨睡了。

小丫头大概做梦梦见他了，一整晚都在喊沈医生，听得沈暗心里发甜，他把人搂着，安抚地拍她的背："沈医生在呢。"

白梨又动了两下，这才安静地窝在他怀里睡着了。

沈暗垂眸看了眼，小丫头皮肤很白，睫毛很长，微微上翘，鼻子因为哭过，现在还有些泛红，嘴唇是漂亮的嫣红色。他摸了摸她的唇瓣，低头在她唇上印了个吻。

王成学今天提起文身，他其实并不介意，只是在回来的路上，他没来由地想起那一天，那股压抑的躁郁又席卷而来。

他习惯将暴躁的情绪发泄在运动的时候，只是今天，他没去打球，而是来了白梨这里。

想起小丫头在沙发上哭得可怜兮兮的模样，他忍不住又低头吻了吻她的唇。

早上六点多的时候，白梨醒了，要去洗手间。

沈暗见她下床时腿都在哆嗦，笑着把人捞起来，抱进了洗手间。她有些害羞，把门锁了，等了几分钟，才红着脸出来。

沈暗把她抱回床上，自己去简单洗漱了一番，回来又把人搂进怀里。白梨往被窝里躲，没几下就被沈暗捞出来。

"还疼吗？"他问。

白梨捂住通红的脸不看他。

沈暗拿开她的手，亲吻上她的嘴唇，她刚刷了牙，口腔里是清新的柠檬味。

"刷牙做什么？嗯？"他边笑边吻她。

"沈……医生……"白梨眼里蒙了层泪。

沈暗低头吻了吻她的脸，然后去外面倒了杯水，水里加了点蜂蜜，喂她喝下之后，这才把人抱到洗手间洗澡。

白梨一双眼哭得通红，哭得沈暗心疼极了，他低头亲了亲她的唇："我错了，下次我轻点儿。"

但是白梨还是捂住脸不理他，沈暗低声哄她："我待会儿做饭给你吃，想吃什么？"

白梨似乎不太信，用那双湿漉漉的眼睛瞄了他一眼，又颤颤地别开了。沈暗给她洗完澡，用浴巾裹住她，让她坐在沙发上。他去卧室换床单，换好之后，把白梨抱到房间里，又用毛巾给她擦头发。

白梨一张脸通红，她低着头不去看他，但男人故意凑近，扣住毛巾下的脑袋，迫使她仰着头看他。

"想吃什么？"沈暗低声问，呼吸就落在她脸上。

"不……不知道。"她不适应被这样看着，也不适应被男人这样抱着擦头发，所有的一切都不适应，可悸动的心跳却告诉她，她很喜欢这样。

很喜欢……眼前的这个人。

"喜欢吃什么？"男人摸了摸她的脸，"我给你做你喜欢吃的。"

成年后，几乎没有人对她这样好过，白梨眼眶酸涩发烫，她微微别开脸，用很轻的声音说："小米粥。"

沈暗亲了亲她的脸："乖乖等着。"

男人走后，白梨摸了摸自己被亲的脸。

沈暗在厨房里熟悉了一圈，找到了小米，他打开冰箱把码好的鸡蛋拿了四个出来。

白梨似乎只吃素，冰箱里没有肉，除了火腿肠，角落里还放着一箱方便面。

他出去了一趟，买了不少肉，做了肉丸蔬菜汤，又把煮好的米粥盛出来，他把粥分成五份端到餐桌上，这才进卧室看了眼。

白梨歪在床上又睡着了，怀里还抱着毛巾，一张脸埋在枕头里，只看得见她尖尖的下巴。

沈暗走过去，低头亲了亲她的脸："吃饭了。"

白梨瞬间惊醒，她用毛巾捂住脸，含糊地"嗯"了一声。沈暗见她做贼一样小心翼翼地从床上下来，忍不住一把将人捞进怀里，直接把她抱到了餐桌前的椅子上。

白梨低叫了一声，她的心脏跳得狂乱。

桌上有五份小米粥，一份原汁原味什么都没加，一份加的玉米片，一份加了山药，一份加了红枣，还有一份加的蛋花。

"我不知道你喜欢哪一种粥，就给你做了五份。"沈暗递给她勺子，又把肉丸汤盛了一份放在她面前，里面全是肉丸子和蔬菜，"我好久没下厨了，尝尝。"

"谢谢。"白梨接过勺子，先尝了尝小米粥，最后咬了口肉丸子。

她很难想象沈暗这样的人会下厨做饭，而且还做得特别好吃。

"好吃吗？"沈暗还在等她的反馈。

白梨很轻地点头，等嘴里的肉丸咽下去了，才说："很好吃。"

沈暗笑着坐在她对面，给自己舀了一份肉丸汤："我爷爷很喜欢吃肉丸，老人家牙口不好，做饭又特别难吃，后来，我长大了些，就学着下厨做饭给他吃了。"

白梨轻轻咬着唇，抬头看了沈暗一眼。

"旁人面前，我不会主动提起我爷爷。"沈暗看向她，唇角仍轻轻扬着，"白梨，你不一样，我想跟你分享这些事。"

这句话可以理解为，他不愿意在旁人面前暴露他的脆弱，但是在她面前不一样。

白梨莫名涌起一股难以言喻的酸涩。

沈暗伸出长臂越过桌子，用修长的食指钩起她的下巴，盯着她的眼睛看了片刻，笑着问："怎么了？一副要哭的样子？"

白梨瑟缩着摇了摇头："没，没有。"

沈暗揉了揉她的脑袋："别想那么多，吃东西，吃完了跟我去诊所。"

白梨惊得睁大眼。

沈暗挑起眉看向她："我们昨天不是说好了，下次你跟我一起去诊所的吗？"

什么时候说好的？不等白梨反驳，沈暗又凑了过来，他压低了声音道："还是说，我们今天下午……"

白梨满脸通红，颤着声音说："去，去诊所。"

沈暗低笑出声。

他吃完饭接了个电话，等打完电话，餐桌上已经没了人，白梨正穿着围裙站在厨房里洗碗。

她穿着一件纯白的睡衣，整个人沐浴在阳光下，长发松松地束在脑后，露出白皙的颈，细嫩的手指在水流下穿梭而过，水龙头关掉时，她闭着眼倾身靠近面前那盆向日葵，鼻尖耸动，轻轻闻了闻。

画面美得令人心悸。

白梨刚洗完手，就被人从后面搂住。隔着衬衫，她仍被男人身上的热意烫到，男人已经低头吻上了她的后颈。

"沈……医生……"她微微仰着脸，狭长的睫毛颤了颤，视线里只能看到男人性感的喉结。

沈暗用修长的手指摸了摸她泛红的脸颊，哑着声音说："我自控力有点儿差。"

白梨羞赧地捂住脸，开口的声音带着颤意："别……看我……"

"为什么？"沈暗吻着她发烫的耳朵，"这么好看，为什么不让看？"

白梨去卧室换了衣服，出来的时候，穿着黑色卫衣。帽子已经戴上了，盖住了她半张脸，只露出鼻子和嘴巴。

天已经降温了，她又拿了件黑色外套，沈暗注意到，她在家里穿的都是纯白色的衣服，可一出去，穿的都是纯黑色的衣服。

"可以走了？"沈暗给猫咪换了水，这才站起来。

白梨把电脑装好提在手里，沈暗从洗手间里洗了手出来，走到她面前，伸手接过电脑："给我吧。"

白梨松了手，轻声道了谢。她拿起桌上的口罩和墨镜戴上，这才跟在沈暗身后出来。

沈暗一手提着电脑，另一只手牵着她。

在外面，白梨还是会紧张地发抖，只是情况比之前好很多，她下楼时，仍不自觉盯着两人牵着的手看，被卫衣帽子盖住的耳朵通红一片。

沈暗先给白梨戴上头盔，随后才跨坐在摩托车上，等白梨上车之后，抓过她的手臂缠在自己腰上："抱好了。"

白梨看不见他，红着脸缩在头盔里，微微偏着头靠在他背后。她从后视镜里看见男人动作利落地戴上头盔，他薄唇微勾，漆黑的眉眼沉静又迷人。

沈暗看了眼后视镜，忽然回头敲了敲白梨的头盔。

白梨打开头盔，红着脸看着他，只听沈暗低笑着问她："沈医生好看吗？"

白梨耳根一烫，睫毛颤了颤，过了片刻，她咬着唇，面色羞红地说："好看。"

两人到诊所的时候，刚到十一点。

大厅里有客人在咨询，谭圆圆正在招待客人，苗展鹏则刚从化验室里出来。

沈暗就是这个时候牵着白梨进来的，所有人的目光瞬间集中在他身后的白梨身上。

白梨穿着黑色大衣，脑袋上戴着卫衣帽子，因为刚摘了头盔，她还没来得及戴墨镜，因此只戴着口罩，大概察觉到有人在看她，她低着头，有些无措地缩在男人身后。

"暗哥。"谭圆圆率先反应过来，先喊了声，她迫使自己把视线从白梨身上移开，但是视线还是不受控地落在白梨身上。其实她什么都看不到，只能看见两人牵在一起的手，白梨的手很白，又细又小，被男人握在手里，显得十分小巧。

"沈医生这是……"其他客人也回过神，惊讶地看向沈暗。

沈暗单身多年，乍然牵着个女人出现，真的算是大新闻了，客人们都不着急医治自己带来的宠物了，只想八卦一下他身边的女孩是谁。

"我女朋友。"沈暗简单冲客人们打了个招呼后牵着白梨进了办公室，没一会儿，他又出来把沙发上的靠枕给拿了进去。

大厅里的客人都看直了眼。

白梨被沈暗安置在办公桌前，沈暗给她倒了杯水，又给她拿了靠枕垫在身后，问她饿不饿，想不想吃甜点。

白梨红着脸一直摇头。

"那我去忙了。"沈暗终于放过她了，临走之前，他摘下她的口罩，低头亲了亲她的唇，这才走出去。

沈暗带女朋友来诊所这件事没过半小时就在整个桐城迅速传播发酵，各大微信群里把这件事当国际新闻一般分享，甚至有不少人重金跪求沈暗女朋友的信息和照片。

沈暗出来接手工作之后，就放了苗展鹏回去休息，他忙到中午出来休息时，看见大厅里挤满了人，有些意外地到前台拿起预约表看了一眼。

预约表上自然没那么多客人，他问谭圆圆怎么回事。

谭圆圆用一副这还用问的表情看着他："暗哥，他们都是来看你女朋友的。"

沈暗：……

客人们见他出来，一窝蜂地挤了过来，全部都在道喜，沈暗点头道谢，不知道的人还以为他要结婚。他进办公室的时候，白梨就像只受了惊的兔子一样，瞪大眼盯着他看。

"怎么了？"他低笑着把门关上。

白梨眨了眨眼，声音有些发紧："外面……好像来了……很多人。"

"嗯。"沈暗点头，却是问她，"饿不饿？"

白梨摇头，她犹豫了片刻，才咬着唇问："我……在这里，会不会耽误你……工作？"

　　"是有点儿。"沈暗走过来，一把将她捞进怀里抱起来，自己坐在椅子上，把人放在腿上，把下巴搭在她颈窝处，他低哑的声音里带着笑意，"总是忍不住想来看看你。"

　　白梨耳尖都红了。沈暗松开她时，又看见了她泪眼蒙眬的可怜样。

　　大概是因为在沈暗的办公室里，又或许是因为外面有很多人，白梨比往常更紧张。她从沈暗怀里钻出来，直接躲进了办公桌底下。

　　沈暗：……

　　沈暗决定去外面吃午饭，他脱下白大褂，拉着白梨就出来了。

　　大厅和门口还站着不少客人，等了好半天，就为了看白梨一眼，好不容易看见沈暗把人领出来，结果看白梨全副武装，头上戴帽子不说，面上还戴着口罩，眼睛上还戴着墨镜，登时傻眼。

　　有些人更是直接以为白梨是娱乐圈里的明星，不然不会这样全副武装。

　　沈暗对此只有一句解释："抱歉，我女朋友比较害羞。"

　　说完，他就骑着摩托，带着白梨到了吃饭的地方。

　　吃饭的地方是一座比较清静的独院小宅，沿着石阶进去先看到一排假山，耳边能依稀听到潺潺的流水声。包间都是独立分区的，东西南北各一个，包间名称也很雅致，叫清雅阁，服务员都穿着青绿色的旗袍，上完菜就安静地出去，四面都很安静。

　　菜偏甜，口味清淡，菜量虽少，但每一道菜都非常精致，且口感上佳。

　　白梨第一次来这种地方，她吃完饭，喝了两杯茶，饶有兴致地站起来欣赏屏风上的画。

沈暗正在跟老板聊天，两人站在廊下，老板笑着说："倒是第一次看见你带女伴过来。"

沈暗目光落在房间里的白梨身上，神情柔和了几分。

"以前大家都以为你不喜欢女人。"老板打趣道。

沈暗低笑，没解释。

他九岁时目睹了沈广德和女人在沙发上厮混的场景后，对风月场所的女人就下意识地反感。

他跟在万军身后时，身边一群兄弟整日里除了赌钱就是混迹风月场所，他在边上看着眼睛眨也不眨，万军问他不想玩吗，沈暗摇头说不想。

万军问为什么，沈暗说脏。

万军当时还嗤笑他，说他小屁孩一个。但是他没想到沈暗比他想象的要狠，也更能隐忍。

沈暗见过各种各样的女人，但是面对投怀送抱的女人，他从来都是冷脸相对。

一直到二十九岁，他都以为他这辈子不会遇到令自己心动的女人，直到那一天，白梨出现。

她是第一个拒绝他的人。

也是第一个让他产生保护欲的女人。

他很难形容当时的感受，就好像看见一只害怕到发抖的猫，他想去救下它，想安抚它，想给它足够的安全感。

他看着这只猫小心翼翼地在他面前卸下盔甲，惶恐不安地伸出爪子，试着触碰它所惧怕的领域。

于是，他握住了那只小爪子。

将她带进了他的世界，他为她打造的安全地带。

沈暗带着白梨出来时，没骑车回诊所，而是牵着她出来走了一圈。前面都是私人定制的裁衣店，没什么客人，老板娘坐在缝纫机前，戴着眼镜，朝他们招呼了一声又继续忙了。

起初白梨还有些紧张，见老板娘没跟过来，才有些放松。沈暗给她挑了几件纯白的贴身睡衣，找老板娘拿了皮尺给白梨量了尺寸，记下来之后，让老板娘给白梨定做了两件大衣和羽绒服。

要出门的时候，沈暗的袖子被轻轻扯了扯，他低头看了眼，白梨红着脸小声地说："我也给你买。"

沈暗忍不住唇角一扬："行。"

他拿了皮尺过来，白梨踮着脚给他量尺寸，男人本来就比她高，还故意踮着脚，她几次都够不着，小脸通红。

"沈医生……"她声音极小，带着些无助，"你……低一点儿。"

沈暗没来由地想逗她，俯在她耳边，压低了声音说："亲我一下。"

白梨指尖都颤了，不远处就是老板娘，她咬着唇看向沈暗，过了好一会儿，才踮着脚凑近沈暗，她仰着脸，轻轻碰了碰男人的唇。

沈暗反客为主，扣住她的腰，加深了这个吻。

两人从裁衣店出来时已经到了下午一点。

沈暗带她回到诊所，大厅里的那群客人还没走，见沈暗回来，又围了上来，让沈暗介绍一下身边的白梨。

沈暗浅笑："抱歉，她比较害羞，下次吧。"

他一句话轻松打发了众人，又牵着白梨进了办公室。

沈暗来之前让谭圆圆点了杯热牛奶和两份甜品，此刻正放在办公桌上，他换上白大褂，揉了揉白梨的脑袋道："我先去忙了。"

白梨点了点头。

沈暗摘了她的墨镜和口罩，指了指自己的嘴巴："亲我一下。"

白梨一张脸唰地又红了。

男人站在白梨面前，微微弯着腰，一双笔直的腿微微屈着，白衬衫的纽扣扣到脖颈，她轻轻抬头，仍能看见那凸起的喉结。

沈暗五官轮廓分明，下颌线的弧度像刀刻似的深刻坚毅，他是双眼皮，眼皮的折痕有些深，眼尾微微向上。那双眼往常总会带着些漫不经心的淡漠和疏离的冷意，但此时此刻，里面蕴满了温柔。

白梨红着脸凑近沈暗，飞快地亲了他一下。

"到我了。"沈暗低声说完，扣住她的后脑勺，亲吻了一下。

诊所下午客人比较多，苗展鹏不在，沈暗一个人忙到六点才结束。

回到办公室的时候，白梨已经窝在椅子上睡着了，身上还披着他的大衣，沈暗低头亲了亲她的脸，悄悄出来吃了饭，又接待了几个客人，忙到七点多，这才回到办公室。

白梨已经醒了，正握着手机在发消息。听到开门的动静，她惊了一下，见到是沈暗进来，这才放松下来。

"饿不饿？"沈暗走过来，把她抱坐在腿上，把下巴搭在她颈窝处，低低呼出一口气，他有些累了。

"不饿。"白梨原本还不习惯这个姿势，见他眉眼俱是疲意，乖巧地没有挣扎，只是咬着唇看着他问，"忙完了吗？"

沈暗闭着眼点了点头，声音低低的，带着些微倦意："抱一会儿，我们就回家。"

白梨乍然听到"回家"两个字，整个人有些出神，紧跟其后的便是说不清道不明的甜蜜情愫。

"怎么了？"沈暗察觉到她呆呆的，伸手摸了摸她的脸，"还是说你想回我的家？"

白梨脸一红，身子缩了缩："没有。"

沈暗往后躺下，把白梨整个人揽进怀里抱住，白梨起初还红着脸紧张得不行，见他就只是抱着她，没有其他动作，这才渐渐放松下来。

两人就这样躺了片刻，直到苗展鹏过来敲门，沈暗这才拉着白梨起身回家。

他们回去的路上又顺便去了趟超市，沈暗直接把白梨抱进了购物车里，推着她采购完食材，又把人抱出来。

白梨满脸通红地窝在他怀里，她第一次在公众场合没有紧张到发抖，因为她的注意力都被沈暗吸引过去了——当他推着购物车到没有人的货架区时，会不时拉下她的口罩，低头亲吻她一下。

他在用他的方式缓解她的紧张和恐惧。

沈暗刚把车停下，白梨就红着脸往楼上跑，他把车锁好，几大步追上来，把白梨圈在臂弯里。

白梨推不开他，颤着声音喊他："沈医生……"

她的声音又软又甜。沈暗低低应了声，拉着她到三楼时，吻了她一下。

手里的食材被丢在地上，感应灯亮起，沈暗眼角余光扫到白梨家门口似乎蹲着个人，他眼神瞬间冷下来，单手把白梨护在胸口。

白梨不明白发生了什么，但是察觉到沈暗的神色变了，她紧张地缩了缩脖子，男人摸了摸她的脸："别怕。"

那人大概注意到这边的动静，以脸贴墙、手遮面慢吞吞地移步到了跟前，就要转身飞奔下楼时，沈暗已经认出她："等一下。"

白梨紧张地钻出脑袋，看见那人时，呆呆地喊了声："戴眉？"

戴眉"啊"了一声："我以为你一个人回来，我真不是故意的，我想着明天周末，我今晚刚好有时间来找你，我就……姐们儿，我真不是故意的，你就当没看见我，我走了！后会有期！"她说完，抱一抱拳，直接就冲下楼了。

"你朋友挺逗的。"沈暗等人走了后，这才捏了捏白梨的脸蛋，重新吻上来。

只是没吻一会儿，戴眉又上来了，她捂住眼睛，指了指白梨门口的方向："那什么，我东西落在门口了，抱歉，你们继续。"

白梨整张脸都羞红了，她推开沈暗，低着头往门口的方向走。

沈暗弯腰提起脚下的食材，走到门口时，见戴眉买了不少东西过来，而她本人的围巾手套正落在一袋水果上，她拿了围巾就要走，白梨拉着她的手说着什么。

沈暗进门时，还听见戴眉在"训"白梨："你傻啊，你拉我干吗，我走了……"

他掩住唇角的笑，冲戴眉说："进来一起吃饭吧。"

戴眉惊呆了："他会做饭？！哇！大梨子你真的是赚到了！"

白梨整个人都快熟了，耳根和脸都是烫的，她什么都没说，低着头跑进了房间，把门关上，就没再出来。沈暗把外面的东西提进来，戴眉买的都是水果，还买了只新的绿色梨型抱枕，长得有点儿像牛油果。

"谢谢你这么照顾她。"沈暗把抱枕拆开放在一边，准备洗干净再放到沙发上。

"兄弟，这话应该是我对你说才对。"戴眉说话有种豪情万丈的侠女风范，"以后也拜托你照顾我们家小梨子了。"

沈暗低笑："行。"

戴眉对沈暗特别满意，人长得帅，不花心就算了，又体贴又会照顾人，最重要的是，他居然还会做饭！简直太加分了！

她之前还担心，以白梨这个社恐的性子，估计要到猴年马月才能和沈暗有更深一层的进展，结果万万没想到，两人已经达到一起回家做饭的程度了。

戴眉表示很欣慰，有种嫁女儿的成就感。

沈暗已经把食材拿去厨房了，他脱了大衣，只穿着件白衬衫，卷起的袖口露出一小片黑色文身，类似图腾的图案。

戴眉自己就有文身，因而对有文身的男人并没偏见，只是她想象不出来，沈暗这种外表看起来十分正经的男人，也会私下里文身。

她去敲白梨的门。

等了一会儿，白梨才开门，她已经换了衣服，整张脸还红着。

"哎哟，害羞什么，我当时跟我前男友接吻，你不也看见了吗？"戴眉大大咧咧地往她床上一坐，随后又想起什么似的弹起来，指着床问，"你们……有没有？"

白梨拿起枕头捂住脸。

戴眉笑得猥琐极了："赶紧的！我要听！快点！怎么样怎么样他到底怎么样？"

白梨死活不说，戴眉就自问自答，一人分饰两角，先扮演自己，再扮演白梨，愣是把白梨逗得笑出了声。

戴眉说完，白梨就抱起枕头捂住她的脸，羞恼地喊："戴眉你不要说了。"

戴眉眼尖地看见她脖颈上有吻痕，立马伸手去掀她衣服："我看到了！哈哈！好家伙！我看看里面有没有……"

白梨被弄得痒极了，整个人往被子里躲，戴眉就钻进去，边喊边去扯她衣服。

两个人闹了会儿，才听见门口传来声音，抬头一看，沈暗不知站在门口看了多久，脸上还带着笑。

坐在餐桌上时，白梨的脸都是红的。

戴眉晚上减肥，只吃了一点点，就跑去拿逗猫棒跟小猫咪玩了。

她是自来熟的性子，大概是家里把她当假小子养习惯了，导致她长大之后，就偏爱那些乖软的妹子，例如白梨。

学生时代，戴眉照顾了不少女生，甚至在女生受到男生欺负时，第一个冲上去，跟比她高大的男生打架。

学生时代结束之后，大家各奔东西，只剩下白梨还跟她交好，倒不是她人多好，而是因为白梨性子好，虽然因为社恐和寻常人不太一样，不能有正常的社交关系，但她是个很好的朋友，也是非常好的同事。

戴眉只要交给白梨任务，白梨绝对能在两天之内完成交给她，白梨的工作效率是一等一的，品行更是好得没话说，戴眉可以毫无保留地交付信任给她。

虽然她们出来工作时间不长，但社会上的冷暖艰辛，戴眉早就体会到了，甚至吃了不少闷亏，但在白梨面前，她从来不会担心受到任何欺骗。

白梨一直保留内心的干净与澄澈，从过去到现在，乃至未来。

戴眉从前就在想，能配上白梨的男生一定要是那种干净的男生，学习特别好，笑容腼腆，说话乖乖的，不会撒谎，不抽烟不喝酒，无不良嗜好。

　　但是她此刻看着在厨房里刷碗的两个人，忽然又觉得，这个世上，能配上白梨的男人，就只有沈暗了。

　　因为，待在沈暗旁边的白梨，就连紧张的小动作，都透露着开心。

　　白梨洗完手出来时，才发现戴眉早就走了，她发了微信消息，只两个字，潇洒极了：走了。

　　沈暗洗完澡出来时，白梨已经躺在床上睡着了，她半张脸埋在枕头里，只露出挺翘的鼻头和嫣红的唇。他把灯关了，躺到她边上，把人搂进怀里。

　　小丫头身上香喷喷的，他抱了一会儿，忍不住低头亲了亲她的颈窝。

　　白梨被弄醒了，缩着肩往被窝里躲，没几下被沈暗捞出来。他吻住她的唇，另一只手抓握住她的手，和她十指紧扣。

诶恋
爱很
快乐

白梨第二天睡到十点还没醒。

沈暗已经从诊所回来，还买了早餐，见她还在睡，进了卧室把人直接抱了出来。

白梨被他抱进怀里的那一刻就惊醒了，但她身上没什么力气，脑袋一直往他怀里缩："不要看我……"她的声音哑哑的，听着可怜极了。

"买了早饭，吃完再睡。"沈暗把人抱到餐桌前，拿了筷子递给她。

白梨缩着脑袋："我没洗脸。"

沈暗低笑："那洗完脸再吃？"

白梨"嗯"了一声，沈暗又把人抱到洗手间。

白梨一看到洗手台就红着脸看了沈暗一眼，哑着声音说："你……出去。"

"你站得住？"沈暗松了手，见她用力扶着洗手台，他低笑一声，"确定不要我帮忙？"

"不要。"白梨红着耳根拒绝，一双大眼睛湿漉漉的。沈暗见她害羞得眼眶都快红了，忍不住低头亲了亲她的发顶："那好，我在外面等你。"

门被关上后，白梨才开始洗漱。

沈暗正在给猫涂药，这几天，猫粮是他喂的，水是他换的，猫屎都是他铲的，猫咪明显熟悉他了，在他涂药时，还会舔一舔他的手心。

"小白怎么这么乖。"沈暗摸了摸猫脑袋，用食指钩了钩猫下巴，低声笑了笑，"跟主人一样。"

白梨蓦地红了脸。

沈暗回头见她出来了，松了手，把猫咪放进隔离笼子里，这才起身去洗手，路过她的时候，偏头亲了亲她的脸。白梨被亲得缩了缩脖子，等人走之后，才抬手摸了摸被亲的地方。

她不得不承认一件事。

那就是她和小白一样，渐渐适应了沈暗的存在。

甚至习惯了他的各种亲密行为。

包括，他突如其来的亲吻和拥抱。

她不再紧张和抗拒。

就像刚刚，落在脸上的那个吻。

她只觉得痒。

白梨下午才跟去沈暗的诊所，她比昨天包裹得更严实，甚至还围了一圈围巾。

沈暗带着她到诊所的时候，除了谭圆圆，其他客人都在群里发消息问沈暗的女朋友是不是故意不想让他们看到长相才包成这个样子的？

作为知情人谭圆圆，面对那些客人的提问，一概回复不知道。

她可不敢在沈暗面前作死，想到昨天沈暗把白梨带来的那一幕，虽然两人在大众面前没什么特别亲密的举动，但是短短几个小时内，谭圆圆的微信里全是沈暗发来的消息，什么点杯热牛奶，什么要两份甜品，什么去办公室看看，问问白梨要不要喝水等，全是那个看起来就很淡漠的暗哥发来的。

谭圆圆看见这些，再联想起苗展鹏之前说的话，终于理解了什么叫见了鬼。

白梨很安静，除了出来上洗手间，几乎整整一下午都老老实实地待在办公室里，偶尔谭圆圆进去问她要不要吃东西，她都是紧张又不安地先道谢，再摇摇头说不用。

她的声音很轻，透着股娇软。

白梨是个让人不由自主就心生好感的女孩子。

隔壁的老中医听说沈暗交了女朋友，一下午过来门口溜达了好几圈，只可惜没见到人。沈暗晚上下班回去的时候才牵着白梨去隔壁转了一圈，算是给老中医看了眼。

老中医连说了三个"好好好！"，直把白梨弄得满脸通红，被沈暗牵着出来时，她还缩着脑袋。

"害羞了？"沈暗低头去看她，白梨却别开脸往后躲。

沈暗把白梨揽进怀里，摘了她的口罩捧着她的脸看了会儿。

白梨缩了缩，没躲开，咬着唇小声地说："没有。"

白梨嘴上说没有，耳尖和脖颈却都是红的，沈暗低笑着在她唇上印了个吻。

值夜班的苗展鹏出来准备倒垃圾，看见这一幕，又匆匆把脚收进去。

一场雨后，天气愈发冷了。

沈暗把摩托车锁进了车库，上下班都是跑步来去的。诊所附近和他住处的车位都比较紧张，开车对他来说不是很便捷，算是一件麻烦的事。

白梨很少出门，她的冬天都是宅在家里度过的，像松鼠一样，屯够食物过冬。

沈暗在下午阳光充足的时候，会把白梨从家里捞出来，拉到外面转一圈，晒晒太阳，带她尝一点儿新出的甜品，然后两人手牵手沿着马路走到诊所，接下来，他忙工作，她就在办公室里休息或者办公。

沈暗给她买了新电脑，就放在自己的办公桌上，她偶尔过来的时候，就用那台电脑办公，不用来回从家里提电脑过来。

他买电脑的时候没跟白梨说，等白梨来诊所了，才发现那台新电脑上贴着一只梨子的图案，开机的桌面壁纸是她和沈暗在沙发上的照片。

她一到冬天就特别怕冷，会整个人缩在沙发上，裹着毯子，抱着电脑办公。

沈暗回来后，就把她整个人抱进怀里，他身上体温高，她会自发地往他怀里钻。

沈暗低头亲她，拿了手机递给她："拍个照。"

白梨被吻得有些蒙："拍什么？"

沈暗吻住她的唇，气息重了几分："拍我们。"

他们拍完照片后白梨看了看照片。

照片上的她有些羞赧地看着镜头，一双黑白分明的眼睛湿漉漉的，她靠在沈暗怀里，穿着件纯白色睡衣，领口微微敞开，露出精致的锁骨。

沈暗把下巴搭在她颈窝处，他五官轮廓很深刻，棱角线条分明，双眼皮折痕很深，衬得眸深目邃，眼尾微微上扬，眸底漾着缱绻的温柔。

圣诞节当天，沈暗带白梨回了胡桐街一趟。

这几个月时间里，他都是住在白梨那里，已经很少回来了，偶尔回来拿东西，也都是匆匆忙忙，都没有回来住过。

房间太久没有人打扫，一进门就有股浓重的灰尘味，沈暗把窗户打开透气，又把空调开了，这才进屋准备打扫。

白梨在爷爷的房间里看相册。

沈暗小时候为数不多的照片都被爷爷很好地保存了下来，他读书的照片，考试的照片，包括大学的入学照片。

那个时候的沈暗还有些青涩，白梨目不转睛地看着，唇角不自觉地上扬。

她这些天白天都是在诊所的办公室里办公，晚上就是跟沈暗一起回去，沈暗偶尔带她去体育馆，让她坐在那里，看他打羽毛球。

她其实每次过去，都会紧张得发抖，但目光落在沈暗身上之后，那些紧张和恐惧就会消散许多，她试着屏蔽周边的一切，只盯着场上的沈暗。

换来的结果是，沈暗回到家之后会将她按在怀里，一边吻，一边问她为什么一整晚都盯着他看。

"那是我毕业的时候拍的。"沈暗换了件旧衣服，手上戴着手套拿着拖把，脚下穿着水靴。

他进来从爷爷的床上又翻出一本相册，递到白梨手里："这个上面照片多。"

照片是用手机拍的，多数是爷爷的照片，还有沈暗和爷爷的自拍照。

毫无疑问，都是沈暗自己拍的。

照片上的爷爷戴着老花镜，看着镜头在笑，脸上的褶皱让他显得很慈祥，他有些驼背，穿着一件灰色毛衣，手里拿着书。

白梨透过这些照片，仿佛看见了沈暗过去的二十九年，他和爷爷相依为命相互陪伴，走过最艰难的那段日子。

然后照片被翻到了最后一页，时间就此停住。

最后一页是爷爷的黑白照片，那是他的遗像。

沈暗在阳台安静地抽烟，他背倚着栏杆，目光平静地落在眼前的那几盆花上。

老爷子生前很喜欢养花，留给沈暗的那些花，都在冬天冻死了，沈暗又重新买了一些花，但是花每年都会冻死几盆。

今年还没下雪，这些花已经感受到了凉意，叶子也全都萎缩着，一点儿精神都没有。

他把烟掐灭了，进屋时看见白梨在擦拭相框和相册，那些她看完的相册，已经被她整理好放进了箱子里，爷爷柜子里的衣服也被她重新叠了一遍。

沈暗靠在门框上看她，她眉眼有些发红，看得出刚刚哭过，他走过去，钩起她的下巴，低声问："怎么哭了？"

白梨咬着唇，看了眼桌上，那上面是一个本子，上面是老爷子手写的沈暗的生病记录。

沈暗生病的次数不多，大多是受了伤回来，自己偷摸上了药就回去睡了。

老爷子大概夜里起来去他房间给他盖被子看见了，本子上还写着要给沈暗做什么吃的，给他补回来。

翻到其中一页，上面没写完，只留下了半句话：**晚上要买牛**。

不知道发生了什么事，后面没写完，再往后翻，一片空白。

白梨知道，那天之后，爷爷可能就不在了，他在这个世上，留下来的最后一段手写字，是想买牛肉给沈暗吃。

沈暗把那个本子翻了翻，放在桌上，搂着白梨，还有心情逗她："估计是想买牛尾巴。"

白梨怕他难过，揉了揉眼睛，小声说："我来打扫。"

她去洗手间找了毛巾，洗干净拧干过来擦桌子。

沈暗低头又看了眼那个本子，他摸了摸最后那行字，深深呼出一口气，这才把本子重新放进抽屉里。

两个人一起打扫完房间，身上都出了汗，沈暗叫了外卖，两人简单吃完后，他进了洗手间洗澡。通过风的房间，空气清新又冷冽，白梨担心他待会儿出来冻感冒，把窗户和门都关上了，又把空调打开。

沈暗茶几上的手机响了，她拿起来，看到是苗展鹏，也没有去接，只是拿到洗手间，红着脸敲门："你电话响了。"

即便两人在一起这么久，面对沈暗，白梨还是会害羞。

沈暗拉开门，光裸的身上还在滴水，他拿了毛巾简单擦了脸之后，把毛巾搭在脑袋上，从她手里接过手机，按了接听键。

白梨正要走，却被他长臂一揽，扣进了怀里。

沈暗单手撩开她的长发，低头在她颈侧吻了吻，电话那头苗展鹏汇报今天市里的暗访，他漫不经心地"嗯"了声，简短地说了几句后，挂了电话把手机丢在洗衣机上，把白梨拉进洗手间。

第二天下午白梨都没能下床。沈暗给她涂了药，接着给她按摩，等抱着她洗漱完后，又把她抱在怀里给她喂饭。

白梨又饿又困，红着脸窝在他怀里，就着沈暗的手吃了几口，眼皮沉了沉，又歪在他的臂弯睡着了。

沈暗低笑一声，俯身亲了亲她的脸，轻轻把人抱到房间里放下。小丫头的小手软软地搭在他手臂上，他拿下来的时候，她手指无意识抓握了一下。

那动作很轻，像被一只猫咪挠了一下，只是那只猫不小心挠在了沈暗心里，弄得他五脏六腑有种说不出的熨帖。

沈暗没再出去，躺在白梨边上，将她搂紧了些。

万军早上打电话约他吃饭，说想见见他的小女朋友，沈暗没同意，说她怕生。

万军大概也就是随口说说，打电话的目的只是为了核实一下沈暗是不是真的交了女朋友这件事。

毕竟沈暗在万军眼皮子底下那么多年，身边没有一个女人。

作为最了解他的大哥，万军是真的很好奇，沈暗喜欢的是什么样的女孩子。

听很多人说，那女孩总是戴口罩和墨镜，完全看不到脸，穿着黑色大衣，站在沈暗边上，被衬得身形十分娇小。

万军曾经介绍了不少女孩给沈暗，但他一个都没要，万军还担心地问过沈暗是不是身体有毛病。

后来，他才知道，沈暗是九岁那年因为父亲落下了心理阴影。

电话挂断之前，万军开玩笑般问他："身体还行吗？"

沈暗想起白梨，点了点头："还行。"

他早上七点就到了诊所，苗展鹏今天有事，他一个人在诊所里忙到中午。

中午他回家看了眼，白梨还没起，他买的早餐还放在桌上，她一口都没动。

等他下午忙完再来，小丫头还在睡，他掀开被子看了一眼，拿了药过来给她涂抹，轻轻给她按摩。

快到傍晚的时候，白梨终于睡醒了，她抬头就看见沈暗的脸，他闭着眼，不知什么时候睡着的，眼睫很长，鼻梁高挺，嘴唇薄薄的。

白梨盯着看了会儿，小脸忍不住悄悄红了，男人的手臂揽着她的细腰，右手指节还搭在她的胸口处。她红着耳根准备找衣服穿，才动了一下，沈暗就凑过来吻她的脖颈，声音沙哑地问："醒了？"

"手……"

她推他的手。沈暗松了手，却把人直接捞怀里抱住。白梨惊得瞪大眼睛，动都不敢动。

沈暗低笑："饿不饿？出去吃？"

白梨又羞又慌地点头："好。"

他松开她，好整以暇地躺在床上，看小丫头面红耳赤地低头找衣服穿。

他笑出声，白梨羞得把自己埋进了床单里。

沈暗走过去，把人捞进怀里抱着，低头亲了亲她的后颈，低醇的嗓音带着明晰的笑意："沈医生什么都没看见。"

白梨耳尖更红了。

沈暗牵着白梨，先去了包子店。

老板娘晚上摆烧烤摊，正招呼客人，见他过来，还没来得及说话，就看见了他牵着的白梨。

"哎呀！"老板娘激动地把手里的烤串往自己老公手里一塞，找了毛巾擦干净手，就过来盯着白梨看，边看边夸，"真好看！"

白梨没戴墨镜，只戴了口罩，穿着之前在定制店买的白色羽绒服。

她头上的帽子是沈暗买的，可爱的白色小熊帽子，上面还带着两只可爱的小尾巴。

"老早就说要带来给我看看，这都过去多少天了。"老板娘轻轻拍了拍沈暗的手臂，嘴里是抱怨，脸上却是满满的笑，"今天可算是见着了。"

白梨脸一红，往后缩了缩。

沈暗笑着把人揽在怀里："行，人你也见到了，走了，我们去吃饭。"

"好好好，去吧去吧。"老板娘又笑意盈盈地招呼着白梨，"丫头改天来吃包子，想吃什么馅的都有，没有阿姨也给你做。"

白梨小声地道了谢。

沈暗牵着她走出去好远，老板娘还在原地冲她招手喊："下次一定来啊。"

白梨对这样的热情有些不知所措，紧张得手指都绞在一起。沈暗揽着她的肩，没有转身，只是抬了抬手臂，挥了挥算是回应。

走出去百米远，他才偏头冲她说："她很喜欢你。"

白梨脸颊有些发红，缩着脖子没有说话。

沈暗帮她理了理帽子，牵着她又转了一圈，这才领着她到了一条有些窄的巷子里。

沿着巷子往里走有一家百年面馆，接的都是外卖单子，来店里吃的人不多。

沈暗带着她到面馆大厅坐下，要了两份招牌牛肉面，又要了两个小菜。

服务员和老板都认识他，他跟服务员打了招呼后，老板也从后厨出来了。

老板见到沈暗就笑了："好久没来咯，哟，都有女朋友了，这顿我请，随便吃。"

沈暗给他递了烟，两人随意聊了几句，等面上来了，这才坐在白梨面前，给她擦了擦筷子。

白梨接过筷子道了谢，她早就饿了，摘了口罩，先拿起勺子喝了口汤，汤味鲜浓，味蕾仿佛被打开，食欲瞬间上来。

"老店，但是口味很不错。"沈暗把小菜放到她面前，又伸手将她的一缕头发拨了拨，"热就把大衣脱了。"

白梨摇了摇头。

店里开了空调，沈暗脱了大衣，身上只穿着件白色毛衣，他放下筷子，绕到白梨边上，帮她把大衣脱了。

白梨脸颊红红地看着他，声音很小："我不热。"

"那你脸怎么这么红？"他用食指刮了刮她的脸。

白梨咬着唇，羞得耳尖发烫，她被脱了大衣，身上只剩下一件白色毛衣。

毛衣和沈暗身上的毛衣是情侣款，她握着筷子的手都颤了，总觉得旁边的人都在看他们。

"白梨。"沈暗坐在她旁边，把右手搭在桌上，撑着脸看她，声音低低的，带着笑意，"我想吃牛肉。"

白梨听出他的意思，脸上的热意又深了几分，她手指一颤，筷子都拿不稳了，沈暗又凑近了些："要那块。"

她缩了缩脖子，红着脸摒弃所有杂念，用筷子夹起那块牛肉，转身递到他嘴边。

他含住牛肉，却也咬住了她的筷子。

她心脏颤了颤，小声又无助地喊："沈医生……"

沈暗终于松了嘴，叼着嘴里的牛肉坐到了对面。

余下的时间，白梨满脑子都是刚才那一幕，她红着脸吃完了面，等出来时，才发现大厅里不知何时坐满了客人，而她居然没有发现。

沈暗牵着她走出巷子，寒夜的冷风从身边呼啸而过，她并不觉得冷，被握住的手被男人的掌心焐得暖暖的。

她不自觉地扬起唇角，沈暗转身，见她没戴口罩，笑得颊边的梨涡浅浅地露出来，他低笑着问："你笑什么？"

白梨红着脸，小声说："没什么。"

她只是忽然觉得戴眉说得好对。

谈恋爱真的是一件很快乐的事。

元旦那天，她被沈暗带出去，在市中心的广场上跟一群陌生人参加了跨年活动。

身边全是陌生的笑脸，她被兴奋的氛围感染，不由自主地笑起来，倒计时数到 0 的时候，沈暗搂住她，低头吻住了她的唇。

烟花在空中炸裂的声音那样响，但她却清晰地听到男人低醇好听的声音。

他说："元旦快乐。"

她心脏颤得厉害，羞赧中却主动回应了男人的吻。

那是她第一次在公众场合这样大胆，以至于身体都紧张得发抖。

那晚他们住在市中心的酒店，凌晨一点，她被兴奋过度的沈暗抱在落地窗前看了很久的城市灯火。

戴眉发消息见她没回，就给她打了电话，电话是沈暗接的，怕吵醒白梨，因而声音压得有些低，只说了句："她还在睡。"

简单四个字，把戴眉的耳朵听得都酥麻了。

等到第二天晚上白梨才给戴眉打电话，那时候戴眉还沉醉在沈暗的那四个字里："好听死了！"

白梨：……

戴眉接了个单子，因为知道白梨最近忙于约会，所以介绍给她的单子都是不赶时间的，一周内交给她就行。

白梨道了谢，又被戴眉追问昨天去哪里跨年等等，她红着脸支支吾吾说了。

戴眉得寸进尺地问她昨晚沈医生给了她什么元旦惊喜，白梨耳根一红，挂了电话。

元旦过后，天气愈发冷了，夜里落了点雪，空气里透着干燥冷冽的寒意。

每个周末，沈暗都会带白梨出去转一圈，白天会带她去公园晒太阳，晚上就带她去夜市。

开始她总会不适应，次数多了，她渐渐学会在沈暗身边放松。

白梨从沈暗手里接过发光的气球握在手里，在人群中，红着脸吃他递来的竹签上的鸡排。

沈暗总会将她的注意力引到他身上，让她忘却自己身处公众场合这件事，从而做出一些……自己事后想想就会羞耻到脸红发抖的举动。

下大雪那天，她被沈暗拉到胡桐街，跟他一起在楼下堆了个雪人，她被冻得鼻尖通红，脸上却荡漾着开心的笑。

"来拍照。"沈暗把手机架好，拉着她在雪人旁边拍了照片。

他们拍了很多照片，一张又一张地填满了相册，偶尔白梨一个人在家的时候，就会翻开相册，一边看一边傻笑。

戴眉有时也会过来蹭饭。

戴眉吃完了就会钻到白梨房间里，抱着白梨的相册翻看。

之前白梨跟戴眉说，沈医生没事的时候喜欢拍照并把照片洗出来。于是，戴眉一有空就跑来看他们的相册。

说是冬天到了，想囤点儿"狗粮"吃。

白梨：……

沈暗有时候夜里忙到很晚才回来，白梨就窝在沙发上，披着毯子等他。

他开门进来的时候，白梨就会踩着毯子去接他手里的羽绒服外套。

　　"下次不要等我。"沈暗去洗手间用热水洗了手，等身上的凉意退了些，这才过来把人搂进怀里，"早点儿睡知道吗？"

　　白梨靠在他心口，很轻地摇头。

　　他伸手捏她的脸："不听话？嗯？"

　　白梨红着脸环住他的腰，小声地说："我想等你。"

　　"去掉第三个字，再说一遍。"沈暗钩起她的下巴，亲了亲她的唇。

　　白梨眼睫颤了颤，咬着唇说："我想你。"

　　沈暗将她抱在沙发上吻了一下："真乖。"

第七章 • Chapter 7

一起回家

临近年关，白梨接到了母亲的电话，问她今年回不回家，背景音里隐约听见父亲在那头的吼声："不回就算了！你问什么问！生这个女儿跟没生一样！别人还一年回一次家，她倒好，一走就是四五年，干脆死在外面算了！"

白梨缩了缩脖子，眼眶已经红了。

她握着手机说不出话，母亲还在那头劝："你爸他喝酒了，其实他也是想你，你今年回家吗？你大姐她们也都很久没见你了……"

白梨不敢出声，怕一开口声音里就带着哭腔。

她挂了电话，给母亲发了短信，说今年回去。

早上天冷，沈暗离家上班之前就会把中央空调打开，让整个室内都是一片暖意。

白梨今天醒得早，看了眼时间，才九点。

她在床上待了会儿，这才下床收拾要带回家的行李。

回家就意味着要住几天，她要买礼物，要准备红包，要带几件换洗的衣物，她去阳台拿衣服，路过猫窝，这才想起还有小白。

她看了眼小白，它身上的猫藓已经好了，窝在猫窝里打着盹，见她过来，它慵懒地伸了个懒腰，往她脚下爬过来，蹭了蹭她的裤腿。

她摸了摸它的脑袋："我要回家了，到时候你要乖乖地听沈医生的话。"

洗漱完，她吃完早饭，跟戴眉说了要回家的事，打算空出一周时间不接单子，之后整个上午都忙着处理之前的 PPT 文档。

沈暗提着午饭回家的时候，看见了地上的行李箱，他把手里的午饭放在桌上，去卧室里看了眼。

白梨刚洗完头发，正坐在卧室的椅子上，用吹风机吹头发。

"你要去哪里？"

沈暗站在门口问，心底隐隐猜到她大概是要回家过年。

"要回家一趟。"

白梨把吹风机关掉，手指无意识地绞着吹风机的线："我妈打电话……想我回家，我答应了。"

她一紧张就会这样。

沈暗坐下来，拿起边上的毛巾给她擦了擦头发，低声问："我跟你一起回去？"

白梨眼睛瞪大，有些无措地看着他："你，跟我回去？"

沈暗低笑："你要是不想他们见到我，就不让他们见，我送你回家，亲眼看你进家门，行吗？"

白梨心脏一颤："我不是……不是那个意思。"

"那是可以的意思？"

沈暗摸了摸她的脸，不等她反应，就起身往外走："那我也收拾一下。"

白梨脑子一团乱，追了出去。

看见沈暗真的在收拾东西，她急得不知道说什么，看见小白，才想起来冲他说："可是，小白，小白它没人照顾。"

"你忘了我是做什么的？"

沈暗走到小白跟前，挠了挠它的下巴："我把它放诊所，会有人照顾它的。"

白梨红了脸。

沈暗洗完手出来，收拾了几件衣服放在沙发上，又转身去卧室的抽屉里拿了好几盒套子出来，白梨再也忍不住，红着脸喊他："沈医生……"

沈暗挑起眉，故意问："不够？"

白梨指尖都颤了，耳朵红得滴血："我……只在家待几天。"

"所以，到底是几天？"

白梨捂住通红的脸，羞得冲进了卧室。

白梨的老家在恒市，离南市有三个半小时的车程。

直到出发那天，她都没有跟家里透露一丝关于沈暗的任何消息。

沈暗知道她害羞，打算给她缓冲的时间，等到她到家第二天再上门拜访。

但是没想到，他包的车子才到路口，就遇到了白梨的家人。

白梨对家里人说坐高铁回来，但是白梨的大姐准备出来接她，二姐和小弟也打算出来接她，于是一家几口都出来了。

打车的间隙，他们刚好看见了白梨乘坐的这辆出租车缓缓靠边停下。

一行人正准备上车，就看见了坐在后座的白梨，以及坐在白梨边上的沈暗。

空气安静了数秒，还是沈暗看出白梨和她的姐姐们长得有些相似，这才开口打了招呼："你们好，我叫沈暗。"

"你，你好。"

白梨的大姐叫白雪，不知是不是家庭原因，兄弟姐妹四个人的性子都有些自卑。

见到陌生人的时候，他们身上那种拘谨和不安，在一瞬间就显露出来。

"白，白梨，这是你……你……"

白梨的二姐叫白萍，只比白梨大一岁，但是长相比白梨看起来大了四五岁。

白梨根本没想到还没下车就会碰见他们，一时间紧张得后背都冒了汗。

她张了张唇，指尖用力地掐在掌心克制住那份紧张，这才冲几人说："这是我男朋友。"

两个姐姐都诧异地瞪大眼。

比白梨小三岁的弟弟白飞直接不可思议地叫出声："男朋友？！三姐你男朋友？！"

白梨的耳朵跟脸都是红的，她跟在沈暗身后下了车，这才点头："是。"

沈暗正打开后备厢拿行李，还有不少礼品，他拿下来，递到白飞手里，摸了摸他的脑袋："弟弟，帮个忙？"

白飞被摸得一愣，手却下意识地接过沈暗递来的礼盒。

等他拿了东西，才想起来，沈暗居然喊他弟弟。

车上还有不少礼品，把后备厢都塞满了。

白梨的大姐和二姐也自发去帮忙，几人提着东西往回走，白梨手里则提着自己的包。

走了几步，沈暗回头，拿过白梨手里的包挂在自己的身上，用一只手牵着她。

白梨红着脸想把手抽出来，沈暗的大拇指在她的手背上安抚地摩挲了一下，她就乖乖地不动了。

白梨家以前的房子拆迁了，得了一笔五六十万的拆迁款，四年前白梨父亲借了点钱，在郊区全款买了套房子，挂在白飞名下。

小区环境还算可以，只是到了冬天四处都有些萧条冷寂。

一行人上了楼，到了四楼停了下来，白雪掏出钥匙开了门，冲客厅喊："爸妈，白梨回来了。"

白梨的母亲周娟赶紧从厨房走了出来："哎呀，回来了啊。"

这一眼看见的却是身形挺拔的沈暗，男人五官格外帅气，穿着白色大衣，手里提着礼品，冲她微微一笑："阿姨好，我是沈暗，需要换鞋吗？"

周娟愣了好几秒，才"啊"了一声。

她指着门口的鞋柜说："有有有，那个，黑的，不，白的，有有有，我给你找。"

她找完拖鞋，才惊疑不定地看着沈暗问："不好意思，你是哪位？"

沈暗把身后的白梨牵了进来，微微笑着说："我是白梨的男朋友，很抱歉事先没跟你们打招呼，今天过来，会不会打扰你们？"

"不会不会不会。"

周娟终于回神，招呼沈暗身后的白雪几人进来，又推了推白雪的肩膀："快去喊你爸出来，就说家里来客人了！"

"快请进，进去坐。"

周娟招呼完沈暗进门，又拉着白梨小声问："怎么回事？

你什么时候谈的恋爱，怎么没跟我们说？你今天回来之前，起码打个电话跟我们说一声，好让我们有个准备啊。"

白梨还没说话，白建威已经出来了，他伤了腿，如今走路还拄着拐，行动虽然不便，但气势还在，白梨一看见他，身体就不由自主地一缩。

沈暗挡在她身前，冲白建威伸出了手："叔叔您好，我是沈暗，是白梨的男朋友。"

白建威打量了他片刻，蹙眉问："你是做什么的？"

"兽医。"

沈暗丝毫不介意对方的态度，脸上挂着淡淡的笑："有一家诊所店。"

周娟走到白建威边上，捅了捅他的胳膊："你给人家点面子啊！"

白建威这才伸出手去握住沈暗的手："去那边坐吧。"

这算是第一印象通过的意思。

白梨很轻地呼出一口气，就这么短短不到一分钟的时间，她后背都出了一层汗。

已经十一点十分，到午饭时间了。

白梨被母亲叫去厨房帮忙，留下沈暗一个人坐在沙发上跟父亲交谈，多数都是白建威在问，沈暗在回答。

白梨听不见，只紧张地看了沈暗一眼，男人却安抚地冲她笑笑。

她拿了盘子进了厨房，被两个姐姐和母亲围着"拷问"："怎么交了男朋友也不跟我们说？"

"没……来得及。"

她把葱放在水龙头下冲洗。

周娟从她手里拿了葱，盯着她问："你老老实实地交代，交往多久了？"

"这次带他过来，是你的主意还是他的主意？

"是打算结婚还是再谈几年？

"他是南市本地人吗？有房子吗？"

母亲有些势利，之前交代三姐妹以后谈恋爱结婚必须要找有钱人。

因为她以前过够了苦日子，四年前为了买这个房子又欠了债，过了两年紧巴巴的日子才好起来。

谁知道，父亲又伤了腿，家里少了一个劳动力，就少了一份收入，母亲现在只能靠三姐妹每人每个月给的一千块过日子，她当然不允许女儿嫁给一个穷鬼。

"我觉得他应该挺有钱的。"

白雪开口帮腔："不是开了诊所吗？而且看他穿衣打扮，感觉挺有钱的。"

白萍点了点头，又看向白梨问："他有房子吗？"

白梨眼眶有些红，她不想回答这种问题，但是又不得不回答："有。"

"新房子还是老房子？多大的？"周娟问得细致了些，"他一个月能赚多少啊？"

白梨有些难堪："妈，别问这些好不好？"

"你是不是不知道他一个月赚多少钱？"周娟皱起眉，"你有没有跟他发生关系？"

白雪尴尬地笑了一下："妈，小妹她不可能的，你不要问这种问题。"

白梨的眼泪已经掉了下来。

白雪愣了一下，有些错愕地拉着白梨问道："白梨你不会……"

周娟气势汹汹地指着客厅的方向说："他要敢不跟你结婚，我就找到他家！"

她说完，又瞪着白梨："你一个女孩子出门在外，人家什么都没给你，你就这么随便！你知不知道羞耻？！你在外面一直不回来，是不是就因为这个？啊？你说啊！是不是就因为这个？！"

白梨捂着脸道歉："对不起……"

周娟的声音大了些，客厅的沈暗都听见了，他从沙发上站起来，白建威喝了口水，冲他说："你不用管。"

沈暗权当没听见，径直朝厨房走了过去，他打开厨房门，走到白梨面前，看她捂着脸哭得身体都在抽颤，心里疼得一揪。他脱下大衣，罩在她脑袋上。

"阿姨，我今天来，是想跟你们谈谈，我跟白梨结婚的事。"

沈暗把白梨揽在怀里，伸手在她头顶安抚地拍了拍："您有什么要求，可以跟我说，我什么都答应。"

周娟听他这么说，心下微微放松，但到底被沈暗这样明面上提出来，弄得有些尴尬。

她便推脱在白梨身上："这孩子，我说两句就哭，当妈的不都是心疼孩子啊，说两句怎么了。"

"是，您说得对。"沈暗看着周娟，微微笑着说，"下次不要再说了，我比您更心疼。"

周娟脸色一阵红一阵白，还是白建威在外面喊了声"什么时候能吃饭啊"，围在厨房的人才散了。

沈暗特别想把白梨带走。

他终于理解，白梨为什么不愿意在中秋节回家，也终于理解，她为什么会在那个下午哭成那样。

他牵着白梨随便进了一个房间，把门关上后，就把大衣掀开，把人紧紧搂在怀里。

"乖，别哭了。"

白梨本来已经不哭了，听到他的声音，眼泪又止不住地往下落，她抽抽噎噎地道歉，连哭都不敢发出声音："对不……起……"

"不是你的错。"

沈暗捧住她的脸亲了亲："别哭，听我说，不是你的错，你没有做错任何事，不需要道歉，听到了吗？"

白梨哽咽着点了点头。

沈暗把她用力地揉进怀里，他深深呼出一口气，刚刚推开厨房门，进去的那一瞬间，他险些控制不住自己的怒火。

"结了婚，我们就再也不回来，好不好？"沈暗亲了亲她的发顶，"以后再也不回来。"

白梨流着泪点头。

她哭了好一会儿才止住眼泪，沈暗陪她又在房间里待了会儿，才开门出来。

白梨去洗手间洗脸，他则是去厨房帮忙。

白飞下楼去买了两箱啤酒，沈暗端着菜出来的时候，看见白建威正找了酒杯放在他面前："会喝酒吧？"

沈暗应了声："会。"

"不会喝酒那就不是男人。"白建威用筷子开了啤酒瓶盖，递给他一瓶，又问，"结婚后有新房？"

沈暗给自己倒上酒："有。"

"没有贷款吧？"周娟在边上插嘴问。

白梨刚好从洗手间过来，听到这话，神色有些难堪地低了头。

沈暗站起来，把她拉在边上坐下，这才看着对面的周娟说："有一套一百五十平米、两百三十万全款的新房，有一辆二十万的摩托车，没有外债，没有贷款。"

他从口袋里掏出一张银行卡："这里有六十万，给你们的，来得匆忙，没买多少礼品，你们别介意。"

周娟眼睛都直了，白建威还算见过大场面，喝了口酒，这才说："先吃饭，吃完饭再说。"

白雪和白萍两个人没想到，沈暗敢这么对父母说话，看了沈暗好一会儿都没回过神。

边上的白飞也是，他还是个大学生，乍然见到沈暗这么酷的人，一时对他特别有好感。

倒是白梨，看见沈暗拿了银行卡出来，她握着筷子的手指都攥紧了，那些都是沈暗辛苦赚来的钱，他轻轻松松一句话，就送给了她父母。

她心里难受极了，眼眶酸涩得厉害。

沈暗吃了几口饭，白建威就开始拉他喝酒。

白建威伤了腿，被管了近一年没喝酒，好不容易找到个机会，跟沈暗你一杯我一杯地喝，没多久，他们喝完一箱，又开了第二箱。

白梨扯了扯沈暗的袖子，她不知道沈暗酒量是多少，担心他喝多了伤身体。

沈暗安抚地拍了拍她的手："没事。"

到最后两箱啤酒都喝完了，白建威又拿了白酒出来，沈暗一张脸都喝红了，眼睛也红红的。

白梨问他要不要喝水，他像是没听见，只是一个劲地冲她笑，俨然醉了。

白建威见他喝醉了没耍酒疯，这才放过他，冲白梨说："看着还行，结婚的事等明天再定。"

白梨扶着沈暗起来，他脚下发软，大半个身体靠在她肩上，压得她几乎走不动路。

沈暗是真的醉了，走到一半就掩着嘴想吐。

白梨叫了白飞，两个人合力把沈暗架到洗手间，就见沈暗抱着马桶吐了起来。

白飞去厨房倒了杯水，回来看见白梨蹲在沈暗边上，不说话，就那么看着沈暗哭。

周娟在厨房煮醒酒汤，还没煮好，听见动静，出来一看，白梨和白飞两个人正架着沈暗要出去，白雪在门口准备开门。

"去哪里？"她放下勺子出来，"他都醉了，你放小飞床上让他躺会儿，醒酒汤马上煮好了。"

白梨别开脸，声音带着哭后的鼻音："不用，我送他出去。"

"你这孩子怎么回事啊？"周娟拦下白飞，冲他说，"他醉成这样能去哪里，送你那房间让他躺会儿。"

白飞向来听话，闻言又架着沈暗往回走。

白梨没力气，红着一双眼，和弟弟一起架着沈暗又回到了白飞的房间。

沈暗吐了两次，脸上又红又烫，他闭着眼，眉毛紧紧皱着。

白梨扶着沈暗让他躺到床上，替他把鞋子脱掉。

沈暗抽回腿，他喝了酒，行动各方面都很迟缓。

白梨顺着沈暗的力道，又把他的脚抱住，给他脱鞋。

沈暗喉咙里喊着什么，白梨没听清，她把耳朵凑近他唇边，小声问："是不是想喝水？"

耳边听到沈暗又喊了声："钱……"

"钱？"

白梨听清了，她不明白什么钱，只当是沈暗刚刚要给父母的那张银行卡："好，我去拿钱。"

沈暗又说话了，声音有些痛苦："把钱……送到……医院……"

白梨愣住了："什么医院？"

沈暗忽而仰着脖颈挣扎着起身，他面色痛苦极了，一只手用力地抓住白梨的手臂，赤红着一双眼冲她喊："把钱送到医院……爷爷在等……那笔钱……"

白梨好像明白了什么，忽然捂住嘴巴，眼泪大颗往下落。

"送到了……"她哽咽着，伸手握住沈暗的手，"钱送到医院了……"

沈暗陷在痛苦的回忆里。

他不停地说着呓语，手上青筋爆出，嘴里时不时发出痛苦的吼声。

白梨不知道他正在遭遇着什么，整个人趴在他怀里，将他的脖颈搂紧，边哭边重复着说："沈医生……钱已经送到了……"

沈暗眼前是一片混乱。

他被人压在沙发上，一群人拿了文身用的工具在他身上乱画，他被灌了酒，痛感迟钝，但意识还清醒着。

他的眼睛一直盯着坐在椅子上的刘大龙，说话间，喉口涌出血腥味："钱送去了吗？"

刘大龙吸着烟，表情快意极了："送去了。"

那天沈暗回家发现，沈广德不知何时回来过，把家里翻了个遍，房产证被偷走了，连带着他藏在柜子里的十五万块现金也被偷走了。

那是爷爷的手术费。

爷爷住院有一周了，脑子里长了个瘤，已经压迫到视神经了，明天就是做手术的时间。

他找到沈广德的时候已经晚了，钱进了刘大龙的口袋，还有房产证。

刘大龙是冲沈暗来的。

他和万军一向不和，当初抢地盘时，他也看上了沈暗这个人才。

但是沈暗没跟他，反倒是跟了死对头万军。

沈暗单枪匹马找上门的时候，刘大龙就一句话："把酒喝了，让弟兄们在你身上画个画，钱我现在就给你送医院去，房产证也还给你，怎么样？"

桌上摆了一排炸弹酒，白的啤的混着，有五十几杯。

沈暗把外套一扔，低头就喝了一杯酒，他把酒杯摔在地上，冲刘大龙说："行。"

钱是爷爷的救命钱。

那栋房子是爷爷的，他也必须拿回来。

他喝了不到三十杯，就有些醉了。

身后就是沙发，他靠在沙发上，整个身体都被酒精刺激得通红一片。

刘大龙让兄弟"帮"他喝酒，一杯接一杯地往他嘴里灌。

他吐完，又被人接着灌酒，随后身上的衣服被扒开，有人往他后背扎东西，刺痛沿着神经末梢传递到大脑皮层，他吃痛地皱眉。

直到晚上，沈暗才从刘大龙那里出来。

他回家洗了澡，把身上的血迹全部洗干净，穿了件黑色衣服，把伤口挡得严严实实，这才去医院看爷爷。

当他走到病房的时候，头顶的灯晃了几下，像某种预兆一样，他在病房没看见人。

他沿着长廊疯了一样地跑，挨个病房去找去看，最后遇到一个护士，告诉他，爷爷已经去世了。

她从口袋里拿出一个剥好皮的橘子，递到他手里，说："你爷爷剥好的橘子，想等你回来给你吃。"

沈暗接过那只橘子，眼泪一下砸了下来。

他嘶哑着声音说："谢谢。"

世界倾倒，他踉跄了一下，整个人跪在地上。

耳边护士还在说着什么，他用力地将橘子塞进嘴里，酸甜的橘子，他只尝到血腥味和苦味。

他去太平间看了爷爷最后一面，出来后，平静地处理爷爷的后事。

万军带着弟兄们过来的时候，沈暗脸上一点儿表情都没有，看着比平时还要吓人。

"混蛋！他没把钱送到医院？！"

万军听其他弟兄说了这件事，气得拿起手机就要打电话叫人去找刘大龙。

沈暗抬手压住他，没什么情绪地说："爷爷头七还没过。"

万军这才放下手机，走到一边，踹翻一张椅子，又高声咒骂了句什么。

爷爷走后第八天，沈暗先去找了沈广德，让沈广德付出了代价，又单枪匹马地去找了刘大龙。

等万军找过来的时候，沈暗正面无表情地给自己点燃了一支烟，吐出一口白雾后，他上了万军的车，然后朝开车的兄弟说："去文身馆。"

他在车里把脸跟手指擦拭干净，没多久，车子停下。

他朝万军说："你回去吧。"

说完他转过身，头也不回地进了文身馆。

脱下衣服后，他对上王成学诧异到震惊的脸，只说了四个字：

"帮我洗掉。"

沈暗又吐了一遍。

白梨拍着他的背，给他喂水，他抿着唇，完全喂不进去。她红着眼睛，自己喝了口水，捧着他的脸渡进他嘴里。

没等躺下去，沈暗又吐了出来。

白雪洗了毛巾过来递给白梨，又轻声问："要不要给他换件衣服？"

白梨擦了擦眼泪："我给他换，你们出去吧。"

白飞也被白梨赶了出去，她从行李箱里找出沈暗的衣服，拿进来放在床边，解了沈暗的衣服，用力地扶起他，替他脱掉毛衣和衬衫。

她眼泪掉个不停，用毛巾替他擦了擦高热的身体，又低头吻了吻他的脸，哽咽着喊他："沈医生……"

沈暗无意识地应了声，眉毛一直皱着，表情始终是痛苦的。

白梨给他擦完身体，拿起衣服给他换上，脱衣服都很难，何况给他穿上，她根本抱不动他，实在没办法，她只好小声叫了白飞进来。

白飞一眼看见沈暗身上大片的黑色文身，吓得眼珠子都瞪大了，腿都不由自主地往后退了半步。

"别怕，帮我扶着他。"

白梨眼眶还红着，手里拿着衣服，冲白飞说："别告诉爸妈他们。"

白飞差点儿傻了，愣愣地点点头，这才走过来帮忙扶起沈暗，白梨给沈暗套上新衬衫和毛衣，这才把人轻轻放下，又拿毛巾擦了擦他的脸。

她在床前守了很久，等沈暗不再呓语，彻底睡着了之后，这才开门出来。

客厅里周娟和白建威正坐在沙发上，两个人拿了礼单在查看，看见白梨出来，周娟问了句："怎么样了？"

白梨从行李箱里拿出买好的礼品，送到白雪和白萍手里，又将最后一个礼物送到白飞手上，接着她打开手机，把自己攒下的钱全部转到了周娟的卡上，随后，把转账界面递到周娟面前。

"妈，钱都给你。"

"什么意思？"周娟见她表情不对，从沙发上站了起来，"你们是不打算结婚了？"

"我会跟他结婚。"白梨看着周娟，又看向一边的白建威，"钱已经都给你们了，婚礼你们怎么办都行，我跟他明天就回去。"

"你们明天回去，我们还怎么办婚礼？"周娟拉住她，"你好端端的发什么神经？"

"妈，你总是口口声声为我好，为孩子好，但是你说话总是特别伤人。"

她又转向白建威，说话的时候，身体因为愤怒和委屈而一直在发抖："爸，小时候，你总是打我们，我到现在，看见你就会想起皮鞭抽在身上的那种感觉，你们不是想知道我为什么不回家吗？这就是原因，我不想回家，我这辈子都不想回这种家！"

她眼泪大颗往下落，用纤细的手指着白飞的房间，哽咽着问："为什么要……那么对他？别的父母……会这样……对待女儿的男朋友吗？会把他灌……成这样吗？他明明……不能喝，可是因为你……是我爸，他硬着头皮……陪你喝……"

白雪和白萍拿了纸巾过来给她擦眼泪。

白梨捂住脸："我有……社……恐症，你们不是……不知道……

"是他陪……着我……他对我……特别好……特别……特别好……"

她倒抽着气，终于哭出声来："为什么……为什么要这样对他？"

白建威和周娟在自己的卧室吵架，白梨被大姐和二姐带到了房间里，白飞陪在边上，拿了纸巾给她擦眼泪。

这一幕很熟悉，很多次，父母都在外面吵架。

那个时候，他们的房子还比较小，四个孩子都睡在一个房间，每次父母一吵架，他们四个就害怕得躲在房间里哭。

周娟有的时候发神经，把几个孩子拖到白建威面前，让他有种就把她和孩子一起打死。

几个孩子吓得边哭边叫，白建威嫌烦，到处摔东西，那些锅碗碎片，成了白梨小时候的阴影碎片，每一片拎出来都是一段不堪的童年记忆。

"你以后真的不回来了吗？"白雪从抽屉里拿出一副新的耳机递给白梨，"买给你的。"

白萍送白梨的是一条手织的白色围巾，里面绣着一只黄色的梨子。

白梨道了谢，吸了吸鼻子说："不回来了。"

白雪和白萍抱了抱她，白飞见状也凑过来，抱了抱白梨："三姐，回来吧，爸妈他们说的都是气话……"

他当时年纪小，不记事，也因为年纪小，父母下手也都很轻，长大之后，又因为常年待在母亲身边被看管着，少年人的脾性都没有，是个乖乖听话的好宝宝，性子腼腆又内向。

白梨看着他说："等你们结婚，我会回来的。"

白飞腼腆地笑了笑："行啊。"

白建威从房间里出来，他喝了酒，身上酒气冲天，怒火也噌噌往上涨，拄着拐到了白雪房间门口，冲白梨喊："你出来！"

白梨被这吼声吓得不由自主地哆嗦了一下。

白建威看见了，他不只看见白梨露出这个反应，就连其他三个孩子脸上惊惧的表情他也看得一清二楚。

他转过身，拄着拐坐在沙发上。

白梨过来的时候，他把户口簿扔在茶几上："在家待几天再走吧，这个拿去，婚礼的事，我跟你妈商量了，你们自己办吧。"

她没想到，最终同意的会是父亲白建威。

那个最没有耐心、最喜欢动手打人的父亲。

白建威把沈暗的那张银行卡也递了过来："这个拿回去，我跟你妈就是想知道他有没有钱，有没有能力给你好的生活条件，既然有，其他的我们也都不在意，你好好跟他过日子就行，以后不回来也行，想家了再回来……"

大概是腿伤磨平了他身上的傲气，也或许是因为刚刚白梨哭着喊出来的那些话让他有所反省，抑或是刚刚四个孩子脸上同时出现的惊惧表情刺激到了他。

总之，白建威难得软着声音说话，还说了很多。

"今年在家过年吧。"白建威看着她说，"一家人难得聚一次。"

白梨红着眼眶点了头。

周娟刚刚在卧室跟白建威吵架，抱怨白梨结婚不请人以后亲戚怎么说闲话等等。

四个孩子目前来说，只有白梨发展得最好，白雪和白萍两个人性子也比较温顺，上朝九晚五的班，偶尔加班拿点补贴，一个月只有不到四千块，算上吃喝和房租费，过得比较拮据。

白梨一个月最低五六千，除了每个月打给周娟一千块，逢年过节也会转账给周娟，中秋是两千，过年是三千，父母亲生日，包括父亲节母亲节，也是一人两千，算下来，她一个人一年会给家里转两万多块钱。

白建威嘴上不说，心里却记着，他是典型的大男子主义，若不是自己腿伤了，他必定不会用女儿的钱。

周娟不一样，周娟喜欢钱，平时爱占便宜也势利，以前就因为钱不知道跟白建威吵了多少次，如今两个人又为了办婚礼这件事吵。

白建威直接冲她吼："你不就是为了那些礼钱吗？！"

一句话气得周娟浑身发抖："是啊！我就是为了那些钱！怎么着？！不应该吗？！我当时出了多少礼钱！人家孩子结婚我次次去随礼，轮到我家孩子，他们就不用来了吗？"

"人家几个孩子，你家几个孩子，你心里没数吗？！"白建威也吼。

他们家孩子多，原本就打算到时候办婚礼，三个女儿，只让一个女儿办，这个人选，选来选去，落在了白梨身上。

可现在白梨不愿意办婚礼，他觉得正好。

可周娟却不同意，在她心里，沈暗长得一表人才，又有钱，她没道理藏着掖着不让那些亲戚知道，再说，白雪和白萍以后找的男朋友，不一定比得上沈暗。

白建威知道她心里打的什么主意，两个人又吵了几句，白建威直接拿了户口簿出来了。

周娟也吵累了，更担心隔壁的沈暗听见动静，等她出来，白梨已经拿着户口簿回到房间了。

一切尘埃落定。

周娟忍了忍，咬着牙又回了自己卧室。

沈暗直到傍晚六点多才醒，是胃疼醒的。

白梨见他冷汗涔涔地捂着肚子起身，赶紧扶着他起来："去洗手间吗？"

沈暗点了点头，他喉咙发干，头还很晕，每走一步，那种眩晕感都让他恶心想吐。

白梨扶着他到了洗手间门口，沈暗单手撑着门框，嘴唇有些苍白，说话的声音很低哑："胃药有没有？我的胃有点儿不舒服。"

"胃疼？"白梨紧张地看着他，他却强撑着，摸了摸她的脸："别紧张，我没事，你去拿药。"

他说完自己进了洗手间。

白梨急忙去找胃药，倒了杯水，在洗手间门口等了等，听见沈暗在里面又吐了一遍。

她赶紧开门进去，只见沈暗双手撑在马桶两边，吐得眼睛都红了。他喘着气站起来，去洗手台打开水龙头洗了把脸，拿起毛巾擦干手，这才接过她递来的水杯，仰头喝了口水漱口。

白梨把药递过去，见他吃下，这才担心地问："要不要去医院？"

沈暗缓了缓，放下杯子冲她笑："你不怕去医院了？"

白梨眼眶一热，眼泪瞬间掉了下来，她踮起脚搂住沈暗的脖子："对不起……"

"我不想听对不起。"

沈暗的呼吸很热，身上的皮肤也很烫，明显身体不舒服，却还硬撑着逗她："想听别的。"

白梨搂着他，眼泪一颗一颗地落在他的颈窝，声音带着重重的鼻音："我爱你。"

沈暗一怔，眼角浮出笑意，他把人用力搂紧，偏头吻了吻她的脸："刚刚风大，我没听清。"

白梨被逗笑，吸了吸鼻子，又说了一遍："我爱你。"

沈暗抬起她的下巴，低头吻住她的唇。

"你先出去。"

他低头亲了亲她的脸："我过一会儿再出去。"

白梨出去后，沈暗靠在洗手台上摸出烟点燃，醉酒后的记忆一点点涌上来，他再次想起了爷爷去世那天，画面鲜活，那些事仿佛昨天刚发生，全身的肌肤都开始灼痛起来。

他一口气把烟抽完，又拿出第二根，被阴郁和暴躁的情绪席卷之前，耳边回响起白梨的声音："我爱你。"

他指尖一顿，紧皱的眉松散开来。

第二根烟抽完，他从洗手间走了出来，白梨就等在门口，手里拿着他的银行卡和白建威给她的户口簿。

她的脸有点儿红，看了沈暗一眼，又别开脸，咬着唇努力了好半晌，才鼓起勇气抬头看着沈暗说："我……"

只说了一个字，她又说不下去了，把手里的户口簿往沈暗手里塞。

"给我这个做什么？"沈暗明知故问，唇角已经扬起。

白梨低着头，一张脸通红："结婚。"

沈暗凑近，声音含笑："没听清，说什么？"

白梨一双水眸颤了颤，声音软软地说："沈医生，我想……跟你结婚。"

沈暗把人拉进洗手间，把门关上，这才把人抱在怀里，声音低低地道："沈医生现在很开心。"

晚上吃饭的氛围有些怪，谁都没说话。

沈暗神色自如地剥虾给白梨，一连剥了十几个，把她的碗都堆满了，白梨小声冲他说："你吃饭啊。"

他低笑："不急，你趁热吃。"

白梨用公筷夹了肉放在他碗里，压根不敢抬头去看她爸妈的表情，只红着脸闷头吃虾仁。

沈暗擦干净手指，拿了筷子，安静地吃她夹来的菜。

边上的白雪和白萍两个人看完互相对视一眼，目光都流露着艳羡。

白飞却是自从看见沈暗身上那些文身之后就有些怕他，连吃饭坐在他边上都不敢靠他太近。

眼下看着沈暗笑成这样，他都不禁疑惑沈暗为什么要文那么多文身，但他不敢开口问。

饭后，白梨去厨房帮忙洗碗，沈暗在沙发上跟白建威聊了一会儿。

周娟面色虽然不好，却也不得不接受现下这个局面。

沈暗还是把那张银行卡推给了他们："我跟白梨说过了，这张卡留给你们应急用，到时候我们不在身边，有什么突发状况，希望这卡能帮得上你们。"

白建威看着自己的伤腿没说话，周娟的表情好了很多。

白飞还在念大学，三个女儿每个月总共给她三千块，虽说给的不少，但是他们平时的生活开支，加上白飞念书的费用和生活费都压在周娟一个人身上，每个月省吃俭用不说，还得时刻准备余钱出礼钱，日子过得真的紧巴。

白建威还要去做复健，到处都要用钱，周娟每天操心的除了钱还是钱。

她知道自己势利，但是没办法，因为太缺钱了。

沈暗被中午那顿酒喝伤了，走之前，在洗手间又吐了一次。

白梨拿了外套，扶着他准备去医院，白建威和周娟送他们到门口，叫白飞跟过去，被白梨拒绝了："我过去就行了。"

一句话说完，在场的几个人都愣住了。

"三姐，你不是……"白飞诧异地看着她。

白梨害怕人多的地方，最怕的就是医院，到了医院门口，就会浑身发抖到无法行走。

白梨扶着沈暗的手臂，抬头看着白飞说："我可以。"

白飞被她的坚定神色震住，等她扶着沈暗走出门，这才挠挠后脑勺自言自语地说："三姐真的变了，跟以前一点儿都不一样了。"

边上的白建威神情复杂地看了眼沈暗的背影，他拄着拐杖转身回了卧室，往常厚实可靠的背，此刻像是驼了一样，微微佝偻着，走路的姿势透着几分落寞。

出了小区，沈暗招了辆出租车，上车后，报了酒店的名字。

白梨刚戴上口罩，听他报酒店的地址，眼睛瞪大，用小手扯了扯他的手臂："你不去医院吗？"

他低笑："我没事。"

"可你刚刚吐了。"白梨担心极了，拉着他的手，声音软软地说，"我们去医院，我真的不怕医院了，我可以去的。"

沈暗搂住她，把下巴搭在她的颈窝处，声音很低，带着哑意："我不想去。"

他修长的手指落在她的背上，一下又一下轻轻地抚着，他用五指撩开她耳边的长发，薄唇含住她的耳骨，齿尖磨了磨。

"我现在只想……"他灼热的气息尽数喷进她的耳郭。

"吻你。"

刚下车，白梨就不由自主地打了个哆嗦。

她被沈暗短短一句话弄得面红耳赤，又羞又难堪，走路都一直低着头。

沈暗早就订了酒店，只是两个人出来没拿行李，包括……行李夹层的套子。

白梨睡到第二天下午才醒。

房间里暖气很足，她刚到洗手间，就看见沈暗从里面出来。

男人身上全是黑色文身，他手里拿着毛巾，似乎刚洗完澡，脸上有水珠，沿着浓厚的眉毛往下滑落，掠过漆黑的眼睛和高挺的鼻梁，他薄唇抿了抿，那颗水珠落在了他凸起的喉结上。

她耳根一烫，慌乱地转身，却被男人长臂一捞，扣进他的怀里："跑什么。"

"沈医生……"她将小手搭在他胸前，无力地推他，声音颤得厉害。

"饿不饿？"

他撩开她的头发，轻轻吻她的脖颈。

白梨被亲得瑟缩了一下："嗯。"

沈暗伸手拨了拨她的耳朵，低哑的声音带着笑："回去多买点梨子吃，又香又甜。"

白梨捂住耳朵，声音软软地喊："我，我要洗澡。"

沈暗笑着把人捞起来，打横抱着进了洗手间："一起洗。"

两个人在酒店住了好几天，周娟打了好多电话，白梨都没接，直到过年那天两人才回去，吃完饭拿上行李就走了。

周娟正在厨房收拾东西，见他们要走，赶紧擦了擦手，从房里拿出红包递到白梨手里："岁岁平安，又长一岁。"

白梨低头接过，轻声道了谢。

周娟也给了沈暗一个红包，倒没说什么祝福的话，只是说："路上慢点，到了报平安。"

"好。"沈暗道了谢，临出门前掏出三个厚厚的红包递给了白飞他们。

白飞一拿到红包，就被那厚度给惊呆了，他还以为是十块钱一张，结果打开一看，全是红色的百元人民币，还是崭新的，每人八千块钱。

他惊讶地捂住嘴，被白雪捅了捅胳膊，这才冲下楼，朝沈暗扭捏地喊了声："谢谢……姐夫。"

沈暗笑着冲他挥了挥手："再见。"

白梨耳根通红，她抬头看了白飞一眼，最终什么都没说，只是快步下了楼。

走出小区那一刻，她隐隐听到"咚咚"的拐拐落地声，她回头看了眼，但是什么都没看见。

沈暗牵着她的手问："怎么了？"

"没什么。"白梨轻轻摇头。

坐车回去的路上，白梨靠在沈暗肩上睡着了，回家这几天，她整个人都疲惫到了极点。

她醒来的时候，是被沈暗抱在怀里的。

他在上楼，见她迷迷糊糊地揉眼睛，忍不住低头亲了亲："醒了？"

白梨红着脸缩了缩，想从他怀里下来，他大手紧了紧："马上到了。"

家门口蹲着戴眉，听白梨说今天回来，她掐着点来了，一抬头就看见沈暗抱着白梨过来。

戴眉掏出手机，装模作样地接电话："喂？什么？哦，那什么，我现在没事你说吧，嗯，旁边没人……"

白梨：……

沈暗低笑着把白梨放下来，拿钥匙开门，把行李拿进去放好，出来时，戴眉正在捏白梨的脸："好家伙，几天不见，养这么肥？是不是怀了？"

白梨捂着脸往旁边躲："没有……"

"新年礼物。"戴眉松了手，从门口的地上拿起一包又一包礼品，"你的，你家沈医生的，喏，还有小白的。"

"谢谢。"白梨费劲儿地抱着礼品。

沈暗走过来，从她怀里接过："我来。"

白梨红着脸小声说："谢谢。"

等沈暗进门，戴眉就戳着白梨的脸问："你脸红个什么啊！那不是你男人吗？还说什么谢谢，那不是应该的吗？"

白梨被戳得整张脸都红透了。

戴眉：……

她一挥手："我走了。"

白梨拉住她的胳膊："我也给你买了礼物。"

"什么？"戴眉来了精神，"我现在比较缺男朋友，或者是像沈医生这样的男人，有吗？"

沈暗刚好出来，倚着门框笑道："没有。"

白梨红着脸进门，把一大包牛肉酱拿了出来，递给戴眉。

"哇，姐们儿，你太懂我了，谢了！"戴眉几年前吃过一次白梨带来的牛肉酱，从此爱上了那个味道，但是白梨一直没回去，她也就只吃过那一回，没想到，过去这么些年，白梨还记得她爱吃牛肉酱。

戴眉抱了抱白梨："我走了。"

白梨要送她，被戴眉挥手赶了赶："别送了，赶紧进去，外面冷死了。"

她笑着站在那里，冲戴眉挥手，身后沈暗拥上来搂住她，把下巴搭在她颈窝处，低声跟她说着什么。

戴眉快走到楼梯口的时候，回头看了眼，嘴角的笑容忍不住又大了些。

她想起过去白梨把自己蒙在毯子里，连哭都不敢发出声音的画面，再看看眼前这一幕，她的眼眶无端酸涩起来。

戴眉仰着脸，把眼眶的热意逼回去，边下楼梯边大着嗓门唱歌："大河向东流啊！天上的星星参北斗啊！嘿！"

"你朋友……没事吧？"沈暗问。

白梨："没事……"

白梨在家里打扫卫生，沈暗去诊所把小白接了回来。

谭圆圆回家过年了，诊所就只剩苗展鹏一个人，沈暗给他丢了个红包："这几天忙吗？"

"还行，不是很忙。"苗展鹏接过红包道了谢。

苗展鹏比一般的男生爱干净，也勤快，谭圆圆不在，诊所的卫生都是他来做，里外都很干净。

沈暗拍了拍他的肩："关门，挂牌子，放两天假。"

苗展鹏笑了起来："谢谢暗哥。"

沈暗把小白装进猫舱里放好，洗完手出来后，提着猫舱往外走。

他回家之后，先把小白放出来，摸了摸猫脑袋，又挠了一会儿猫下巴，随后去洗手间洗手。

白梨在厨房做饭，她系着小猫咪围裙，头发软软地束在脑后，白毛衣将她的腰勾勒得只剩下细细一节。

她把火关小，走到一边去处理案板上的菜。

大概察觉到什么，她回头看了眼，沈暗倚着门框，唇角带笑地看着她。

她脸一红，低头认真切菜，没一会儿，那张脸就全红了，她用手背捂住脸，小声说："别看我……"

沈暗走过去，拿掉她的手，低头亲了亲她的唇："那我看谁？"

白梨心尖颤了颤，缩着脑袋往他怀里钻。

"晚上吃什么？"沈暗单手搂着她的腰，转过来看案板上的菜。

白梨被他的鼻息烫得缩了缩脖子。

她往旁边躲了躲，才说："肉丸汤，土豆炖牛肉，炒青菜。"

"做给我吃的？"他低笑。

白梨轻轻点头。

沈暗偏头亲了亲她的耳尖："我来帮忙。"

他哪里是帮忙，全程搂着她，时不时低头亲她的脸，弄得白梨手抖得不行。

一顿饭做完，白梨后背都湿透了，两条腿也是软的。

吃完饭，沈暗收拾厨房，白梨去洗澡，等她吹完头发，沈暗也洗完澡出来，手里拿了条毯子，把她一裹，抱到了沙发上。

两人窝在沙发上看电影，看到一半，白梨睡着了，仰着脸，嘴巴微张，可爱极了。

沈暗低头亲了亲她，把电影关了，轻手轻脚地把白梨抱到床上，又把灯关了，这才搂着人睡觉。

我爱你

/ 第九章 • Chapter 9 /

两人是在情人节当天去领的证。

沈暗带着白梨去买戒指的时候，看见一个中年女人从身边擦肩而过，他回头看了会儿，那个中年女人似乎也意识到什么，扭头看了过来，沈暗已经转过了身。

边上白梨不解地看着他，沈暗冲她安抚地笑笑："看错了，以为是认识的人。"

那个中年女人却在原地盯着沈暗看了许久，久到她的儿子走到她面前喊了她一声："妈，你在看什么呢？"

"没，没什么。"女人匆匆挤出笑，被孩子拉着走出去时，她仍扭头盯着沈暗那张脸看。

二十一年没见了，那个孩子竟然长这么大了。

她的眼泪一下子掉了下来。

边上的儿子吓了一跳，问她："妈，你怎么了？"

"没事。"她强忍着泪走进车里坐下，低头捂着脸哭了起来，嘴里却不停地说，"我没事。"

那一天，沈暗在体育馆里打了很久的球，直到精疲力竭地瘫坐在椅子上，这才停下来。

白梨拿着毛巾给他擦汗，却被他扣住手腕，一把扯进怀里，他胸口还在不停地起伏，声音很是沙哑："我今天遇到一个人。"

白梨已经猜到了，她红着眼眶点点头。

沈暗靠在她肩颈的位置，低声说："她好像过得很好。"

是的，那个女人过得很好，但她一次都没有来找过他——在他最需要她的时候，她一次都没有出现过。

白梨吸着鼻子，她用力环住他，声音里带着明显的哭腔："沈医生……我……我不会走，我……我会一直陪着你。"

沈暗轻轻笑了，眼睛却有些发红，他闭上眼，靠在白梨肩上，声音低低地问："为什么？"

"因为……"白梨红着眼眶松开他，不顾身边还有许多人在打球，她颤着身体，主动亲吻他的嘴唇，她搂住他，声音还带着软软的鼻音。

"因为我爱你。

"很爱很爱。"

沈暗笑着搂紧她，眼角滑下一滴泪。

场外有人欢呼尖叫着什么，嘈杂的氛围里，白梨只听见沈暗用偏低的声音说：

"白梨。"

"再亲我一下。"

她一张脸猛地爆红，埋在他颈窝里不出来了。

沈暗笑着偏头来吻她，一只手搂紧她的后腰，那个吻特别温柔，白梨被吻得不自觉放松起来。

她忘了自己身在何处，忘了紧张和害怕。

唯一记得的是：眼前这个男人，是她这辈子最爱的人。

沈暗洗澡的时候，白梨就站在他寄存的衣柜前，抱着他的
包等他。

沈暗的情绪恢复得很快，白梨还担心他会不会一直难过时，
他就已经收拾好心情又打了一场羽毛球比赛，还打赢了。

把一起搭档的中年男人都打得累趴下了，沈暗这才下场洗
澡回家。

羽毛球俱乐部的领队走过来跟她打招呼："在等沈暗？"

领队三十五六岁，体型偏胖，脸上有络腮胡，长相有些粗犷，
穿着件黑色汗衫，衣服有些紧，啤酒肚被勒出圆鼓鼓的形状。

之前跟着沈暗来体育馆的时候，沈暗介绍过对方，当时白
梨紧张地不敢看他的眼睛，只胡乱地点点头。

"对了，下周我们要去野外露营，你问问他要不要跟我们
一起。"领队说。

"好。"

白梨等了一会儿，见对方还没走，她不由得往后退了一步。

领队费解地挠了挠额头："我长得有那么吓人吗？"

"不，没有……"白梨紧张地冒汗。

沈暗刚好洗完澡出来，听见这话，几大步走到白梨跟前，
把人护在身后，这才冲领队说："别吓她。"

"欸，我可没有吓她，纯粹是怪我长得太丑了。"领队笑
得豪迈，"我要是长了你这张脸，走路都得横着走。"

沈暗扯了扯唇，打开衣柜，开始换衣服。

"下周野外露营去不去？"领队把手搭在衣柜上，"沈暗
你这人很不够意思你知道吗？每次活动你都不参加，知道你忙，
那时候没女朋友就算了，现在都有老婆了，也不知道带老婆出

去玩玩？"

　　沈暗今天领的证，带白梨过来的时候，给俱乐部每个人都发了喜糖，领队还说要带他们去酒店订个桌庆祝庆祝，沈暗拒绝了，说要过二人世界。

　　领队听了直皱眉，说他太不懂女生的心思，还问白梨，结婚当天被拉来体育馆看他打羽毛球会不会生气，结果就见白梨摇了摇头。

　　领队：……

　　沈暗把衣服穿上，转头看了眼白梨，她刚好抬头看他，一双眼不知是不是因为被惊到，瞪得大大的。

　　他摸了摸她的脸，转头冲领队说："行，帮我们俩报个名。"

　　"可以啊！"领队拍了拍他的肩，"到时候确定好地址发群里，你记得看啊。"

　　"嗯。"

　　沈暗把衣柜锁上，从白梨手里接过包，勾住她的下巴，往她唇上印了个吻。

　　周围到处都是人，白梨面红耳赤地伸手推他。

　　沈暗笑着把人揽在怀里，边往外走边问："晚上吃什么？"

　　他习惯在人群中跟她不停讲话，借此分散她的注意力，让她不由自主放松下来。

　　白梨小声说："粥。"

　　"夜里会饿。"他摩挲着她单薄的肩膀，把人往怀里抱了抱。

　　白梨摇摇头："不会。"

　　"真的不会？"他故意问。

　　白梨：……

　　她脸红透了，低着头不说话，沈暗把她下巴勾起来，亲了亲她的脸。

羽毛球俱乐部里的几个女人刚好从边上路过，看见这一幕，不由得交换了一下眼神，几人眼里说不出是羡慕还是嫉妒。

沈暗去年刚来的时候，俱乐部里就有不少女人喜欢他，明里暗里约他吃饭。

但他不给人面子，哪怕是聚餐都不参加。

眼下他却不声不响地交了女朋友，还领证结了婚，每次过来打球，都带着白梨。

虽然他跟之前一样，还是不愿意参加聚餐，但众人还是看得出他的变化，他变得爱笑了，打球的间隙，总喜欢看一眼白梨，还会旁若无人地揽着老婆亲亲抱抱，哪怕怀里的那位害羞到耳根都红透。

沈暗揽着白梨出来时，外面天已经黑了，他跨上摩托，给白梨戴上头盔，余光扫到边上站着个人，就站在路灯下，隔着一段距离在看他。

沈暗反手环住白梨的腰，将她往后座上带："坐上来。"

白梨坐上车的时候，才看见不远处站着白天见过的那个人，是沈暗的母亲，她不知道是想过来还是怕打扰沈暗，就站在路灯下，愧疚地看着沈暗。

沈暗没理她，把自己的头盔戴上，骑着车带白梨走了。

白梨回头看了眼，那个女人就那么孤零零站在那里，手抬在半空，似乎是想拦下沈暗说点什么，但最终，她就只是站在那里，目送着沈暗离开。

从下午到现在，不知道她一个人在体育馆门口等了多久。

白梨转过头，圈在沈暗腰上的两只手紧了紧，将自己的脸贴在他的背上。

沈暗心里一暖，嘴角轻轻地扬起。

车子停在超市门口，沈暗下车找了购物车，拉着白梨进去买了点蔬菜、水果和牛肉。

今天是情人节，超市里放着情歌，街上到处都有人在卖花，百合、紫罗兰和满天星都有，甚至还有钞票折出来的花，超市收银台也放着一桶新鲜的独立包装的红玫瑰。

沈暗今天一早就出门买了一大束向日葵，就放在卧室床头，白梨醒来后第一眼就看见了，她从被窝里钻出来去拿卡片的时候，被沈暗捞在怀里亲了很久。

她以为卡片上写的会是情人节快乐，但她猜错了。

卡片上写的是：**老婆，第一个情人节快乐。**

然后他们就去领了证。

白梨跟在沈暗身后去结账，她平时一个月采购一次东西，现在几乎每天都会被沈暗拉出来采买一次东西，次数多了，她也渐渐适应了。

甚至，她还能在挑牛肉的时候，说上一句"要三十块钱的"。

收银员正在扫码，白梨轻轻地从底下的桶里拿出一支玫瑰花放在收银台上，收银员说："玫瑰花一朵十五。"

沈暗朝白梨看过来，眼底带着笑。

白梨有些害羞，拿手机扫码付了钱，出来时将那朵玫瑰花送到沈暗面前。

"送我的？"沈暗明知故问。

白梨红着脸点头。

沈暗一手提着购物袋，一手拿着玫瑰花往她下巴上勾，压低声音问："情人节就送这个给我？没有别的？"

白梨：……

她很小声地问："你想要什么？"

他也小声，还故意凑到她耳边，咬着字问："你说呢？"

白梨：……

他们俩中午是在民政局旁边的酒店吃的，虽然菜味道一般，菜名却非常响亮，招牌菜有两个，分别叫"永结同心"和"白头到老"。

特色菜有六个，分别叫"百年好合""早生贵子""花好月圆""天长地久""神仙眷侣""天作之合"。

服务员每上一道菜，都会高声报一下菜名。

白梨吃完饭都不记得菜是什么味道，只知道脸热热的，被沈暗牵着出来时，都没敢抬头去看服务员的脸。

晚上是沈暗下厨，他在厨房处理新买的鲫鱼，白梨拿了面粉在边上候着，准备一会儿炸鱼。

沈暗抬了抬手，白梨就用没碰面粉的左手去给他卷袖子，沈暗趁机还亲了她一口。

白梨笑着躲了下，沈暗伸长手臂，把人捞到怀里，低头蹭她的鼻子："躲什么。"

白梨红着脸抬头看了他一会儿，踮着脚主动亲了亲他的唇。

沈暗趁她缩回去之前，反客为主，把吻加深。

于是，晚饭是在夜里十二点多吃的。

白梨是在床上吃的，沈暗把剔掉鱼刺的鱼肉送到她嘴里，等她咽下去，喂她吃一口饭，再喂她喝一口汤。

白梨困得眼睛都睁不开，吃东西的时候，脑袋都一点一点的。

沈暗看得好笑，喂一口饭，就忍不住亲她一下，好不容易喂了半碗饭，白梨都快睡着了，却还记着要洗漱。

她声音软软地喊："沈医生，要刷牙。"

沈暗亲了亲她的脸："好，刷牙。"

他把人抱进洗手间，揽在怀里，拿着牙刷给她刷牙，白梨靠在他怀里，脸微微仰着，眼睛闭着，狭长的睫毛垂下来，像一排漂亮的蝶形翅膀。

沈暗轻轻晃了晃她的肩膀："张嘴，漱口。"

白梨清醒了片刻，含了水漱口，没一会儿又困顿地闭上眼，沈暗拿毛巾给她擦干净脸，低头亲了亲她的脸，这才把人抱回床上。

白梨睡觉时很喜欢缩成一团，这是天生缺乏安全感的姿势，沈暗洗漱完回来，就把人搂进怀里，把她的手臂搭在他腰上。

白梨迷糊间往他怀里蹭了蹭，沈暗用食指帮她把脸上散乱的头发拨开，对着那张白皙小巧的脸看了一会儿，低头亲了亲她的唇。

"晚安。"

沈暗是三年前买的新房，万军当时跟房地产商有合作，给了沈暗员工优惠价，当时的房子还算便宜，沈暗就买了，刚好买完几个月之后房价呈直线上升的趋势疯涨。

他一直住在爷爷的老小区，几乎没住过新房，万军让他把新房租出去，一年也能赚个好几万，沈暗想了想，就同意了。

从白梨家回来之后，他就把那套房卖了，在诊所附近买了个精装修的新房，又买了不少绿植放进去，给房子通了半个月的风。

从诊所下班之后，他就会往返几趟把白梨的东西一点一点搬进去。

白梨也会跟着去帮忙。

这天沈暗搬来一箱平时要看的医书，她就戴着手套，小心地把书架擦干净，再把书放到书架上，遇到有折页的，还会细心地把折页抚平。

沈暗把衣服放进衣柜，出来之后看见这一幕，忍不住从后面把人捞起来亲一亲她的后颈。

白梨缩着脖子软软地喊："痒。"

"跟戴眉说了吗？"沈暗把人转过来抱在怀里。

沈暗准备下个月请几个朋友来家里吃个饭，算是庆祝乔迁之喜，他朋友多，叫人来吃饭，也就一句话的事。

白梨就一个朋友，戴眉最近还挺忙，以前天天没事就来找她，现在周末都在加班，据说是搞砸了一个单子，正在想方设法补救。

"嗯，她说会来。"白梨被他抱在怀里，脚都是离地的，她往下看了看，伸手轻轻推他，"放我下来。"

"说句好听的。"沈暗用鼻尖蹭她的脸。

"我……"白梨红着脸看了他半晌，小声说，"沈医生很帅。"

"喊我什么？"他笑。

她捂住泛起潮红色的脸，软声喊："放我下来。"

"喊不喊？"他低头亲她，把人抱着往房间里走。

"没收拾完……"她红着脸推他。

沈暗轻咬她的鼻尖，声音偏哑："一会儿再收拾。"

二月十九号，周六。

沈暗带着白梨去野外露营，帐篷比较大，他租了辆小皮卡，露营需要的东西就放在后车厢里，白梨还带了不少防虫喷剂。

她没有野外露营的经验，几乎把能带的东西都带上了，碗筷桌布，床单睡袋和地垫，营地灯和头灯，各种卫生用品，水靴雨伞，小巧的凳子，还有沈暗钓鱼的渔具以及沈暗买给她拍照用的拍立得。

临出门前，她还打开备忘录核查自己有没有漏掉东西，看得沈暗颇有些好笑地揉她脑袋："忘了就到那边买。"

白梨这才放心地坐上车。

她仍然全副武装，戴着卫衣帽子和口罩，只是没有戴墨镜，隔着窗户，很开心地看着窗外。

从市区到野外路过的这段风景都是大片的田野，入目尽是万物复苏的青翠绿意，看得人心情大好，她拿着拍立得按下拍照键，拍了一张又一张风景。

最后她转过身，对着正在开车的沈暗"咔"的一声拍了张照片。

沈暗正咬着烟缓解烟瘾，听见动静偏头看了她一眼，眉毛很轻地挑了下："偷拍我？"

白梨咬着唇偷偷地笑。

拍立得照片打印出来，她拿起来甩了甩，盯着看了一会，找出保鲜膜包好，很仔细地放在自己的包里。

家里的相册已经有厚厚一本了，都是两人这段时间的照片。

有了拍立得之后，白梨每天都会拍很多照片——桌上的饭菜，沈暗在厨房的身影，窝在她电脑上睡觉的小白，还有那株向着阳光努力生长的向日葵。

以前，时间对她而言，好像就是一个数字，现在，那些数字有了符号和印记，它们代表她和沈暗在一起的点点滴滴。

那些生活碎片，被她全部存进了相册里，一点一点替换掉她从前那些不开心的过去。

沈暗拿掉嘴里的烟，单手握着方向盘打了个弯，冲白梨道："他们已经到了，我下去打个招呼。"

白梨隔着车窗看了眼，十几辆各式各样的车停在森林的空地上，再往前就是大片高耸入云的参天大树，不少男女正站在森林入口处拍合影，隔着老远距离都能听见他们清晰的笑声。

沈暗下了车，迎着领队的方向走过去，给对方递了根烟，两人聊了几句，沈暗回头看了眼车子的方向，冲副驾驶位的白梨笑了笑，又继续回头跟领队讲话。

白梨不知为何，脸一下就红了。

沈暗过了一会儿才回来，说还有人没到，要等一会儿，问她无不无聊。

白梨摇摇头。

沈暗倾身往她跟前靠近："那抱一会儿？"

白梨红着脸缩着往窗外躲："外面……很多人。"

耳边听到沈暗低低的笑声，她才知道男人只是逗她玩，她耳根都红了，额头抵在窗户上，不理他了。

沈暗将大半个身子往她面前靠，伸手捏了捏她软乎乎的耳朵，低笑着问："要不要抱抱？"

不等白梨说话，他把人单手揽了过来，白梨红着脸推他："外面……"

"没事。"他把人单手搂到怀里，轻轻拍了拍她的背，把下巴搭在她颈窝的位置，笑着说，"心脏跳得好快。"

白梨低低叫了声："不要说……"

沈暗笑得不行，伸手拨开她的头发，亲了下她小巧的耳朵，用带笑的声音道："耳朵好红。"

白梨害羞极了，往他怀里钻，像个挖坑的土拨鼠一样，可爱得要命。

沈暗看得好笑，前方传来喇叭声，他松开白梨抬头看了眼，领队通知出发了，有车子就在他前面，是跟他搭档打羽毛球的中年男人，正伸着头看他们，脸上带着揶揄的笑。

白梨缩在副驾驶的位置上，找了张毯子把自己蒙了起来。

沈暗跟着领队他们的车一路开了十几分钟才停下，其他人找了位置把车停了，随后下来准备扎帐篷。

沈暗把车停下之后，解了安全带，伸手过来扯白梨的毯子："到了。"

白梨脸还红着，侧着身子往窗外看，却被沈暗捏住下巴转过脸，他凑得很近，把人亲了亲，这才说："走，下车。"

女人们都在拍照，男人们任劳任怨地搭帐篷。

只有白梨跟在沈暗边上跟他一起搭帐篷。她没力气，不会打桩子，也拉不动绳子，只能提前喷防虫剂，又撒了一圈硫黄粉。

这里一看就是有人露营过的，因为有篝火的痕迹，空地也很大，足够容纳几十个帐篷，周围全都是高大的树木和灌木丛。

沈暗选的地方较为平整，他也是第一次露营，搭帐篷对他倒是没什么难度，不到十分钟就搭好了。他把地垫和床单铺好，自己进去躺下试了试，又喊白梨进来。

白梨第一次参加这种集体露营活动，从下车到现在，既紧张又兴奋。

她抱着两只枕头，小心地脱了鞋子进帐篷。

帐篷有些矮，她弯着腰进去坐下，仰着脸看头顶的帐篷。

沈暗拉她一起躺下，问她："怎么样？垫子软还是硬？"

白梨感受了下，摇摇头说："不硬。"

两人闹了一会儿，外面传来领队的声音，喊大家一起去烧烤，白梨先出来穿鞋子，站那里等了一会儿，不见沈暗有动作，小声问他怎么了。

沈暗笑着冲她道："你说呢？"

白梨怔了一会儿，意识到什么，耳根一烫，别开脸不看他，转身去摆弄帐篷了。

沈暗过了一会儿才出来，从后车厢拿了些冰冻的海鲜，给其他人分了些，这才带着白梨加入烧烤队伍。

男人们把几个正方形的桌子拼成三米长的桌子，男人一桌，女人一桌，有人搬来十几箱啤酒，有人拿了扑克和麻将出来，有人拿了网兜说去看看能不能网到野兔子，还有几个人拿了把刀，准备去砍些木头回来，预备晚上点篝火的时候用上。

女人们聚在一起烧烤，沈暗全程陪在白梨边上，烤好的第一串烧烤直接送到白梨手边，让她尝尝，看看一会儿加什么调料。

白梨摘了口罩，吹了吹，等不热了尝了口，加了点孜然和酱料后，又轻轻咬了一口。

"好吃吗？"沈暗问。

白梨点头。

沈暗凑过去，就着她的手咬了口："嗯，还不错。"

白梨：……

边上都是一群女人，有人注意到他们这边，压着声音在笑。

白梨脸红得厉害，离沈暗远了点，没一会儿又被男人的大手捞到跟前："离那么远干吗，不吃了？"

烧烤还是要吃的。

白梨又留了下来，只是沈暗不让她离烧烤架太近，底下烧的是炭，烟味有些大。

二月底的天气，气温偏冷，沈暗还穿着大衣，里面是一件毛衣和一件白衬衫。

沈暗烤了一会儿，就觉得热，脱了大衣递到白梨手里，让她抱着，自己拿了烤好的烧烤，涂了点酱料，亲自喂到她嘴里。

远处的领队扬声喊他过去，他说一会儿就来，男人堆里传来笑声，隔着老远隐隐能听见有人说沈暗离不开他老婆之类的字眼。

沈暗过去之前，还拉过白梨亲了亲："在这里等我，我一会儿就来。"

白梨红着脸点头。

领队说晚上要安排守夜的，问沈暗可以什么时间段守夜，到时候每个人轮半小时，天就差不多亮了。沈暗说听安排，什么时间段都可以。

领队就笑："你晚上不忙？"

沈暗也笑："我要忙，半小时也不够。"

一群男人哈哈大笑起来，跟他搭档的中年男人直接说："以前都看不出你是这么闷骚的性子。"

其他人也附和："是啊，看着跟我们完全不是一挂的。"

沈暗不置可否地扯唇，远远看了眼白梨，眼底始终带着柔柔的笑意。

这一趟露营来了一共四十六个人，有二十五个女人，三个烧烤架上围着的都是女人。

她们有说有笑的，不时爆出一阵笑声，里面夹杂着俱乐部里某个男人的名字。

白梨偶尔也能从里面听到沈暗的名字，说沈暗以前来的时候很高冷，微信消息不回，聚餐也不参加，有人单独约他吃饭更是从来都没有答应过。

说起他的文身，一群人又是一阵八卦，俱乐部里没有哪个女人看见过沈暗全部的文身。

当然，现在有一个女人看过，那就是白梨。

一群女人聊着聊着，话题跑到了白梨身上，白梨性子内向，不爱跟人讲话，还非常胆小，当初沈暗带她过来的时候，俱乐部里有几个女人对她好奇，就过去想跟她搭话，结果就见她往反方向小跑着走远了。

几人觉得她有点儿怪，好像有点儿太敏感了。

而且她每次来的时候，就只坐在那里，看沈暗打羽毛球，也不跟别人讲话。

也有人觉得她和沈暗非常相配，两个人在一起，沈暗脸上总是带着笑。

白梨听得不太清，只知道她们在聊她，这种场景容易让她紧张，她手心都出汗了，却不敢转身走掉，手里的烤串好了，她就码得整整齐齐放在盘子里。

身后有人来拿烤串，她侧身避了避。拿烤串的人是领队的老婆，大家都喊她亮姐，人有点儿胖，皮肤也黑，脾气却很好，逢人就是三分笑，她过来拿了烧烤，临走之前冲白梨笑了笑："我拿过去了，谢谢。"

白梨摇摇头，她有些紧张，但还是努力冲对方说："不用谢。"

亮姐见白梨回应，又笑了笑。

她把手里的盘子递给白梨一份："走，你跟我一起。"

白梨紧张起来："我，我在这里，就好。"

"别怕。"亮姐笑着说，"走，过去坐坐。"

白梨远远看了眼沈暗的方向，男人刚好也在看她，安抚的目光落在她身上，白梨安定了不少，跟在亮姐身后走了过去。

桌旁坐着几个女人，正在聊各自带来的护肤品和美颜霜，亮姐带着白梨过来，给她找了椅子坐下，又给她倒了杯热饮。

聊天的人停了下来，把视线转到白梨脸上，都有些好奇。

白梨不自觉地缩肩低头，手指紧紧握住手里的热饮。

亮姐拿了瓶啤酒，跟白梨碰了碰杯，又冲在座的几个女人说："来，一起喝。"

众人笑着凑过来举杯，正在烧烤的几个女人听见动静，喊了声："等等我们！"

她们一手拿着烤串，一手拿着啤酒，朝白梨走过来："太难得了，还以为你们不会参加这次露营呢。"

白梨紧张地捏了捏杯子，她试图开口回应，却不知道该说些什么。

亮姐笑着说："你都知道难得了，还不过来找人家说说话？"

其他几人都笑了。

"想倒是想，就是怕她不理我。"

"肯定是你看着太凶了。"亮姐找了椅子坐在白梨边上，"我跟她说话，她就理我。"

"欸？怎么这样！"

大家全笑了。

气氛就这么热络起来，白梨紧张地看了隔壁桌一眼，沈暗一直在看着她这个方向，见她转头看过来，还冲她伸手比了个心。

白梨的脸又红了，那份身处人群的紧张感却减了不少。

"所以，白梨，你是做什么工作的？"亮姐又给她加了点热饮，还把自己面前的那份烧烤推到白梨面前，"尝尝这个。"

白梨轻声道了谢，随后才说："我，做策划的。"

"哇，技术活啊。"有个黄头发的女人笑着说，"看不出来你是做这个的。"

"我们公司的策划特别闲，一个月就忙那么一回，到手工资比我们多两倍。"

"我们也是，我们公司策划还在外面接单，一个月不知道赚多少，反正不缺钱，羡慕死了。"

"白梨也不需要拼命赚钱吧，沈医生赚得够多了。"

"是啊，沈医生长得好，赚得又多，你嫁给他，都不需要自己出来工作了。"

话题又从工作绕到沈暗身上了，白梨又开始紧张起来，身边的亮姐笑着说："女人还是要工作的，不找点事情做，整天窝在家里，跟社会就脱节了。"

"是啊，我同学就是，早早结婚，现在黄脸婆一个，老公天天在外面夜不归宿，她每次跟我打电话，不是抱怨她老公，就是吐槽她那糟心的婆婆，一堆烂事，听得我都恐婚了。"

"我同事前阵子辞职了，等她走了我才知道……居然流产了，据说是老公出轨被她发现了，她都怀孕快三个月了，当机立断去把孩子给流了，第二天就去离婚了。"

"天哪，现在男人也太不靠谱了吧。"

"是啊，像沈医生这样的好男人太少了。"

"长得帅又有钱，专一又顾家，对小动物还特别温柔有耐心。"

一群人开始夸赞起沈暗来，黄发女人直接看着白梨问："我很好奇，白梨，你跟沈医生是怎么认识的？"

白梨心脏一抖，紧张地"啊"了一声，她握着热饮杯，脑子有些混乱，她记得当初见到沈暗的每一个场景和画面，只是没办法组织成语言，讲述给在场这些于她而言还算不上熟悉的朋友。

"在诊所遇到的吧？"亮姐在边上道，"我听老余提过，沈医生对她一见钟情。"

"哇——"在场的女人都掩着嘴叫起来，眼里尽是艳羡。

白梨耳根一下红了。

隔壁桌的沈暗听见动静，朝这个方向看了眼，一群女人顺势冲他喊："沈医生，亮姐说你对白梨是一见钟情，是真的吗？"

沈暗挑起眉，嘴角扬着，神情很愉悦："对。"

桌上有个男人笑着吼了声："爽快！够爷们儿！"

一群女人兴奋地叫着，还有的在敲桌子，白梨害羞得不行，整个人往桌子底下缩。

沈暗把嘴里的烟拿下去，起身走过来，冲亮姐几人打了招呼，弯下腰扣住白梨的手，把人往怀里一搂，就这么带走了。

"吃饱了没？"沈暗带着她一直走到停车的地方，这才停下来，伸手摸她的下巴，"想不想吃别的？"

白梨确实没好意思多吃，冲他羞赧地笑了笑，眼睛弯弯的像月亮。

沈暗很喜欢她这样笑，他低头亲了亲她的脸："去车上吃？"

白梨点点头。

沈暗从后车厢拿起一个超市购物袋，里面装满了零食，他把袋子提到前座。

白梨正从保温杯里倒水，那是沈暗给她买的杯子，杯侧有一朵向日葵，边上是一只小白猫，保温杯里泡着红枣和百合。

她太瘦了，平时运动量又少，所以，沈暗每天都会想方设法给她泡些养生汤喝，周末还会煲点排骨汤和鱼汤。

这个冬天过完，白梨圆润了不少，皮肤也比以前更白了。

沈暗这趟出来买了不少零食，担心白梨露营吃得不习惯，还把家里的锅都带来了，后车厢还有一堆食材，可以就地做饭炒菜。

"就吃巧克力？"沈暗坐到驾驶座，见白梨把购物袋系上了，手里只拿了两块巧克力，挑着眉看她，"要不要吃别的？我给你做。"

"不用。"白梨刚刚也吃了烧烤，只是她吃不习惯，只吃了一点点。

但是热饮很好喝，亮姐一直给她倒，她喝了两杯，不是特别饿。

沈暗打开手机，看了眼微信，苗展鹏今天收治了一条被车撞伤的哈士奇，谭圆圆一直在汇报进度，连着给他发了十五条消息，最后一条消息写着：**手术成功**。

沈暗给苗展鹏发了祝贺的消息后，把手机关上，转身看向白梨，她刚吃完巧克力，正小口地抿百合红枣汤，肩膀耸起来，脸上露出满足的笑容。

沈暗笑着伸手去挠她的下巴："要不要下去转转？"

白梨点点头。

两人收拾好东西，手牵手去四周转了转。

其他人也吃完烧烤，开始自由活动。

有一对情侣在吵架，女人三番五次动手打男人，大概因为被不少人看见，那个男人觉得很丢脸，冲女人扇了一巴掌。

沈暗伸手挡在白梨眼睛上，揽着她让她背过身，自己则走了过去。

领队和其他几人也过去劝说，女人们则围着被打的女人安慰。

人群几分钟就散了，那对情侣开车回去了，沈暗牵着白梨进森林深处跟她简单说了经过。

一通催债的电话，让女人发现男的在网上赌博，还输了不少钱，两个人有房贷要还，又想着五一结婚，经济压力很大。

两个人在外面都把自己包装成有钱人，没想到男的能输二十来万，女人一直骂，骂到最后就只是哭，说："完了，咱俩彻底完了，你也别想跟我结婚了。"

白梨听得怔怔的，不知道该说什么，只是觉得惋惜。

那两个人应该是很相爱的，男的也非常想要给女人未来，所以想走捷径，但他不小心，走错了路。

"今天跟亮姐她们聊了什么？"沈暗问。

白梨小声地讲了些，沈暗越听越不对劲，挑着眉问她："她们在聊恐婚的话题？"

白梨点头："嗯。"

其实大多在聊沈暗，但白梨不知道怎么说。

"那你听完什么感觉？"沈暗问，"害怕吗？"

白梨轻轻摇头。

沈暗笑着把人揽进怀里："白梨，跟我在一起，开心吗？"

白梨埋在他怀里，脸颊红红的，轻轻地点头。

末了，她很小声地说："开心。"

特别开心。

头顶传来沈暗的笑声，他低头咬她的耳朵："老公听见了。"

森林里除了树就是树桩，偶尔能看到几只松鼠和没见过的鸟，脚下的泥土很松软，覆着一层青苔似的草。

沈暗牵着白梨四处逛了逛，遇到另外几对情侣，一行人找到一个湖泊，一个男人拿网兜捞了十几分钟，没捞到一条鱼。

众人拍了点照片就回来了，天已经黑了，领队他们已经燃起篝火，其他人铺了毯子坐在地上，大家围成一个圈，亮姐手里拿着盘子，正挨个发。

一对情侣她只发一份，其他单人一人一份。

沈暗带着白梨过去坐下，从亮姐手里接到盘子才发现，盘子里装着一份玫瑰糕，一共八块，每块都是玫瑰花的形状，中央还嵌着一点儿花瓣。

白梨尝了口，很喜欢，又多吃了几块。

沈暗跟旁边的中年男人讲话，余光一直看着她，见她喜欢，把人往怀里揽了揽，冲她耳语："这么喜欢吃？回去给你买。"

白梨怕痒缩了缩脖子，抿着嘴冲他笑，又小幅度地点点头。

篝火的光亮照在她脸上，衬得那双笑意盈盈的眼睛格外闪亮，沈暗摸了摸她的脸，把人拉近，想低头亲她。

白梨赶紧捂住嘴，低着头到处找地方藏，被沈暗揽在怀里时，她左躲右闪地只能藏在他的胸口处，心脏扑通直跳，半晌才发出声音："很，很多人。"

沈暗亲了亲她的头发："好，等没人的时候再亲。"

白梨耳根又红了。

领队带了音响，几人正在试唱，亮姐拿了零食过来分着吃，其他人也拿出自己带来的食物出来交换。

沈暗见其他人还在烧烤，就回车上把自己带来的锅和食材拿了下来。

之前烧烤的架子被他拆了，他把锅架上，先给白梨煮了碗肉丸面，随后又加了汤料，搞了个小火锅。

其他人闻着味儿过来，全都惊叹沈暗居然会下厨。几人说说笑笑间，都回去拿了食材过来加入火锅队伍。

亮姐虽然胖，吃得却很少，才吃了两根菜和两颗丸子就停下不吃了，坐在白梨边上，看着白梨吃东西。

白梨已经快吃完了，被她看着有些紧张，匆匆擦了嘴巴，小口地抿保温杯里的水喝。

亮姐就笑，问她喝的什么，白梨小声地说了。

亮姐又说，是沈医生弄的吧。

白梨有些不好意思地点头。

亮姐大笑起来，提起自己和领队当初谈恋爱的经过，白梨听得认真，两个人聊了好一会儿，连沈暗什么时候过来的，白梨都没发现。

沈暗也没出声，拿了她手里的碗筷就走了，临走前揉了揉她的脑袋。

领队拿了麦克风在唱歌，他是公鸭嗓，唱歌不太好听，吼了一首歌之后就说嗓子喊坏了，把麦克风交给下一个人，自己下了台就找烟抽找酒喝。

亮姐隔着距离喊他别抽烟了，今天都抽了一包烟了，领队冲她挥挥手，意思是今天出来玩别管他。

亮姐轻轻地叹了口气，冲白梨说："还是你家沈医生听话，在你面前，我就没见他抽过烟。"

白梨没有限制沈暗抽烟，只是沈暗知道她不喜欢闻烟味，所以在她面前几乎不抽烟。

她抬头看过去，沈暗正和领队站在一起，他手里捏着烟，却没抽，下巴微微扬着，不知道在说什么，眉眼染着淡淡的笑意。

唱歌的人换了几拨，最后麦克风一直在女人之间传递，不少女人唱粤语和英文歌，有些人边唱边跳，篝火旁有人伴舞，渐渐地跳舞的人群壮大，一行人手牵手围着篝火转圈。

白梨没有加入这个圈子，她抱着沈暗的大衣坐在稍远的椅子上，远远看着他们跳舞唱歌，脸上微微带着笑意。

沈暗跟领队聊完过来问白梨要不要去跳舞，白梨轻轻地摇头。沈暗把人拉起来，带她往人群里走，用很低的声音说："别怕。"

她狂乱的心脏忽地安定下来。

沈暗牵着她加入跳舞队伍，亮姐就在前面，冲她笑了笑，拉着她的手腕，沈暗在身后握住她的另一只手，唱歌的人声嘶力竭地吼着："死了都要爱——"

白梨一开始还很拘谨，见其他人都没注意她，这才慢慢放松下来。

歌声震耳欲聋，大家跳得也乱七八糟，只是氛围很好，一直在笑。

有的男人露出肚皮跳肚皮舞，有的男人踮着脚跳小天鹅，还有的男人拿着一根树枝不停搔首弄姿地跳钢管舞。

其他女人笑得眼泪都快出来，白梨也跟着笑，一边笑一边围着篝火跳，她跳了三圈就累了，额头都出了汗，眼睛却亮晶晶的，满是笑意。

唱歌的几个女人累了，把麦克风到处传，有人注意到沈暗，冲他喊了声："沈医生！来唱一首！"

沈暗也没推辞，拍了拍白梨的肩膀，走过去接了麦克风，冲白梨的方向笑了笑说："好，我唱一首。"

他唱的是白梨朋友圈分享的那首歌——《平凡之路》。

在场的人也都累了，大家停下来找了水喝之后就围坐在篝火旁，很认真地听沈暗唱歌。

歌曲的调子很低，沈暗握着麦克风，微微垂着眼，视线落在白梨脸上，声音压得很低。

四周传来此起彼伏的赞叹声。

"沈暗唱歌好好听啊。"

"真的是深藏不露啊。"

"我之前请他去唱歌，他一直推辞，还以为是不会唱，敢情是憋大招呢。"

"幸亏之前没请他去 KTV，不然风头全给他占了。"

一行人都在夸沈暗唱得好听，唯有白梨目光怔怔地流眼泪。

沈暗下来时，她才回神般匆匆给自己擦眼泪。男人把她揽进怀里，轻轻地拍她的背："怎么了？"

她吸了吸鼻子，说不出别的，只是软着声音说："很，好听。"

沈暗将她搂得更紧了些："还有呢？"

白梨环住他的腰，眼角不停地掉眼泪，她小声地说："谢谢你，沈医生。"

这是她最喜欢的一首歌。

在她人生中无数个绝望的瞬间，她都会不断地单曲循环这首歌。

可是当沈暗唱这首歌的时候，她才发觉，其实人生中充满更多绝望的人是沈暗。

这个男人一直生活在黑暗里，可他却一次又一次将她拉到阳光下。

他给她勇气，给她快乐，给她无数次感动，甚至，给足她缺乏的安全感。

她五脏六腑酸涩得厉害，眼眶滚烫，眼泪止不住地往下掉，一边哭一边小声地道歉。

沈暗拿大衣将她裹住，把人打横抱起，冲其他人打了声招呼，抱着她回了帐篷。

露营的地方不方便洗漱，沈暗烧了水，拿热毛巾过来给白梨擦脸。她眼睛红红的，鼻子也通红可爱，他用毛巾帮她擦完，又伸手理了理她额前的碎发。

白梨睁着湿漉漉的眼睛看他，帐篷里亮着一盏小灯，昏黄的灯光落在她脸上，将她狭长的睫毛照得根根分明。

她仰着脸，鼻头圆润挺翘，嘴唇嫣红饱满，被毛巾擦拭过的唇珠泛着水润的湿意。

沈暗把毛巾放下，捏住她的下巴，凑近吻了上去。

帐篷里又铺了一层厚实的毯子，灯被关掉，周围漆黑一片，远处欢快的歌声混着嘈杂的吵闹声，传进白梨耳朵里。

沈暗用手指扣住白梨的手，和她十指交缠。

快十二点的时候，其他人陆续回到帐篷洗漱。白梨累得睡着了，沈暗在外面守夜，领队过来跟他聊了一会儿天。

其他人都喝醉了，进了帐篷就没再出来，沈暗也没去把人叫醒，一个人守了一个多小时。

白梨醒了，披着衣服出来找他。

她也不说话，只是用小小的手捧住他的手，给他焐手。

"我不冷。"沈暗笑着把人抱到怀里，指着天给她看，"看星星。"

白梨仰头看过去，天空像漆黑的画布，被人洒了细碎的光，她面露惊叹地笑起来，眼里也盛满了耀眼的光："好漂亮。"

沈暗用下巴蹭了蹭她的头发："小时候写作文，写将来长大做什么，我写的是将来要当宇航员。"

白梨很轻地笑了声。

沈暗捏她的脸："你笑我？"

她缩着肩躲他，声音带着笑："没有。"

沈暗咬她耳朵："你小时候有什么梦想？"

"想当老师。"她小声地说，"后来，老师……很凶。"

沈暗低笑出声，白梨耳根红了，弱弱地补充："我，我学习很好。"

"知道。"他仍是笑，搂着她低声跟她讲小时候的趣事。

有些是关于爷爷的，有些是关于母亲的。

虽然她一走那么多年，没再回来过，可沈暗仍记得他童年时代里，关于母亲的温暖回忆。

"她来接我的时候，雨伞坏了，就把外套脱下来盖在我头上，自己淋着雨在前面骑车，第二天她生病了，还笑着跟我说，幸好我没有生病。

"有一次，学校有个同名同姓的学生出事，我妈赶到学校到处找我，鞋子都跑掉了一只，到教室看到我好好地坐在那里，她就站在教室门口哭，我同学都以为我家里出了什么事，问我妈，她就一直摇头说没事，临走的时候，抱着我说没事就好，没事就好。

"她早该离婚的，一直舍不得我，放不下我，每次吵架都抱着我哭，跟我说没事，以后会好的，等我长大就好了。"

沈暗把下巴搭在白梨颈窝处。

他的声音里藏着说不出的苦涩："但她没有等到我长大。"

白梨转过身来，主动搂住他的脖颈，她的眼眶有些红，声音都带着鼻音："沈医生，你现在很好。"

"嗯，我知道。"沈暗握住她的肩，把人牢牢抱着，声音在夜幕下更显低沉，"我没有恨她，只是有点儿难过。"

"在我最需要她的时候，被她抛下了。"

这么多年来，他第一次在旁人面前讲他的那位母亲。

偶尔午夜梦回，他仍会回到童年时期，推开门回家时，母亲会笑着跟他说："回来啦？饿坏了吧。"

"长大了，反而能理解了。"沈暗摩挲着她的一缕头发，声音很轻，"还会觉得她应该再早一点儿抛下我，就不需要经历那样的事了。"

"要不是因为我，她应该会过得更好。"

"不要那样想。"白梨环住他的腰，声音都哽咽了，"你，你不要那样想。"

他笑着揉她的发顶："好。"

他偏头吻了吻她的头发，故意道："哄哄我，老婆。"

白梨正替他难受，听到这话，虽然害羞，却还是把人搂紧了些，用很轻的声音喊他："老公。"

沈暗把人拦腰抱了起来，白梨惊地低叫一声："沈医生……"

"嗯。"沈暗看见领队出来了，远远冲他挥手示意后，抱着白梨进了帐篷，把人揽在怀里，拿毯子给她盖上，"睡吧。"

白梨窝在他怀里，小幅度地动了动，仰着脸看他。

帐篷里没有灯，她看不清他的五官，却还是盯着黑暗中的他看了好一会儿。沈暗蓦地吻上来，声音沙哑："不睡了？"

白梨被亲得心脏扑通直跳："没，没有……"

他喉头溢出笑声，咬她的鼻尖："那一会儿再睡。"

沈暗口中的一会儿跟白梨理解的不一样。

白梨睡了不到三个小时，被沈暗连人带毯子抱出了帐篷。

她被惊醒，迷迷糊糊地喊他的名字，声音有些哑，落在沈暗耳里很是可怜。

"看不看日出？"沈暗低声问。

她来了点儿精神，点点头。

早上空气湿冷，沈暗怀里很热，她往他身上贴紧，小脸靠在他颈侧，一只手紧紧抓着他袖口的衣服。

沈暗拿毯子给她盖住半张脸，低头用下巴蹭了蹭她的额头，声音压得很低，尾音带着沙哑的气音："冷吗？"

白梨轻轻摇头。

沈暗抱着她刚走出去几米远，听见身后传来动静，是领队和亮姐，他们定了闹钟，专门起来看日出。

亮姐笑眯眯地问他："白梨没睡醒？"

沈暗看了眼毯子，白梨已经整个脑袋钻进毯子底下了。

他低笑："嗯，还没醒。"

几人说话声音都很小，陆续有其他人醒了，吵着要拍日出。雾还没散，一行人往森林深处走了百米远，透过参差不齐的树木，看见耀眼的金芒。

碎金似的光像是被捅了个洞，透过树叶的缝隙尽数洒过来，漫进众人眼底。

沈暗摘了毯子，冲白梨说："看。"

有人屏息惊叹，有人忙着拍照，树干上鸟群被惊动，扇动翅膀飞远了，只留下空灵清脆的鸟叫声。

沈暗低头亲了亲白梨的额头，低声问："喜欢吗？"

白梨点头，声音又哑又软："喜欢。"

沈暗把人搂紧了些："好，以后有时间，再带你来看。"

"好。"

白梨早上睡到十点多才醒，其他人都收拾帐篷准备赶往下一个场地了，白梨听见动静这才起来，她腰酸得厉害，走路腿都是软的。

沈暗等她洗漱完，把人抱在怀里给她按摩。

她担心别人看见，用小手一直推他。

领队在远处抽烟，不知是谁说了句"晚上一直听见什么动静"，其他男人就笑起来。

沈暗低头看了眼白梨，白梨耳朵尖都是红的，小动物似的往他怀里钻，肩膀缩着，眼睛闭着，连耳朵都捂住了。

他好笑地亲她的手背："放心，他们没听见，就是开玩笑。"

白梨整个脖颈都红了，她捂住脸不让他看，声音哑哑的，很是可怜："不要看我。"

"好，不看你。"沈暗直接把人抱到车上，给她拿了毯子盖住，他把帐篷收了，跟着领队的车到了农家乐。

开了两个多小时才到农家乐，沈暗解了安全带，揭开毯子一看，白梨窝在副驾驶位又睡着了。

她小嘴微微张着，鼻头粉粉的，很可爱。

他用手指刮了刮她的鼻尖，拿起她放在置物盒里的拍立得对着她拍了张照片。白梨听见声音迷迷糊糊睁开眼，用软软的声音问他："到了？"

沈暗点头，问她要不要去房间里睡，农家乐里有住宿的地方，白梨摇摇头。

沈暗笑了声："行，那下来玩一会儿吧。"

白梨见他左手捏着一张照片，凑过去看了眼，认出照片上的人是自己，红着脸去抢："沈医生……给我。"

沈暗举高手臂，把脸伸到她面前："行，亲我一下。"

她脸烫得厉害，咬着唇凑到他脸前，亲了亲他的脸。

沈暗快速地按下拍立得，又拍了一张照片。

白梨：……

"沈医生！"她耳朵都红了。

沈暗笑着把人搂进怀里，亲她软软的脸颊，亲她泛红的耳垂，声音带着低哑的笑意："真可爱。"

农家乐是被领队提前包了场的，除了他们这一批人，老板没再放其他人进来。

这里有蔬菜水果采摘，有鱼塘可以钓鱼，有鸡鸭鹅养殖场，可以自行进去抓出来宰杀，还有一个两百多平方米的野地，里面放养着一群兔子、野鸟和野鸭，老板那里有弹弓和塑料子弹枪，不论打到什么，都按一百一只来算。

亮姐几人先去采摘水果，领队几人领了弹弓和塑料子弹枪准备去抓几只野鸟过来，沈暗却拿了鱼竿准备去钓鱼。

白梨也跟着他去，手里提了一包吃的。

刚下车时，亮姐送了她一些零食和桂花糕，其他姐妹看见了，也过来开始分享各自的零食，白梨也把自己的零食跟别人互换了。

回来时，白梨抱着一包零食，笑得眼睛都是弯的。

沈暗问她怎么这么开心，她抿着嘴笑了好一会儿才说："她们都好好。"

"小傻子，那是因为你也很好。"沈暗揉她的发顶。

白梨又笑起来，用软软的声音说："沈医生，你是最好的。"

快到中午，太阳挂在头顶，金黄的光落在她脸上，照出她白皙的面庞，那双眼睛干净澄澈，里头盛着碎钻一样耀眼的光。

沈暗心头像被猫咪的爪子挠了一下，他提着鱼竿，用另一只手将她搂进怀里，偏头亲了亲她的发顶。

他的笑声很好听："有多好？"

"嗯……"她缩了缩肩，仰着脸笑，说话时，耳朵尖都是红的，"全世界最好。"

沈暗小时候钓过鱼，长大后倒是没什么钓鱼的机会，诊所工作比较忙，他夜里又只去体育馆运动，除了参加宠物交流会，其他时间几乎从不参加户外活动。

农家乐鱼竿渔具还算齐全，钓鱼的地方有遮阳伞和小马扎，和他搭档打羽毛球的中年男人也在，手里拿了支雪糕在吃。

"我还以为没人来呢。"他冲沈暗笑，"他们都说要去打兔子，我还以为你也去了。"

沈暗找了个离他一米远的位置，把东西放下："很多年没钓过鱼了。"

"那我可得在你面前好好秀一把。"中年男人吃完雪糕擦了擦嘴，撸起袖子，斗志十分昂扬，"放心，今天中午的鱼我包了。"

"行。"沈暗先撒了圈玉米，把鱼饵挂上鱼钩，见白梨看得目不转睛，笑着问她，"要不要试试？"

白梨摇头。

沈暗已经把人圈在怀里，把鱼钩放在她手里，让她往鱼塘里扔。边上的中年男人捂着眼睛问："你确定是来钓鱼的？"

白梨脸一下红了，想从沈暗怀里出来，男人却把她箍得很紧，低低地安抚她说没事，握住她的手，教她放鱼钩，还让她坐在马扎上，教她固定鱼竿。

中年男人赶紧打电话让他老婆过来，说旁边有人秀恩爱。

沈暗扫了他一眼："没完了你？"

中年男人大笑："要不要赌一个？今天我钓得比你多，你就请我吃顿饭。"

沈暗挑着眉应了："行。"

中年男人钓了四条鱼上来后，沈暗和白梨才等来第一条鱼。

白梨拿了桶过来，里头装了点水，沈暗把鱼丢进去，说这条可以带回去给小白吃。

白梨点头说好。

临近正午的太阳越晒越烈，白梨在伞下都出了一身汗，沈暗怕她晒中暑了，牵着她去找亮姐。

亮姐正在厨房里炒菜，忙得脚不沾地，其他女人都在院子里拍照，那里有一大片花园。

亮姐说这里烟味大，叫白梨去房间里待着。

白梨却摇摇头，想留下来帮忙。

沈暗临走前捏了捏她的脸说："别硬撑，要是害怕，就来找我。"

白梨点点头。

亮姐找了件围裙递给她，让她去边上洗菜。

白梨洗完菜，就把葱姜蒜给切了，亮姐一边炒菜一边跟她搭话，问她平时在家做什么，以后有空去找她玩。

亮姐还问白梨喜不喜欢听演唱会，她那有明星演唱会的票，一会儿送给她，让她有时间和沈暗一起去听。

白梨把脑袋摇得跟拨浪鼓一样。

亮姐笑她好玩，说别人遇到这种事，早就开心疯了。

白梨支支吾吾地说不喜欢人多的地方。

亮姐说没关系，以后会好的。

她没有问白梨什么理由，只是跟她说以后会好。

白梨没来由地放松下来，她冲亮姐笑，笑容干净真诚："谢谢。"

亮姐感慨道："难怪沈医生会喜欢你。"

像白梨这样单纯又漂亮的女孩子，应该没有哪个男人会不心动吧。

领队几人打了几只野兔过来，拍照的女人们都来帮忙，人群一下热闹起来。

有个男人刚从鱼塘那边过来，故意冲白梨喊："沈医生掉河里了！"

白梨心脏一抖，手里的菜直接掉地上了，她没看到男人脸上开玩笑的神情，转头就往鱼塘的方向跑。

其他人震惊地问："沈暗掉河里了？真的假的？"

那人笑道："刚过来的时候，看他在鱼塘抓鱼呢。"

"喊，我就说，沈暗怎么可能掉河里，而且他应该会游泳。"

"逗她玩儿呢。"

有个女人问："白梨不会当真了吧？"

那人耸肩："我也没说假话，沈医生确实在河里。"

沈暗钓了条大鱼，足足三斤重，鱼竿险些被拖走，他拿了网兜，下了鱼塘，周旋了好一会儿才把鱼给兜住。

白梨跑过来的时候，沈暗刚从鱼塘里爬上来，他低头拧了拧衣服上的水，余光看见白梨，远远地冲她笑："我钓了一条大鱼。"

白梨仍喘着气，她怔怔地看着他，眼眶红红的。

"怎么了？"他停下动作，往她跟前走近几步，"有人欺负你？"

白梨盯着他身上的淤泥，伸手去摘他衣服上挂着的水草，摇头的瞬间眼泪掉了下来。

"怎么了？"沈暗还想再问，白梨忽然上前一步抱住他。

"我身上很脏。"沈暗话音落下，看见白梨颤动的肩膀，想起刚刚来了两个俱乐部的男人，大概是他们回去说了什么，吓到白梨了。

他单手把人搂紧了些："我没事，只是下去抓鱼了。"

白梨的眼泪大颗往下掉，听到这话她吸了吸鼻子，点点头说："我，我知道。"

但她控制不住。

她以为沈暗掉河里出事了，一路上都在担心害怕，腿到现在都是抖的。

"没事，别怕。"沈暗握住她的肩，"乖，没事了。"

白梨点点头，担心他着凉，匆匆擦干眼泪，要去给他找干净衣服。

"自己一个人可以？"沈暗把钥匙给她。

白梨点头，让他先去洗澡，沈暗笑着说好，他把钓来的一桶鱼提到亮姐那里，让她们处理，随后去农家乐的浴室里洗了个澡。

出来的时候，白梨正抱着衣服乖乖等在门口。

她刚刚抱他的时候弄脏了毛衣，现在已经换了件白毛衣，巴掌大的脸被毛衣衬得更白。

沈暗简单擦了擦头发出来，由后圈住她，把下巴搭在她颈窝处，声音很低："刚刚被吓到了？"

她缩了缩脖子，轻轻地点头。

他把人转过来，紧紧地揽在怀里："抱一会儿？"

白梨红着脸说："你先穿，穿衣服。"

"好。"沈暗接过衣服，当着她的面开始换衣服，白梨紧张地四处看了眼，伸手替他遮挡，"沈医生，会有人看见的。"

沈暗已经穿上衬衫，冲她道："帮我扣纽扣。"

白梨担心被人看见，伸手帮他扣了起来，扣到领口的时候，沈暗捏住她的下巴，把人按在怀里吻了下来。

"别怕。"他安抚地揉她的脊背，声音很低，"以后我会一直陪在你身边，陪你一起变老。"

他每次都用这种方式消除她的恐惧和不安。

白梨心脏颤得厉害，她伸手环住他的腰，用力点头："嗯。"

午饭很丰盛，大家围坐一团，吃吃喝喝很是热闹。其他人酒量都不错，昨天喝了酒，今天也喝了酒，沈暗一直没喝，说胃不好，其他人也就没劝。

饭后一行人打牌玩游戏，沈暗带着白梨上了二楼房间休息。

白梨给床换上自己带来的新床单，洗了澡之后，这才爬到床上睡觉。

沈暗处理手机上的消息，等他关上手机，白梨已经睡着了。

沈暗去洗手间冲了个澡，回来躺到她边上，把人搂在怀里亲了亲。

快傍晚的时候，一行人提前吃完晚饭，准备玩一会儿再回家。

外面天还没黑，亮姐端着水果盘过来分给大家吃，到白梨跟前的时候，坐下来冲白梨说："你是做策划的对吧？我有个朋友正好要一份策划方案，我们加个微信，一会儿我传给你，你看看能不能做？"

白梨担心自己做不好，有些犹豫。

亮姐笑着说："别谦虚，我觉得你肯定会做得很好。"

突如其来的信任让白梨莫名鼓起几分勇气，她点头同意了。

加了微信之后，她又忍不住想东想西，担心自己做不好，给亮姐添麻烦。

沈暗捏着她的手说："这么不相信自己？"

白梨小声说："有点儿害怕。"

"怕什么，尽管做，做得不好，我来担着。"他亲着她的手背，眉眼荡漾着温柔的笑，"怎么样？"

白梨低着头，耳尖红红的，半晌后才小声说："……好。"

两天一夜的活动就这么结束了，沈暗开车先把白梨送到家，随后去把车洗干净送回去。

他到家的时候，白梨已经洗完澡窝在椅子上做 PPT，小白正趴在电脑边上。

他换鞋进来，亲了亲她的脸："不累吗？"

白梨摇了摇头。

"今晚诊所有预约的客人，我晚上应该会很晚回来，不用等我。"沈暗扣住她的后脑勺，亲了亲她的唇，"我走了。"

白梨从椅子上下来，一直送他到门口。

关门之前，沈暗忍不住又探出长臂，把人揽进怀里亲了亲："还是等我吧，晚上我早点儿回来。"

白梨抿着嘴笑："好。"

才出去两天，诊所预约表上的客户人数就翻了两倍。

苗展鹏一个人忙了两天，累得不行，因为有不少客人点名要沈暗做手术，他的工作量才得以减轻。

只是普普通通的小手术，他一天也要接不下十个，看见沈暗过来，他都快哭了。

"暗哥你终于回来了。"

苗展鹏把预约表递到沈暗手里："都是找你的。"

沈暗看他的黑眼圈很重，拍了拍他的肩说："怎么熬成这样，先回去休息吧。"

"昨天晚上被客人吵醒了，没怎么睡好，不是熬的。"苗展鹏揉了揉眼睛，"只是有点儿累，我明天可以多睡一会儿吗？"

"可以。"沈暗进办公室之前，又冲他说，"网上发个帖子，再招个助手。"

"好嘞。"苗展鹏痛快答应了。

沈暗给预约表上的客人打电话，一个晚上做了六台手术。他忙起来就忘了时间，等拿到手机时，才发现已经夜里十二点了。

他洗了手，脱了白大褂就把诊所门关了往家里赶。

白梨还没睡，听见动静就从椅子上站了起来。

沈暗已经开门进来了，发现她光脚站在地板上，远远地伸手指了指她的脚。

白梨乖乖地坐回椅子上，远远地冲他抿嘴笑。

他每次从诊所回来都会先洗澡再抱她，因为身上消毒水的味道比较重。

沈暗见她笑得又乖又软，直接几步跨过来把人抱起来就往洗手间走："一起洗澡。"

白梨低低叫了声。

洗手间的门被关上，只剩下客厅里的小白睁着无辜的眼睛看着洗手间的方向，时不时"喵呜"一声。

白梨第二天下午才起床，简单吃完饭就打开电脑忙着把昨晚没做完的 PPT 做完，快晚上的时候，她做完检查了三遍，才给亮姐发了过去。

亮姐隔了半小时给她回了条语音，紧接着转了五千块过来。

白梨被吓到，打字回复说给太多了，退回去之后，亮姐还是转了这么多过来，还说这是朋友给的公道价，让她不要再推辞。

白梨忐忑不安地接了，晚上沈暗回来，她就小声把这个事讲了。

沈暗说，如果觉得过意不去，下个月请朋友来家里吃饭的时候叫亮姐也过来。

除了戴眉，白梨没交过其他朋友，她有些犹豫，更多的是紧张，怕被拒绝。

沈暗问："我帮你打电话？"

白梨轻轻摇头，她裹在毯子里盯着手机屏幕许久，才开始地发消息。

消息发完之后，她就把自己裹在毯子里，隔了十几分钟，才敢打开手机看一眼。

亮姐同意了。

白梨脸上露出笑，她冲沈暗说："亮姐说会来。"

沈暗揉她的脑袋："嗯，到时候准备什么吃的招待人家？"

"糕点还有水果。"白梨打开备忘录开始记，"那次在农家乐，发现她很喜欢吃菠萝。"

沈暗把人捞到怀里："那我喜欢吃什么？"

"土豆炖牛肉，肉丸子和红烧排骨，水果喜欢西瓜。"白梨细数了一堆他爱吃的。

"错。"沈暗吻上白梨的嘴巴，在她耳边低声说，"我喜欢吃梨子。"

白梨脸一红，低着头就要往毯子里躲，沈暗把人抱在怀里，捏着她的下巴亲她的鼻尖。

"明天……你要早起。"她伸手轻轻推他。

"嫌我老？"他故意曲解她的意思。

白梨脖子都红透了："没有。"

"那是什么意思？"他用鼻尖蹭她的脸。

白梨心尖都在颤，脸颊烫得厉害，她用嫩白的小手抓着他的袖子，小声地喊："沈医生……"

"嗯。"他亲她，一下又一下。

偏哑的声音落在空气里。

"沈医生要吃梨子了。"

请客吃饭的前一晚，万哥带了兄弟们过来送了沈暗一堆礼品，十几个兄弟们站成两排，对着门口的沈暗和白梨大声喊道："祝暗哥和嫂子永结同心！百年好合！早生贵子！幸福美满！"

白梨被吓得一动不动。

万军见状，挥手把兄弟们赶走，冲沈暗说："明天有事，就不来了，你们年轻人玩。"

沈暗点头，把人送到楼下。

万哥上车前冲沈暗说："你现在结婚了，以后我们就不来打扰你了，哪天需要帮忙也就一个电话的事，哥随时都在。"

沈暗给他递了根烟："好。"

回家的时候，白梨正在本子上记录万哥送来的东西，方便以后回礼。

沈暗揉了揉她的脑袋："不怕了？"

白梨轻轻摇头，她只是没想到他们会喊口号似的冲他们道喜，所以才被吓了一跳。

"明天会来很多人，怕不怕？"沈暗把她搂进怀里。

白梨有些紧张，也不知道是不是害怕，连续三个晚上都没睡好。

她抿了抿唇："我可以的。"

沈暗亲了亲她的耳朵："好，害怕了就站我边上。"

每次注意力只要放在沈暗身上，她就会忽略身边许多人。

野外露营那次也是，她已经可以和一群人坐在桌上吃饭了，前提是沈暗必须在身边。

晚上，沈暗被动物园园长一通电话叫了过去，凌晨一点多才回来。

白梨一直没睡，披着毯子窝在沙发上等他。

沈暗开门的时候，她听见声音就光脚跑过来，才到门口，就被沈暗抱了起来。

"又光脚。"他把人抱在怀里，惩罚似的捏了捏她的脚背。

白梨怕痒地缩了缩，沈暗把她放在沙发上，脱了外套准备去洗澡，刚进洗手间，就发现白梨也跟了进来，站在洗手台前给他挤牙膏。

沈暗解了纽扣，走到她身后，把人圈在怀里抱着，视线看着镜子里，白梨白皙的小脸变得通红。

她缩着肩，小声说："快点儿洗澡，很晚了。"

"嗯。"沈暗偏头亲了亲她的脖子，"充一会儿电。"

白梨红着脸不动了。

沈暗把人转过来，亲她的唇："这样充电更快。"

她笑着去躲，没一会儿又被他捞进怀里："陪我一起洗澡。"

沈暗没有闹很晚，他第二天早上不到六点就起来了，有急诊电话。

诊所招到一个新助理，专门值夜班，处理一些小手术，遇到处理不了的紧急手术就会打电话叫沈暗过去。

是一只宠物蜥蜴，早上客户的家里人开车运货出去，不小心把蜥蜴压到了，说蜥蜴表面正常，看不出受伤，但担心内脏受损，送来拍个片子检查。

结果助理接手之后，蜥蜴开始吐血，他有些担心检查结果还没出来蜥蜴就要死了，连忙给沈暗打了电话。

沈暗起来的时候，白梨也醒了，用软软的声音问他怎么了。

沈暗俯身亲了亲她的脸："没事，睡吧，诊所有手术，我过去一趟。"

"嗯。"她揉了揉眼睛，见他纽扣少扣了一颗，慢慢爬起来给他扣上纽扣。

沈暗心头一软，用大掌揉乱她的长发，把人往怀里抱了抱："乖，我走了。"

她点头，乖乖地躺在床上，眼睛还看着他。

沈暗出去之前，又回头过来亲了亲她的唇："记得想我。"

沈暗走之后，白梨就把发红的脸蒙在被子里，她闭着眼，嘴角挂着甜蜜的笑。

白梨回笼觉睡到七点多就起来了，她定了闹钟，不敢睡太久，担心朋友来了她还没整理好要招待的食物。

戴眉来得很早，白梨刚洗漱完，她就敲门来了，手里还抱着个大箱子。

"是什么？"白梨想拆，戴眉却说是送给沈暗的，还叮嘱白梨，要晚上给沈医生。

白梨心思单纯，根本没想别的，老老实实抱着箱子送到卧室。

戴眉笑得不行，又转过身绷着脸问："来多少人？饮料够吗？"

"够的，沈医生买了很多。"白梨打开厨房的柜子，底下一排饮料，什么口味都有。

"哇哦，沈医生不错呀，那有没有找些帅哥过来？"戴眉问。

白梨：……

亮姐是第二个到的，手里抱着一束花，刚见面就冲白梨说："恭贺乔迁之喜，恭贺新婚之喜，还有，祝你们永远幸福！"

白梨有些害羞："谢谢。"

亮姐带了不少东西，除了花，还有几个礼品袋，车子里还有水果和糕点没拿上来，她把东西提到客厅，冲白梨说："底下还有东西，我再去一趟。"

戴眉刚翻完白梨最近新拍的相册，冲亮姐挥手："我来帮忙。"

"谢谢。"亮姐回头冲她友好地笑。

"客气什么，你是小梨子的朋友，就是我朋友。"戴眉说完，指着亮姐身上的旗袍问，"姐，你这旗袍在哪里做的，给我也整一件，我送客户。"

"行啊，没问题，什么时候要，什么款式，我给你搞定。"亮姐掏出手机，"来，加个好友。"

"姐你真好。"戴眉加完好友，直接把亮姐胳膊挽住了，"我一看见你，就觉得你脾气特好，性格也好，你看，我眼光从来不会错。"

"哈哈哈你真会夸人。"

白梨看着两个才见面不到一分钟的人，有说有笑地走了出去。

白梨：……

沈暗是十点半回来的，身后跟着苗展鹏和谭圆圆，以及新招的助理。

苗展鹏买了水果，谭圆圆买了一对泰迪熊玩偶，新助理是被临时叫来吃饭的，不知道买什么，在路口买了两袋包子。

客厅里放着劲爆的歌曲，戴眉和亮姐在厨房里一边跳舞一边切菜，白梨系着围裙正在尝煲好的汤。

沈暗进了厨房，先亲了亲白梨的脸，这才去洗澡。

戴眉大喊："沈医生！我也要！"

亮姐掩着嘴笑："这是能说的吗？沈医生我也想要。"

沈暗笑了笑，没理会，径直去了洗手间。

白梨红着脸把锅盖上，转头去冰箱里拿肉出来解冻。

亮姐切完菜，洗干净手，把糕点装进盘子里，戴眉拿了一块尝了尝，问："要端出去？"

"嗯。"亮姐说，"你去外面招待一下吧。"

戴眉点头："好啊。"

她端着两份糕点出来，谭圆圆和苗展鹏规规矩矩坐在沙发上，新助理站在客厅看墙上的照片，手里提着两袋小笼包，一只手正捏着一只包子在吃。

戴眉把糕点放在桌上，几步走到他身后，冲他伸手："楼下包子店的？给我来一个。"

新助理扭头看了她一眼，把袋子打开。戴眉伸手拿了一个包子塞进嘴里，边吃边冲他说："谢了，再来一个。"

她又拿了一个之后，才开始问他："你是沈医生的朋友？"

"不是，我是他新招的助理。"

"助理？"戴眉咬着包子，伸手揪起他的衬衫，"助理用爱马仕的皮带？"

助理：……

他伸手扯了扯自己的衣服："假的，仿的。"

戴眉直接伸手要去扯皮带："好极了，我最会鉴定这个了，脱下来我看看。"

助理：……

亮姐出来看见这一幕，"欸"了一声："戴眉，干吗呢，一会儿把人吓坏了。"

戴眉指着助理说："他穿着 LV 的衬衫，戴的爱马仕皮带，脚下这双是古驰的印花压纹运动鞋。"

亮姐点点头："怎么了？"

"这样一个全身名牌的富二代，在沈医生那里当助理。"戴眉转过头，盯着助理的眼睛说，"你说他图什么呢？"

亮姐也诧异起来："是啊，你不缺钱，怎么会想到来沈医生诊所打工当助理？"

谭圆圆和苗展鹏有些震惊，他们对名牌不关注，根本没想到新助理是个隐藏的富二代。

助理把包子咽下去才说："来体验生活。"

戴眉"啧"了一声："很好，这个理由我接受。"

她转身走了几步，突然折回来，又从助理手中的袋子里拿了个包子："亮姐，尝尝楼下的包子，还不错。"

亮姐接过来尝了口："确实不错欸。"

"等会下去，我留个地址，让老板天天给你送。"戴眉说。

亮姐哈哈大笑起来："别逗了你，跨了四十分钟的路程呢，就算老板要送，我也不缺他这一口，我那边的包子也不错，有空你去尝尝。"

"行啊。"戴眉打开手机看了眼，"我二十号有空，到时候去找你玩。"

"好。"亮姐刚吃完包子，戴眉已经倒了水递过来，等她喝下之后，又开始跟她商量到时候去哪里逛街，玩什么了。

白梨在厨房听了都忍不住羡慕戴眉，她好像无所不能，永远热情，也永远让人快乐。

陆续有客人过来，有宠物诊所圈里几个和沈暗比较谈得来的朋友，有俱乐部里跟他搭档打羽毛球的中年男人，还有他之前踢足球时认识的几个球友。

王成学是最后一个到的，穿着花衬衫配了条大裤衩，左手抱着一束花，右手提着一袋茶叶。

用他的话来说，求婚都没搞过这么隆重。

沈暗让他进来坐下，客厅里的桌子已经被拼成了长桌子，茶几和沙发被撤掉，二十多个人坐在椅子上，手里拿着饮料边聊天边吃东西。

沈暗订了不少酒店的菜，所以白梨没有做太多菜，她煲了排骨汤，还给戴眉准备了小型火锅，又给沈暗单独做了份肉丸子。

沈暗难得请大家在他家里吃饭，一行人都有些兴奋，纷纷举杯敬他。

沈暗没有推辞，倒是想喝酒的时候，他的袖子被白梨轻轻拉了拉。

她红着脸接过他手里的酒杯，小声说："我，我来喝。"

在座的人全都大叫起来："沈医生真是好福气！"

戴眉更是冲她竖大拇指："大梨子！我看好你！"

白梨不会喝酒，一杯酒进肚，没觉得头晕，还冲沈暗笑笑说自己酒量还可以。

没过一会儿，她就开始有些晕乎乎了。沈暗见她脸通红一片，把她抱起来往房间里走，白梨还记得房间里有戴眉送的箱子，用软软的声音说："这是戴眉……送你的……晚上才……可以看。"

沈暗"嗯"了一声，没在意。

他去洗手间拧了毛巾过来给她擦脸，让她躺一会儿，他出去招待朋友。

白梨蹭着他的手心，眼睛雾蒙蒙地冲他笑："嗯。"

沈暗低头亲了亲她的眼睛，声音低哑："醉了？"

"没有。"她仍是笑，红通通的脸上已经显出醉态，"只是有点儿……晕。"

一门之隔的客厅传来嘈杂的笑闹声，沈暗低头吻了吻她的唇："你先睡，我把朋友送走再来陪你。"

她眨着眼点头，睫毛像展翅欲飞的蝴蝶，忽闪忽闪的。

沈暗陪她待了会儿，见她闭着眼睡了，这才关门出来。

王成学下午还有事，跟沈暗打了招呼就走了，其他人也纷纷跟着走了。

亮姐在厨房收拾碗筷，戴眉正在沙发上和苗展鹏几人玩游戏。

戴眉是吃喝玩乐的老手，苗展鹏和谭圆圆两人根本不是她的对手，两个人输了就喝酒，也不知喝了多少，全醉醺醺地靠在沙发上。

戴眉说了句"没意思"，起身准备去厨房帮忙，新助理这时却坐到她对面，冲她说："我来。"

沈暗拍了拍苗展鹏的肩膀，问他能不能自己回家，苗展鹏点点头说"可以"，他扶着谭圆圆，打算先送谭圆圆回家。

沈暗去楼下给两人叫了车，上来时，戴眉正在扯新助理腰上的皮带："好啊，我们赌这个。"

沈暗：……

他去厨房看了眼，让亮姐先走，待会儿让他来收拾。

亮姐问白梨是不是喝醉了，她煮了点醒酒汤，让沈暗喂白梨喝一点儿，沈暗道了谢。

他端着醒酒汤喂完白梨出来时，客厅里正空无一人，他简单收拾了一下，去洗手间洗了个澡。

沈暗出来时打开手机看了眼，是苗展鹏发信息说已经送谭圆圆回家了。

沈暗回完消息，不知想到什么，给新助理展易发了消息，问他有没有回诊所。

展易很快回了消息，是一张在诊所的照片，不过沈暗根据玻璃反光发现，诊所还有其他人，他以为是客人，定睛看了片刻，确定是戴眉。

他微微挑起眉，没说什么，进了卧室时，才想起戴眉送来的大箱子。

他出去找了剪刀，把箱子打开，里面有一团黑色衣服，还有猫耳朵和猫尾巴，一个粉色铃铛摆在中间，右边是一张卡片，他伸手拿起来看了眼。

上面写着：新婚快乐！玩得开心！

沈暗垂着眼睛看了一会儿箱子里的东西，又扭头看了眼床上的白梨。

片刻后，他把箱子合上，躺到床上，把白梨搂进怀里。

白梨迷迷糊糊醒了，自发地往他怀里钻。

沈暗亲了亲白梨的耳朵说："老婆，要不要试试戴眉送的礼物？"

白梨喝了醒酒汤，脑袋不那么晕了，只是身上没什么力气，眯着眼声音含糊地问："什么礼物？"

沈暗下了床把箱子里的衣服拿了过来，白梨仍有些发蒙，穿完衣服之后，似乎在好奇，为什么戴眉送给沈医生这些东西。

沈暗下午回了趟诊所，回来时白梨还在睡。

他把家里打扫一遍，手机响了，他看了眼，是陌生来电，按了接听。

电话是警局打来的，说是沈广德出了车祸，不治身亡，让他过来认领遗体，签字拿赔偿金。

沈暗挂了电话后，站在阳台抽了两根烟。

阳台的花生长得很好，白梨很会照顾花，记得浇水，记得给花保暖遮阳，还会给花打营养液。

他安静地看着脚下一盆绿萝，伸手碰了碰它鲜绿的叶子，耳边响起爷爷生前说过的话："别看这些花不起眼，花的生命力比你想象得还要顽强。"

"你看着花，就好比看着你自己，你要想，花花草草都能这么努力拼命地活下来，你也要像它们一样。"

其实人的生命很脆弱，跟他以前养不活的那些花一样。

但爷爷说的话，他就是信了。

即便后来他才知道，爷爷只是想借着花告诉他，哪怕以后亲人相继离开，他也要一个人好好活下去。

沈暗弹了弹叶子，起身往外走。

沈暗给沈广德简单办了葬礼，他人没过去，只是弄了灵堂，找了几个哭灵的人守着。

白梨要去祭拜，沈暗没让，只拉着她去爷爷的墓碑前磕头烧了纸。

沈广德的赔偿金有十五万，沈暗没要，捐给动物保护协会了。

他一直很冷漠，直到第七天，他在沈广德的灵堂前看见了自己的生母。

她穿着一身黑衣，手里拿着一朵白菊，进来没有跪拜，只是坐在那里烧了些金元宝。

她一直没说话，只待了一会儿就走了。

沈暗等她走了才出来，他不想面对她，不想听她说对不起，不想听她的苦衷和委屈。

他心里清楚，她的做法是对的。

但他仍无法原谅她曾经抛弃他的事实。

晚上，他又去体育馆疯狂打球，羽毛球打完就跑去打篮球。领队正好过来看人打篮球，看他架势太猛，劝他悠着点，小心韧带拉伤。

沈暗说心里有数，打了两场之后，这才骑车回家。

白梨正在家里忙工作，亮姐介绍了很多大单给她，价格都不低，她原本想拒绝的，因为沈医生最近心情不是很好，她想多陪陪他。

但沈暗却让她接了，说他平时诊所事多，没时间出去玩，白梨就接了。

沈暗回来时身上衣服都是湿的，一看就是从体育馆打完球直接过来的，他换了鞋直接去洗手间洗澡。

白梨跟了进去，帮他拿干净衣服，又帮他把毛巾放好。

沈暗脱了衣服，把人圈在怀里抱住，偏头吻她的脖子，白梨踮着脚搂住他，想起白天咨询戴眉，问怎么才能让沈医生开心时，戴眉的回答让她很是脸红。

沈暗问她："吃饭了吗？"

白梨颤着眼睫看他，小声地说："沈医生，我……"

"什么？"他理了理她耳边被弄乱的长发。

"孩子。"她声音很小，几乎听不见。

但沈暗还是听见了，他压低脊背凑近，用鼻尖轻轻蹭她的脸，用低低的声音问："说的什么？"

白梨耳尖烧得滚烫，埋在他怀里，用极小的声音说："我们……生个孩子……好不好？"

沈暗笑着吻她的眼睛："好。"

洗完澡后，沈暗把人抱回房间，他细密地吻她，在她流泪时，握住她的手跟她十指交缠。

低低的嗓音落在空气里，带着缱绻的温柔。

"老婆，我爱你。"

End

礼物

沈暗是五月二十的生日。

他那天去市里参加宠物医学交流会，晚上回来的时候，看见白梨窝在沙发上等他。

"不是让你先睡？"他把人抱在怀里亲了亲。

白梨已经怀孕两个月了，倒没有其他不适，只是有点儿嗜睡，常常吃完午饭就回到床上补觉，一觉睡到下午四点，晚上还能在九点之前睡下。

沈暗担心她睡太久去咨询了几个医生，还是亮姐告诉他，怀孕嗜睡是正常的，他这才放下心来。

"想等你。"

白梨手里攥着个礼物盒，往沈暗面前递，她眼睛亮亮的，冲他笑："沈医生，生日快乐。"

沈暗把礼盒接到手里，打开看了眼，是一条黑色领带，还是私人定制的那种，因为领带上不是条纹也不是其他花纹，而是和他身上文身图案相似的一左一右两条黑蛇花纹，花纹绣得很隐晦，仔细看才能看得见。

他笑着亲她："谢谢，我很喜欢。"

她眼睛弯弯的，抿着嘴笑："戴眉也给你送了礼物。"

沈暗挑眉："她送了什么？"

白梨见他这个反应，想起之前戴眉送的礼物，脸一红："不是，不是之前那种，是……是很正常的礼物。"

沈暗低笑出声："是吗？"

白梨被他笑得不好意思，她下了沙发，从茶几边上拉来一个箱子，打开推到沈暗面前。

沈暗低头看了眼，是一些医学类的书。他拿起一本翻了翻，笑了下："这是展易的书。"

"啊？"白梨有些诧异，"她，她怎么拿了别人的书，我，我明天问问。"

"不用。"沈暗把书放下，"应该是他们俩打赌赌输了吧。"

戴眉自从上次跟沈暗的新助理展易玩游戏之后，就和展易杠上了。

两个人的赌注从皮带到内衣，再到袜子和鞋子，现在戴眉那里有展易一柜子的书，而展易那里有戴眉一整个柜子的……衣服。

戴眉骨子里是瞧不起富二代的，话里话外都讽刺这种人就是投胎投了个好人家，说富二代都是社会上的烂虫。

她对展易自然没什么好感。

只是展易和其他富二代不太一样，他身上没有那种嚣张跋扈的劲儿，年纪不大，人却还算沉稳。虽说家里不缺钱，但是他真的对宠物比较感兴趣，来沈暗这里不到三个月，就把该学的都学会了。

沈暗以为他学得差不多了就该走了，但是展易迟迟没有表现出想离职的意思。

"戴眉怎么可以拿别人的书送给你。"白梨有些担心，"这个书，还给展易吧。"

"先放这里吧，展易想要，会过来拿的。"沈暗揉她的脑袋，"牛奶喝了没？"

"喝了。"她点头。

"饿不饿？"沈暗低头靠在她肚子上，手指隔着衣服点了点她的肚皮："小宝贝饿不饿？"

白梨被逗笑，笑得眼睛都弯起来："不饿。"

"那我去洗澡。"沈暗解了纽扣往洗手间走。

白梨跟进去，给他挤牙膏，洗毛巾。沈暗冲完澡出来，把身上擦干净，而后抱着白梨，往她后颈处蹭了蹭。

他早上走得急，没刮胡子，白梨的后颈被扎得有些麻麻的疼。

白梨去拿刮胡刀递给他，沈暗亲了亲她的脸，把自己的下巴凑到她脸前："你帮我刮。"

沈暗有胡茬也很帅，那张脸充满了成熟男人的味道，下颌弧度笔直流畅，说话时，喉结会一上一下地滚动。

白梨盯着他的脸看了会儿，小脸通红。

沈暗笑着凑近："想什么呢？"

她不看他，低头看别处："没有。"

沈暗把剃须膏涂在脸上，随后握住她的手，一下又一下缓慢地刮胡子。

白梨担心弄伤他，紧张得手都在发抖，沈暗还在安抚她："怕什么，出血了也没事。"

好不容易刮完，她仍心有余悸。他松开她，拿毛巾仔细擦干净脸之后，这才抱着白梨往卧室走。

"买了蛋糕。"白梨小声说，"你还没许愿。"

沈暗笑着亲她的唇："好，我去拿。"

餐桌上放着一个八寸大小的蛋糕，上面立着一个穿着白大褂的男医生摆件，是漫画风格的，还挺可爱。

他找了蜡烛插进蛋糕，点燃蜡烛之后，端着蛋糕走到了卧室里面。

看到白梨戴着猫耳朵和猫尾巴，坐在床上。沈暗手里的蛋糕险些掉地上，他盯着白梨，就听她软着声音说："老公，生日快乐。"

他把蛋糕放在床头柜上，白梨问他："许愿了吗？"

沈暗点点头，吹灭蜡烛，在房间陷入黑暗的瞬间，他把白梨搂在怀里，温柔地亲吻她的唇。

"愿你和宝宝永远平安健康。"

戴眉第二天来找白梨的时候，她还在床上睡着。

"不是吧？不是吧？"戴眉知道门锁的电子密码，输了密码进来直接闯进卧室，盯着床单上的猫耳朵，"啧"了好几声，"沈医生是真不干人事。"

白梨已经醒了，听到这话羞赧得不行："不是，不关他的事。"

"哦？"戴眉倒吸一口气，"大梨子你……你居然……"

白梨把脸藏进被子里了。

戴眉笑够了，伸手去拽被子："好啦，快点起床，我今天要去相亲。"

白梨隔了好一会儿才把头伸出来，好奇地问："相亲？"

"嗯。"戴眉打了个哈欠，"老头子上个月就催我了，烦死了，早点儿见了早点儿摆脱。"

她躺在床上，叹了口气："大梨子，我什么时候才能遇到像沈医生那样的好男人啊？你说他怎么就没个兄弟呢？"

白梨：……

戴眉骂骂咧咧地吐槽完，听见门口有门铃声，她问白梨："你家今天有客人？"

白梨摇头，戴眉就起身去开门，看见门口站着的展易，她狐疑地把人上下扫了一圈，冲展易问："你趁沈医生不在，来找白梨做什么？"

展易：……

他低头往里走，从茶几边上找到那个箱子，蹲下来就要把里面的书搬走。戴眉赶紧过来拦住："欸！打住，这书是我的，我已经送给沈医生了，所以现在这书是沈医生的，你不能搬走。"

"沈医生给我了。"展易说。

戴眉骂了句脏话："他凭什么！"

"因为我问他要的。"

戴眉：……

"展易你要不要脸？"戴眉气不过，冲他伸手，"那我的衣服还给我！"

"好。"展易抱着箱子往外走，"你自己去我那里拿。"

"行，我晚点去。"

"过时不候。"展易已经到门口了，又转头问她，"你去不去拿？"

"我一会儿要相亲，没时间。"戴眉皱着眉看了眼腕表，冲他挥手，"你先走吧。"

展易顿了一下，问她："你要相亲？"

戴眉"嗯"了一声，看着展易问："怎么？很惊讶？是了，你这种富二代肯定没相过亲，有大把女孩子倒贴追你，是不是很有成就感？"

"没有。"展易认真地说，"你没追过我。"

戴眉无语地看着他："我为什么要追你？"

白梨从洗手间出来时听到这句话，又默默地缩回了腿。

等了一会儿，门口没了动静，她才出来。

展易已经走了，戴眉正在补妆，见白梨出来，她说了句："我得走了。"

她之前车上就有一箱猫罐头，一直忘了送给白梨，今天想起来，就绕道过来把猫罐头送了过来。

白梨已经看见猫架边上的猫罐头了，冲戴眉道了谢，又问戴眉要不要喝牛奶。

她现在早上一杯，晚上一杯，每天还要吃两个鸡蛋，补充营养。

戴眉摆手："不喝，我不喜欢。"

戴眉拿了车钥匙就走了，临走前还顺走了茶几上的几颗葡萄。

她出了门口准备吐种子的时候，突然看见电梯前站着展易，说道："你怎么还没走？"

"衣服你要不要，要就现在去拿。"展易看着她说。

戴眉翻了个白眼："行，你喜欢就自个儿留着吧。"

她越过他进了电梯，手却被展易拉住了："戴眉。"

"我确实没追过女孩子，也确实有很多女孩子追我。"展易严肃又认真地说，"你不能因为我有钱，就否定我的一切。"

电梯门要合上了，戴眉伸手把他拉进来，按完一楼键，扫了他一眼："你喜欢我就直说，拐弯抹角说那么多干吗？"

展易：……

出了电梯，他跟在戴眉身后，见戴眉上了车，他皱着眉不知道该说什么，就听戴眉喊他："不上车杵在那里干吗？"

"去哪里？"展易问。

戴眉理所当然地道："去拿衣服。"

"你不去相亲了？"

"拿完衣服再去。"

展易：……

戴眉心情极好地放了首《大河向东流》。

随后她冲展易说："会唱吗？你要是会唱，我今天就不去相亲了。"

展易面无表情地唱了两句。

戴眉赶紧关了音乐："我做梦都没想到，你唱歌居然这么难听，别唱了别唱了，我怕一会儿出车祸。"

展易：……

天气愈发热了。

沈暗在阳台弄了一个五平方米的小花园，里面种着向日葵，边上放着把椅子，让白梨出来晒太阳的时候可以看看向日葵。

最近诊所不是很忙，他晚上照旧去体育馆打羽毛球，白梨就坐在看台上看他，她手里拿着矿泉水，等他擦着汗走向她时，就把水递给他。

沈暗会在喝完水时，低头亲亲她的唇。等他打完球，两个人会手牵手散步回家。

为了白梨和即将出生的孩子，沈暗买了辆轿车，周末的时候，他会开车穿过大半个市区，找到一家没有营业员的店，进去陪白梨四处闲逛。

他们会一同挑选孩子的衣服和玩具，一起把客房改造成理想中的婴儿房，一起拍照记录下怀孕时宝宝的各项指标。

白梨怀孕五个多月的时候，母亲周娟来过一趟。

周娟说是想照顾白梨，白梨在电话里拒绝了。但是周娟执意要来，一个人大包小包带了不少东西，说女人生孩子就是从鬼门关走一趟，说自从知道白梨怀孕，夜里睡觉总是做梦梦见她生孩子，觉得不放心，必须来看看才能好。

白梨见母亲一个人忙前忙后收拾带来的东西，想去帮忙，周娟就让白梨坐在沙发上别动，她来就好。

周娟说是照顾白梨，白梨倒也没怎么需要她照顾。

沈暗早上会做好早餐，把白梨从床上抱起来到洗手间，给她擦脸刷牙，再把她抱到餐桌上和她一起吃早饭。

天气热，他就让她在家里吹空调，要是凉快天，他是一定会拉着白梨去诊所的。

中午他会回来做饭，三菜一汤，荤素均衡，营养搭配。

吃完饭，他会陪白梨在沙发上看一会儿电影，等她睡着之后，他把人抱回房间里，自己再去诊所。

晚上的时候，两个人吃完晚饭，白梨会陪他去体育馆看他打球。

周娟待了两天，看见白梨被沈暗照顾得很好，脸上都长了不少肉，这才提起包走了，临走前还留下一双虎头鞋，是她自己做的。

白梨拿着那双虎头鞋摸了摸，起身把它放在柜子上，那里有戴眉送的水晶公主鞋，亮姐送的男孩小皮鞋，还有沈暗朋友送的一排宝宝鞋。

婴儿房里也堆满了各种各样的宝宝衣服和各种尺码的尿不湿，光奶瓶，戴眉一个人就买了六个，非说什么六六大顺，所以必须送六个。

展易送了一枚护身符，纯金打造的，说是家里有很多，挂床上的。

白梨不愿意收这枚护身符，觉得太贵重了，直到有一天，戴眉给她发了张照片，照片中是一张宽大的床，床头的柱子上，挂着十几枚纯金护身符。一共四根柱子，每根柱子上都挂着十几枚。

　　戴眉发语音问："还要吗？我多弄点儿给你。"

　　白梨：……

　　中秋节快到了，沈暗很忙，电话和消息不断。

　　沈暗晚饭都是在酒店吃的，倒是滴酒没沾，饭局一结束就往家里赶。

　　他每次回来都会给白梨带些甜食，她最近爱吃甜的。

　　白梨平时在家没事，就会打扫卫生，只是肚子大了以后，她弯不下腰，只能擦擦桌子，收拾收拾厨房。

　　前些天，亮姐过来一趟，教了她怎么打毛衣，她便开始学着打毛衣，睡觉都抱着毛线团。

　　沈暗带着甜点回来时，白梨抱着毛线团在沙发上睡着了，他把人抱起来往卧室走，中途白梨就醒了，往他颈窝处蹭了蹭。

　　沈暗又把人往沙发抱："吃不吃东西？给你带了枞果千层。"

　　"吃。"她脸上露出笑。

　　"还有月饼。"沈暗的诊所天天收到月饼，客户里不少是有钱人，逢年过节都是批发订购礼品，沈暗这里一次中秋节下来，少说能收到一百份月饼。

　　他给三个员工分了些，又给胡桐街卖包子的老板娘分了些，还给王成学送了两份，剩下的月饼就全让白梨寄回家了。

　　今天他出去吃饭，又收到一份月饼，里面有豆沙口味的，他便留下了，因为白梨喜欢。

　　"吃不下。"

白梨摸了摸肚子，声音很软："我今晚吃了很多。"

"吃了什么？"沈暗笑着亲她软乎乎的脸。

戴眉晚上来过了一趟，说是中秋节那天要回家陪老头子过节，于是提前过来给她送吃的，因为知道沈暗不在，所以提前买了酒店的饭菜。

戴眉还把展易给叫来了。

两人在饭桌上吃着吃着就开始吵架，戴眉说一会儿要去男同事家里拿东西，展易问："什么东西要去男同事家里拿，不能让他送来吗？"

戴眉就问展易："你什么意思？"

展易说："没什么意思。"

戴眉冷笑一声："中秋节你想不想跟我回家了？"

展易愣住了："你要带我回去？"

"不去就算了。"戴眉说。

展易露出笑："去，我跟你去。"

白梨：……

白梨全程都低着头默不吭声地吃饭，因为吃得太专注，不小心就吃撑了，在家里客厅转圈圈消食消了好几个小时。

沈暗开了电视，抱着白梨躺在沙发上，一只手揉她的小腿，一只手揉她的腰。

"今天有没有不舒服的地方？"他问。

白梨摇头："没有。"

他亲着她的发顶："我中秋节带你出去玩。"

白梨吃着杧果千层，嘴里含糊应道："嗯。"

"好吃吗？"沈暗凑过去，"给我尝尝。"

她用叉子叉了一勺蛋糕递给他，沈暗没吃，反倒是捏住她的下巴，吻住她的唇。

“嗯，很好吃。”

白梨红着脸笑，那双葡萄似的眼睛笑得弯弯的，漂亮极了。

中秋节当天，沈暗又带着白梨去了趟植物园，他们在之前来过的亭子里吃月饼，还去买了一套茶具。

茶具是现场定制的，老师傅专门为白梨刻了一只有向日葵的茶杯。

沈暗的茶杯上刻着一条小黑蛇，他给宝宝也选了一只可爱版的茶杯，杯子上刻着一只小白猫。

他留了地址，让人把做好的茶杯送上门。

他们又去茶馆里点了一份血糯米红枣粥、一份金黄色的汤圆，和第一次来植物园时点的一样。

两人吃完饭，拍了几张照片。

沈暗又带她去私人影院看了场电影，和第一次来时一样，看到一半，白梨就睡着了。

沈暗把白梨揽在怀里，让她枕着他睡得舒服点。

第二部电影结束的时候，白梨才睡醒，外面天都黑了，白梨睡久了，腿都麻了，沈暗把人抱出来。

白梨怕被人看见，一直推他，到了门口就下来走路，太久没走路，脚麻得厉害，没走几步，就疼得哆嗦。

沈暗把人抱起来找了个长椅把她放下，脱了她的鞋子给她捏脚。

白梨脸红红地伸手推他："有人看见。"

"看见就看见。"他难得说话中带着点痞气，却更撩人，"我给我老婆捏脚，天经地义。"

白梨整个脖子都红了。

沈暗捏了会儿，问她还疼不疼，她说不疼了，他这才帮她把鞋子穿上，扶她起来。

远处放着阖家欢乐的音乐，华灯初上，路上的人都喜气洋洋的，他们手里都提着月饼盒，不是赶往家里吃团圆饭，就是赶着去酒店庆祝中秋。

沈暗牵着白梨去了观景台，今天人格外多，两人等电梯等了好几拨才坐上电梯。

沈暗等其他人都进去了，这才护着白梨进去。

一个小男孩盯着白梨的肚子问他妈妈："妈妈，这个阿姨的肚子怎么这么大？"

小男孩的妈妈捂着儿子的嘴让他别乱说话，沈暗笑着说："没关系，童言无忌。"

白梨紧张得不知道怎么回，边上一个小女孩用稚嫩的声音说："这你都不知道，当然是有小宝宝了啊。"

"小宝宝能听见我说话吗？"小男孩又问。

"可以的，我妈妈说小宝宝可以听得到的。"小女孩很神气的样子，"但是你不可以说不好听的话，小宝宝听了会伤心。"

小男孩想了想，冲白梨的肚子说："小宝宝，中秋节快乐。"

整个电梯里的人都笑了。

白梨没来由地放松下来，心脏像是被羽毛拂过，柔软得不可思议。

她摸着肚子，轻声地冲小男孩说："谢谢。"

电梯到了，沈暗护着她出来，又从袋子里拿了一份月饼送给那个小男孩，小男孩道了谢，还把月饼分给了小女孩。小男孩边吃月饼边问："阿姨为什么戴口罩啊？"

小女孩一副小大人的样子，很是神气地说："肯定是因为阿姨太漂亮了，我妈妈出门也会戴口罩，因为太阳大，会把脸晒伤。"

"哦。"小男孩似懂非懂地点点头。

观景台上人很多。

拍照的录影的，还有拍合照的，叽叽喳喳闹作一团。

沈暗护着白梨站在原地等了两拨人，这才可以再一次通过天文望远镜去看澄净皎洁的月亮。

"好看吗？"沈暗拿出手机给白梨拍了张照。

白梨点点头，仍专注地盯着月亮："好看。"

"这是我们过的第二个中秋节。"沈暗亲了亲她的脸，"中秋节快乐。"

白梨转头看着他，身边人头攒动，人来人往，她第一次鼓起勇气，主动摘掉口罩，踮着脚去亲沈暗的脸，小声说："中秋节快乐。"

白梨是十二月十一号生产的，孩子是下午六点出生的，是个六斤整的小公主。

戴眉是第一个抱到孩子的，因为担心把孩子摔下来，她整个姿势都是僵硬的，看得展易忍不住发笑。

还是白梨的母亲说"给我抱吧"，戴眉这才呼出一口气。孩子太小了，她抱在怀里都不敢动。

一行人转移到病房，戴眉忙着去给白梨预约产后恢复了，展易也跟了上去。

其他人则待在病房里，白梨的几个姐姐都来了，送了些见面礼给孩子，也没多待，担心人多打扰白梨休息，只待了一会儿就回去了。

沈暗只送到病房门口就回来了，他先看了会儿婴儿床上的孩子，再去看病床上的白梨。

白梨有些累，从产房出来后，只看了眼孩子，就累得闭上眼睡着了。

沈暗握住白梨的手，低头亲了亲她的手背。

亮姐轻手轻脚地从门口进来，手里提着两盒阿胶，看见白梨睡着了，她便直接去看婴儿床上的孩子。

孩子被裹在包被里，露出来的脸红通通的，小手握着，每根指节都细细长长的。

"可爱。"她笑着冲沈暗说，"像白梨。"

沈暗点头笑笑。

孩子大概是饿了，张着嘴嗷嗷地哭，亮姐赶紧把孩子抱起来哄了哄，她把食指放在孩子嘴侧探了探："应该是饿了。"

沈暗已经打开奶粉罐了，奶瓶也一直放在恒温箱里保温，他把奶粉加了几勺进去，随后放在桌上，冲亮姐说："我来。"

看着沈暗姿势标准地抱着孩子，亮姐都忍不住瞪大眼："不是吧，沈医生，你学过？"

沈暗把奶嘴塞进孩子嘴里，这才看着亮姐说："嗯，上了三节课。"

一节课学的是怎么照顾孕妇，一节课学的是怎么冲奶粉，一节课学的是怎么抱孩子。

每节课四十五分钟，不少都是孕妇一个人来参加的，有些人是陪着孕妇来参加的，只有沈暗是一个人来的。

他长相出众，气质偏冷，偏偏对待玩偶娃娃十足地耐心温柔，一节课下来，孕妇们没学到什么知识，光顾着看沈暗了。

"我真的是太佩服你了。"亮姐笑出声，"不过，你这没白学，抱娃的姿势比我都标准。"

沈暗笑了笑，专注地看着怀里的孩子。

亮姐说得没错，孩子和白梨长得很像，白白的皮肤，大大的眼睛，喝饱了奶就眨巴着眼睛睡着了。

沈暗抱着孩子轻轻拍了会儿，这才把她放进婴儿床。

戴眉进来的时候，白梨刚醒，戴眉把红包塞进白梨枕头下，冲她说："你好好休息，我回公司一趟，晚点来陪你。"

她送了把小金锁给孩子，就放在婴儿床上。

白梨说话时没什么力气，让她去忙，晚上不用来。

戴眉说："那怎么行，等我以后生孩子，你也要过来陪我。"

展易在边上"咳"了一声。

戴眉扫他一眼："你咳什么？你不能生？"

展易："……能。"

白梨：……

沈暗本来打算找月嫂，但白梨不愿意，她想自己照顾孩子。

沈暗担心她太辛苦，便把工作时间调整了一下，孩子睡觉的时间他去工作，等睡醒后，他就回来，跟白梨一起照顾孩子。

白梨在医院住了五天就回家了，天气比较冷，沈暗把家里地板上都铺上了毛茸茸的毯子，客厅里空调全天开着。

孩子夜里要喝奶，还会尿尿和拉臭臭，沈暗一到夜里就很忙，换完尿不湿，给宝宝洗屁股，再去丢垃圾，他一个晚上起来三四遍，一个月下来，瘦了五斤。

白梨有些心疼，要跟他分房睡，沈暗听了把人抱在怀里，亲着她的脖子说："下次不许再说这种话，听到没？"

白梨双手环着他的腰，埋在他的胸口，很轻地点头。

两个人带孩子又辛苦又幸福，他们在夜里一起醒来，一起给孩子换尿不湿，一起哄孩子睡觉，在睡不着的时间里，抱着彼此轻声细语地讲话。

过年的时候，沈暗的朋友陆续过来送礼，外面开始下雪了，阳台的花被沈暗搬进空调房里，白梨经常抱着孩子隔着窗户看外面的雪花。

戴眉时不时会来一趟，不是给小白送点猫罐头，就是给干女儿送点小玩意。

沈暗和白梨的女儿叫沈星月，小名叫月月。

戴眉总是喊她干女儿，说是等小月月长大，必须喊她一声干妈，好歹也是看着长大的。

月月越长越像白梨，白白的皮肤，水灵灵葡萄似的黑眼睛，看着人的时候，不说话就能让人忍不住想把心都掏出来给她。

但她和白梨不一样，会走路之后，她就非常想出去，每次沈暗回家，都是她最开心的时候，沈暗会带着她逛超市，给她买好吃的和好玩的。

白梨也会跟着去超市，一家三口穿过货架，一起挑选生活必需品。

白梨的注意力都集中在孩子身上，那份置身人群的紧张和不适感已经消减了很多，也或许是为母则刚，特别是女儿每次拉着她的手，问她怎么不走时，她的内心就充满力量。

她偶尔会带着女儿去诊所等沈暗下班，月月会唱歌给白梨听，会搂着白梨的脖子说"最喜欢妈妈"，会跟白梨说"妈妈不要怕，月月保护你"，也会牵着白梨的手说"爸爸说了，他不在，月月保护妈妈"。

此时白梨就会被感动得泪流满面，她抱着月月，因为哽咽而说不出话。

白梨一哭，月月就会跑进诊所喊爸爸，说"妈妈哭了"。而沈暗就会急急忙忙地出来，把白梨抱在怀里，问她怎么了。

白梨摇摇头，哭得眼眶都是红的："没事。"

沈暗揉她的脑袋："月月惹你生气了？"

白梨仍是摇头："不是，没有。"

沈暗把她搂在怀里："好，抱一会儿，别哭了。"

月月也会抱着白梨的腿，小大人一样地拍她："我也抱抱妈妈，妈妈别哭。"

白梨低头看了眼孩子，伸手把她抱起来，温柔地用脸颊蹭她的脸。

月月亲了亲她的脸："妈妈，我爱你。"

沈星月被沈暗教得很好，活泼可爱，礼貌懂事，嘴巴很甜，每天都会亲亲白梨的脸说"妈妈我好想你"，因为沈暗下了班回家，总会亲吻白梨的脸，说"老婆我好想你"。

月月一开始学沈暗说话，总会抱着白梨说"老婆我好想你"，听得白梨小脸通红，让她不要这样说，月月就好奇地问为什么爸爸可以这么说。

白梨红着脸去找沈暗，让他以后回家不要当着孩子面说那些话，沈暗笑着亲她的脸，转头就把月月抱在怀里，教她说："爸爸可以喊妈妈'老婆'，因为爸爸很爱妈妈，你呢，要喊'妈妈'，以后可以说'妈妈我好想你''妈妈我好爱你'，懂了吗？"

月月点点头："懂了。"

白梨在边上听得脸红，等月月睡下之后，就去扯沈暗的袖子，问他怎么可以这样讲话。

"那应该怎么说？"沈暗亲她，"你教我。"

白梨伸手捂住嘴巴不让他亲，沈暗就亲她的眼睛，见她又伸手过来捂他的嘴，忍不住在她掌心低笑出声："真可爱。"

白梨耳根一红，缩着肩往被子里躲。

没一会儿她又被他捞出来问道："饿不饿？要不要吃东西？"

"不饿。"她摇头。

"我饿了。"沈暗吻她的鼻尖。

白梨：……

沈暗笑着伸手刮她的鼻尖："想什么呢，穿衣服，出去吃点东西。"

"现在？"白梨看了眼时间，已经晚上十一点多了。

"嗯。"沈暗今晚在诊所吃的，晚上又做了台手术，忙了四个小时，回来的时候就饿了，但他陪月月玩了好一会儿，打算等月月睡着，带白梨出去吃饭。

月月房间里有监控，沈暗从出门的那一刻，就把手机打开，一边看着月月，一边牵着白梨的手，两人散着步往胡桐街的老巷子里走，去之前吃过的百年面馆里吃饭。

白梨怀孕期间，沈暗带着她来过不少次这个面馆，都是散步走过来的，坐下点两碗面，白梨吃不完的面沈暗接着吃下。后来，白梨饭量大了些，一人能吃完一整碗面，还能在回家的时候吃点水果。

服务员看见沈暗过来，笑着问了句："跟以前一样？"

看到沈暗点头，服务员就冲厨房的方向喊："两份招牌牛肉面！"

沈暗把手机放下，起身去拿了茶壶，给白梨倒了杯热茶。

白梨握着手机回消息，沈暗问了句："戴眉？"

"嗯。"白梨点点头，"她说要在结婚之前开单身聚会。"

戴眉元旦结婚，说是没听展易跟她说过一句"我爱你"，所以自导自演了一场苦情戏，躺在病床上，雇了医生，当着展易的面宣读她的病情——癌症晚期。

展易是不信的，可偏偏戴眉她爸信了，急匆匆赶过来，听到这话，一口气没上来，直接昏倒过去。

戴眉装不下去了，光着脚从病床上起来，着急地跟医生护士一起把父亲送进抢救室。

半小时后，父亲平安地被送出来了，看见她就老泪纵横地说对不起她。

戴眉一直讨厌父亲，因为父亲年轻时太过风流浪荡，导致母亲抑郁消沉，年纪轻轻就生了病死在医院里。

她是被父亲带大的，经常跟他对着干，两个人这么些年相爱相杀，也相依为命。

戴眉伸手给父亲抹了抹眼泪，说："哭什么，你哭起来丑死了。我骗你的，我没病。"

老头子捂着心脏叹了口气："我早晚要被你气死。"

戴眉笑了笑，转头一看，坏了，展易知道了，他正面无表情地看着她。

戴眉挠了挠下巴："那个，我……"

展易转头就走了。

据戴眉说，展易整整一星期没理她。

但后来不知道她用了什么办法，哄好了展易，还顺便敲定了结婚日期，邀请白梨到时候一家三口都去参加他们的婚礼。

"她说……要来我们家聚会。"白梨小声问沈暗，"可以吗？"

"亲我一下就可以。"他用食指点了点自己的脸。

白梨：……

面馆里除了低头吃饭的客人，就剩下打扫卫生的服务员，白梨红着脸凑近沈暗亲了亲他的脸。

沈暗笑着说："戴眉昨天就跟我说了，我同意了。"

白梨羞恼地看着他，就连生气时声音都是软软的，毫无威慑力："沈医生，你怎么可以这样！"

沈暗捏她的脸，笑声低低的，很好听："哪样？"

她的脸都红透了，不理他了。沈暗把她揽进怀里，亲她的耳朵："不理我？"

"没有……"她轻轻推他，"有人……看见。"

沈暗把她转过来，亲她的鼻尖："我看不见别人。"

他声音压得很低，嗓音低醇，好听至极。

"我眼睛里只有你。"

戴眉选在圣诞节来白梨家里举办单身聚会，邀请的人都是白梨见过的人，亮姐也来了，还带着羽毛球俱乐部里的其他几个女性，还有沈暗的几个朋友，包括谭圆圆和苗展鹏。

戴眉一来就拉着白梨化妆，说什么单身聚会，一定要隆重，身为她最好的朋友兼闺蜜，白梨必须要漂漂亮亮出场才能配得上她。

白梨任由她摆弄，换衣服的时候，戴眉说找不到漂亮的衣服，于是拉着白梨一起穿婚纱。

白梨觉得奇怪，哪有人参加单身聚会穿婚纱的，但是抵不过戴眉的软磨硬泡，最终还是穿了，尺码竟然还刚刚好。

"漂亮吧？"戴眉给她拉上拉链，"我当时去试婚纱的时候，就觉得这件婚纱很适合你。"

婚纱远看像是露肩款，近看才知道肩膀上覆着一层薄纱，薄纱上布满了细碎的钻，这些碎钻沿着她的腰拼出一朵朵闪着光芒的向日葵花。

收腰的设计，勾勒出她细窄的腰线，后背是宫廷绑带风，带着法国式的浪漫色彩。

戴眉给她戴上皇冠，白梨站在镜子里看了半天，有些不安地问："活动要穿成这样吗？"

沈暗一直想给白梨一个婚礼，但是白梨害怕别人的关注，害怕自己成为人群中最受瞩目的一个存在，因为这件事，连着好几个晚上没睡好，沈暗便安抚她说，那就不办婚礼，领证好了。

她这才放松下来。

戴眉给她整理皇冠，又给她戴上头纱，笃定地道："当然了，我也穿了啊。"

白梨也过来替她整理婚纱，两个人收拾完之后，戴眉牵着她说："走吧，迎接我们的主场。"

门开之后，白梨就愣住了。

门外站着沈暗，男人穿着一身白色西装，身形高大挺拔，五官轮廓深刻硬朗，脖颈系的领带是她定制的那款，他的头发也打理过，看起来格外精神帅气。

白梨有些无措，戴眉已经将她的手放在沈暗手里，自己则走向展易，挽着他的手走向客厅。

客厅的灯光被调得有些暗，白梨视野里只看得见沈暗，和灯光中影影绰绰的身影，她不安地问："怎么……回事？"

"别怕。"沈暗捏了捏她的手心，牵着她往客厅的方向走。

中途沈暗忍不住冲她说："老婆，你今天很美。"

白梨紧张的心情因为这句话稍稍抚平了些。

客厅中央一左一右放着两个蛋糕，戴眉和展易正站在右侧蛋糕前，手里拿着刀准备切开蛋糕。

沈暗牵着白梨走到左侧蛋糕前，将切蛋糕的刀子递到她手里。

白梨这才看见，蛋糕上是一对新郎新娘摆件，一共四只数字蜡烛，数字分别是"1""2""2""5"，对应着今天圣诞节的日子。

"吹蜡烛吧。"沈暗低声说。

白梨低头吹灭了蜡烛，她隐隐察觉到什么，心脏狂乱地跳动起来，因为紧张，呼吸都乱了节奏。

沈暗握住她的手，跟她一起切蛋糕，察觉到她的身体在颤抖，揽着她的肩说："乖，别怕，我一直在呢。"

白梨点点头，只是无法控制自己的身体。

她想开口说话，声音却发不出来。

今晚不是戴眉的单身聚会，而是她和沈暗的结婚宴。

她穿着婚纱，沈暗穿着正式的西装，他们在人群的注视下切了蛋糕。

就连女儿沈星月都穿着小花童的礼服，手里捧着一束鲜花，目光热切地看着她和沈暗。

有人放了喷花筒，白梨被吓了一跳，沈暗把人护在怀里，笑着说："是桃花。"

客厅灯光缓缓变亮，先是壁灯，最后是大灯，明亮的灯光下，能看见人群中一张张满是祝福的笑脸。

白梨缓缓从沈暗怀里抬头，看见头顶撒下无数花瓣，有一片落在沈暗衣服上，她盯着看了会儿，确实是桃花。

粉粉的颜色，很漂亮。

戴眉见她喜欢，招呼其他人一起将身后的喷花筒全拿出来"嘭嘭嘭"地放完了。

气氛瞬间活跃起来，戴眉找人放了音乐，是劲歌版的《大河向东流》，音乐刚出来，就有人脱鞋子要砸戴眉。

"放的什么玩意儿！"

"大喜的日子戴眉你干吗呢！"

"真有你的！你结婚那天，最好也给我放这首！"

戴眉哈哈大笑："等会儿，马上！"

她挑了首嗨歌，拉着展易到客厅开始跳舞，其他人也三三两两地进去跳舞。

他们不会跳，几乎是群魔乱舞，但是笑声那样欢快，隔着距离，白梨都能看见他们眼底的笑意。

她的那份紧张感正在渐渐消除，只是手心不由自主地出了汗。

沈暗低声问她："还好吗？"

白梨点点头，沈暗将她揽在怀里说："抱一会儿。"

她还在轻轻发抖。

这种正式的场合，她不能控制自己的身体，她觉得自己像是做错了事，不安地环住沈暗的腰，轻声说："对不起。"

"为什么道歉？"沈暗轻抚她的背，"是我不好，没有事先跟你打招呼。"

她眼眶一下红了："对不起，沈医生。"

"我不想听这个。"沈暗偏头亲了亲她的脸，"我想听你说，跟我结婚，你开心吗？"

白梨吸了吸鼻子，声音软软的，带着点鼻音："开心。"

"如果下辈子遇到我，还会再嫁给我吗？"沈暗问。

白梨哭着点头："会。"

沈暗笑了，他吻她的唇，声音落在空气里，沙哑好听。

"好，一言为定。"

很多年后。

沈星月邀请同学到家里玩时，正巧赶上母亲白梨大扫除，她正在收拾弟弟的房间。

沈星月便和同学一起帮忙收拾父亲的书房，倒完垃圾回来时，沈星月看见同学们坐在地板上翻看父亲的食谱记录本。

"你爸爸好用心啊。"一个同学笑着说，"他对你妈妈真好，每天做的饭都记下来了。"

沈星月凑过去看了眼，那是母亲当初刚怀她时，父亲下厨时记载的食谱，都是一些孕妇忌口说明，包括相克的食物标注。

最底下写着：老婆今天食欲很好。

一个本子翻完，都是这样的记录。

包括母亲怀弟弟时，父亲也写了一本厚厚的食谱记录本。

沈星月翻到最后一页，上面画着一朵朝气蓬勃的向日葵花。

内里还夹着一张拍立得拍出来的在阳光下灿烂盛放的向日葵。

沈星月的几个同学都说："哇，你妈妈真的好喜欢向日葵啊。"

是啊，每次母亲生日，父亲总会送她一大捧向日葵，阳台的向日葵也开满了，每次同学过来，都会到阳台拍照留念，说她妈妈种的向日葵特别漂亮。

照片拿开后，本子上是一行手写的字，是父亲写的：

我抓到光了。

图书在版编目（CIP）数据

咬梨 / 苏玛丽 著.

—武汉：长江出版社，2023.2

ISBN 978-7-5492-8600-3

Ⅰ.①咬… Ⅱ.①苏… Ⅲ.①言情小说－中国－当代

Ⅳ.①I247.5

中国版本图书馆CIP数据核字(2022)第226523号

本书经苏玛丽委托天津漫娱图书有限公司正式授权长江出版社，在中国大陆地区独家出版中文简体版本。未经书面同意，不得以任何形式转载和使用。

咬梨 / 苏玛丽 著

出　　　版	长江出版社	
	（武汉市解放大道1863号　邮政编码：430010）	
选题策划	漫娱图书 李苗苗	
市场发行	长江出版社发行部	
网　　　址	http://www.cjpress.com.cn	
责任编辑	钟一丹	
特约编辑	聂紫绚	
总 策 划	幸运鹅工作室	开本　889mm×1230mm　1/32
装帧设计	肖亦冰 邵艺璋	印张　8.25
印　　　刷	深圳市精彩印联合印务有限公司	字数　192千字
版　　　次	2023年2月第1版	书号　ISBN 978-7-5492-8600-3
印　　　次	2023年2月第1次印刷	定价　46.80元